김동인과 오스커리즘

．．．

전혜자

국학자료원

멋모르고 학문의 길에 들어선지 어언 30여 년이나 된다. 이 중에서 어영부영 대학의 강사노릇이나 하며 공무원인 남편 덕에 전국을 누볐던 10 여 년 간을 제외하면 학자로서의 본격적인 학문생활은 20여 년 간이라고 볼 수 있다.

경원학원에 몸을 담은지 올해들어 21년 째. 가족들이 서울에 정착함과 동시에 39세란 빠르지 않은 나이에 본교의 전임강사로 출발해서 오늘에 이르렀다.

나는 어려서부터 남을 가르치는 일을 무척 좋아했다. 국민학교시절의 소꿉놀이는 동네아이들을 모아 놓고 칠판에 백묵가루를 묻혀가며 무엇인가 열심히 쓰면서 설명하는 일이었다. 또 시험지를 점수매기는 일이 그렇게도 좋았다. 빨간 색연필로 동그라미와 가위표를 그리는 일은 내가 마치 이 세상 아이들의 주인이라도 된 듯 기쁜 일이었다. 아버님은 그런 나를 보시고 "너는 커서 꼭 선생님이 될거야"라고 하셨다. 또 나는 논리적으로 따지는 일을 무척 좋아했다. 나쁘게 말하면 독설가였다. 그래서 여중·고시절에는 '괴짜', 또는 '딱따구리'란 별명도 얻었다. 그렇지만 선생님들은 그런 나를 비평가적 기질이 농후하다고 추켜 세우기도 하셨다. 그래서인지 어린시절의 나는 나 자신에 대해서 자신이 있었다.

그런데 막상 대학과 대학원에서의 나는 주눅이 들어 있었다. 무엇보다 학문의 세계가 너무나 거창해 보인 것이 첫째 이유이고 지금까지의 내 세계가 생각보다 겉핥기이고 좁아 보인 것에 대한 콤플렉스 때문이었다. 더욱이 매사에 구체적이고 단순명료한 것을 좋아하는 본인으로서는 구름잡는(?) 이야기세계가 나의 정서에 맞을까 회의가 들기도 했다. 그런 느낌은 아직도 나의 뇌리에서 떠나지 않고 있다. 그래서인지 단독저서를 내는 일은 웬지 망서려지기도 하고 수줍기만 하다.

이제 본교의 교수로 재직한 지 21년. 올해들어 내 나이 환갑을 맞이 하고 보니 억지로 떠밀려서라도 책 한 권은 내야 되겠다는 어줍잖은 생각을 하게 되었다. 그래서 오래동안 묻혀져 있던 석사논문을 꺼내 보았다. 김동인과 유미주의 관계에 대한 영향연구였다. 평소 비교문학에 관심을 보인 것의 결실이었다. 사실은 질정을 거듭해서 책으로 내고 싶었던 논문이었기에 이번 기회에 용기를 내어 첨삭을 가해서 내보았다.

1부는 「김동인과 오스커리즘」이란 제목을 달았다. 해묵은 논문이지만 1920, 30년대의 실증적인 영향연구라 수용양상과 이입사와의 관계에서 그런대로 의미가 있다고 판단되어 일부 보충해서 실었다. 그래서 이 책의 제목은 과감하게 「김동인과 오스커리즘」으로 정했다. 나의 학문에 대한 에로스적인 정열의 첫 시작이기 때문이다.

2부는 여성소설가들로 대상작품 대부분이 장편이라 제목을 여성장편소설연구라고 정했다. 해방기 또는 한국전쟁에 대한 여성작가의 현실인식에 관심을 갖기 시작한 것이 동기가 되었다. 결과적으로 7명의 여성소설가 중 이순, 김인숙, 이남희를 제외하고 최정희, 임옥인, 손소희, 손장순 소설연구로 그쳐 버렸지만 5, 60년대 여성작가를 대상으로 계속 연구해 보고 싶은 과제이다.

지금부터의 나의 인생은 '마음 비우기 행진'대열에 서는 것이지만 나에게 있어서 학문에 대한 열정은 젊었을 때나 지금이나 변함이 없다. 학문의 길에 서 있는 것이 나에게 사명감과 소명의식까지 느끼게 한다고 말한다면 너무나 과장된 표현일까?

이제 정년을 5년 앞두고서 내가 할 수 있는 값진 일이란 나의 사랑하는 제자들과 진정으로 멋진 책을 내는 일이다. 이 일을 마음 속에 다짐하면서 지금의 이 부끄러움을 다독거린다.

이렇게 책을 발간하면서 진정으로 감사해야 할 분들이 있다. 항상 내 인생의 신랄한 조언자이면서 내가 학문에 전념할 수 있도록 배려를 아끼지 않는 나의 남편과 우리 가족들에게 진심으로 고마움을 간직하고 있다. 또한 원고를 워드로 옮기는데 심혈을 기울여서 너무나 많은 시간을 할애해 준 나의 제자 임재우군에게 진정으로 고마움을 전하고 싶으며 이 책을 내주신 국학자료원의 정찬용사장님께도 덧붙여서 감사의 말씀을 드린다.

2003년 4월에
전혜자

1 김동인과 오스커리즘
- 영향연구

1 김동인과 오스커리즘
영향연구

Ⅰ. 머리말

우리의 근대문학사에서 동인처럼 오만과 유아독존적 존재로서 자기노출을 과감히 실천한 작가는 없을 것이다. 그것은 동인이 춘원의 신윤리관과 과학문명의 계몽과 설교를 위주로 한 문학관에 정면으로 도전하여 <문학을 위한 문학>·<도덕성의 배제> 등을 표방했다는 점에서 충분히 입증된다고 본다.

동인의 문학은 공리성이 배제된 데서 출발하였으며 스스로를 <예술지상주의자>로 자처하고 있었다.[1] 그는 <문학을 위한 문학>만의 순수성을 본격적으로 역설하여 1920년대 한국문학의 근대적인 전환을 가능하게 했던 작가이다. 동인이 한국문학사에서 차지하는 비중과 그 동안 여러 논자들에 의해서 강조되어 온 것도 바로 이 때문이다.

「약한자의 슬픔」을 처녀작으로 30여년 간 35편의 소설집을 비롯해서 희곡, 수필, 평론을 다양하게 취급했던 동인문학의 실체가 제대로 파악되었는지는 아직 확연하게 언급할 수 없다. 그동안 동인에 대한 인상주의적인 비평을 시작으로 여러 각도의 연구가 있었지만 그에 대한 기존의 연구는 대

---

1) 鄭飛石, 「金東仁評傳」, ≪自由文學≫, 創刊號(1956. 6. 1), 146쪽.

체로 그의 문학관과의 관계에서 긍정, 부정식의 이분법적 차원에서 논의되었다고 본다. 그러나 한 작가의 실체를 예술의 순수성과 사회참여의식 두 시각에서의 단순논리로 파악할 수 있는 것인지 음미해 볼 필요가 있다. "다른 것을 섭취하는 일만큼 독창적이고 또한 자기적인 것은 없다. 사자의 몸뚱아리는 양을 동화하여 이룩한 것이다"라는 발레리의 말처럼 상호텍스트적인 영향의 관계를 떠나서 한 작가의 문학적 가치를 평가하는 것은 소경이 코끼리의 다리만 만지는 격이라 볼 수 있다.

특히 우리 근대문학 초창기의 경우, 외국문학의 무분별한 이입과 수용을 통해 그당시 작가들이 그것을 어떻게 소화했으며 그것을 텍스트에 어떻게 반영하였는지에 대한 연구를 수신자적, 발신자적 시각에서 개별적으로 서지화하는 것이 필요하다고 생각한다. 그것은 작가고유의 독창적인 것을 추출하기 위한 비교문학적인 방법이며 일반문학적인 관점에서도 한 작가에 대한 다양한 연구의 가능성을 발견할 수 있는 동인이 되기 때문이다.

유미주의의 기수로서 문단에 첫 발을 딛은 김동인의 경우, '예술을 위한 예술'의 성격을 단지 계몽주의에 대한 안티테제로서 성격을 규정하기보다 그당시의 문화현상 및 문학적 배경과의 관계에서 실증적인 자료를 통한 연구가 선행되어야 하며 이에 따른 이입사와 수용양상을 통한 굴절관계 차원에서 유미적 문학관의 다원화된 연구가 바람직하다고 본다.

이런 의도에서 본고는 김동인의 유미주의적 문학관을 비교문학적관점을 시작으로 해서 일반문학적 시각에서 접근해 보려고 한다. 이것은 작가의 실체를 보다 더 철저하게 해명하기 위한 것이며 종합화를 위한 한 측면으로의 동인문학에 대한 접근이 될 것이다.

1. 기존연구의 문제점

동인문학에 대하여는 그동안 여러 사람에 의해서 지속적으로 논의되어 왔다. 그러나 그 연구결과는 그들이 어떤 하나의 통일된 결론에 이르러 있다기 보다 모두가 그들 나름대로 방법론적 차이에서 주장되는 내용의 다양성을 면치 못하고 있다. 본론의 전개에 앞서 동인문학에 대하여 비교문학적인 측면에서 논의된 내용을 점검해 보는 것이 그 순서일 것 같다.

첫째, 김상규는 「Oscar Wilde와 김동인에 대한 비교연구」에서 동인을 순수문학을 창시한 유미주의자로 규정하고 있다. 대부분의 문학사가들이나 평론가들이 유미적인 요소를 인정하면서 자연주의작가라고 하는 것은 잘못이며, 유미주의사상의 한 특질인 데카당스의 숙명이란 점에서 동인은 와일드처럼 유미주의로 일관되지 않았손 치더라도 그의 작품에서 압도적으로 그런 경향을 보여준 유일한 작가라는 것이다.[2] 이 논문은 동인과 와일드의 작품을 대상으로 비교적 자세히 분석하고 있으나 피상적으로 몇가지 요소만을 뽑아 대조한 감이 없지도 않다.

둘째, 최원규의 「東仁의 ＜美＞意識에 對하여」는 동인의 탐미주의가 리얼리즘에 의해 묘사되고 표현되었음을 시사하면서 동인의 생애와 미의식을 보들레르적인 미의식과 대비하고 있다.[3] 특히 와일드보다도 브들레르와 비교한 점이 미흡한 듯 하며 동인의 탐미적 경향을 파산·실처 후의 예술적 별천지를 창조하는 데서 자극욕을 만족시키기 위한 신비와 상징이라고 한 것은 동인의 전기와 심리의 어느 일면에 조준한 것은 아닌가 하는 느낌이다.

셋째, 강인숙의 「唯美主義의 限界」에서는 우리는 유미주의를 수용하여

---

2) ≪한국어 문학회 어문학≫, 국판 7輯, 大邱(1961. 3. 31)
3) ≪忠南大 語文 研究會 語文研究≫5號, 大田(1967. 11. 16)

자기화할 소지가 없었다는 것을 전제하고 동인의 유미적 경향을,

  · 단순히 춘원에 대한 반발로 한 사람에 국한된 것
  · 애술품을 완성하지 못했다는 것
  · 유미주의와 광포를 혼동하고 있었다는 것

이라고하여 그 유미주의의 한계성을 지적하고 있다.[4] 이런 견해는 동인의 유미주의를 완전히 부정적인 관점에서만 고찰한 경우이다. 영향관계에 있어서 그 수용환경의 특수성에 의하여 굴절(Refraction)된다고 할 때, 유미주의가 우리나라의 이입과정에서 반드시 일치할 수 는 없는 것이다. 그 수용환경에서 변형되고 재구성되는 점을 가정하면 동인의 유미주의를 부정적 측면에서만 볼 수 없는 이유가 된다 하겠다. 또한 춘원의 「우리 文藝의 方向」에 의하면,

藝術至上主義는 觀念이 過去의 勸善懲惡的 藝術觀에 대한 反動으로 只今 朝鮮人 文士의 大部分을 支配하는 것은 사실이다.[5]

라고 한 것으로 보아 그 시대 우리 문단의 한 세력을 형성시킬 정도는 아니더라도 이것이 동인 하나에 국한된 것은 아니었다는 점이다.

넷째, 김은전은 「東仁文學과 唯美主義」에서 동인은 역사의식이 결여되었어도 작가로서의 체질로 보아 유미주의자에 합당하고, 그의 유미주의는 춘원에 대한 도전의식과 백조파의 퇴폐적 시풍과 관계가 있다고 전제하고 동인소설에 일관하는 특징을 <허무의식>으로 보고 있다. 그리고 그 만년의 인간적 비극이 유미주의자로서 철저하게 예술에 살고 예술에 죽으려는

---

4) 「韓國現代作家研究」, (大韓公論社, 1971)
5) 《朝鮮文壇》2권 10호, (1925. 11. 1) 978쪽.

순교자적 고귀한 정신과 신념에서 빚어진 것이라 하였다.[6] 위 논문은 유미주의와 허무의식, 그리고 악마주의와 유미주의의 개념적 한계성이 석연하지 않은 듯 하며 동인만년의 죽음을 예술지상적 순교자적 정신과 연결한 것은 다소 비약적인 감이 있지 않은가 싶다.

다음 김춘미는 『金東仁硏究』[7]에서 동인문학의 다양한 특성해결을 비교문학적 방법으로 제시했다. 동인의 문학적 특성을 자연주의, 탐미주의, 또는 다양성으로 보고 그 연원을 동인이 지배적 영향을 받았을 만한 일본 대정문학과의 관계에서 비교, 고찰하였다. 첫째, 동인이 관심을 보인 대정기 문학과의 대비고찰을 통해 동인의 자연주의문학은 오히려 반자연주의로 동인을 자연주의작가로 규정하기는 문제가 많다는 점, 둘째, 동인의 「광화사」와 谷崎潤一郎의 「刺靑」을 비교, 谷崎는 미 그 자체에 비중을 두는데 비해 동인은 미가 예술을 완성시키기 위한 도구로 미 그 자체에 비중을 두고 있는 작가가 아님을 지적했다. 셋째, 동인문학의 다양성의 기본원리를 일본의 대정문학기의 예술관, 예술가관에 두었으며 이것은 또한 19세기 낭만주의 시대의 보편적 예술관이라고 결론지었다. 본 연구는 동인이 가장 지배적으로 영향을 받았을 일본문학과의 비교연구라는 점에서 바람직하나 원천연구의 시각에서 볼 때 한·일 이개국 간의 연구로 동인을 반자연주의, 반탐미주의자라고 결론을 내릴 수가 있는지 재고할 필요가 있다. 또한 비교문학을 굴절이란 시각에서 볼 때 아니다, 그렇다식의 양분법식의 결론은 무리가 있다고 생각한다.

여섯째, 이용남의 「김동인과 오스카 와일드의 유미주의」[8]는 김동인과 와일드의 문학을 비교문학적으로 고찰한 연구이다. 두 작가는 유미주의적 현

---

6) 서울大師範大 國語 敎育科 金亨圭교수 停年退任記念論文集(1976. 8. 30)
7) 고대민족문화연구소, 민족문화연구총서25, 1985.
8) ≪비교문학≫ 제20집, 1995.12. 5 - 28쪽.

실인식과 예술지상주의적 창작에서 공통된 특성을 보여주면서도 두 작가의 유미적 태도에서 상이한 양상을 보이고 있다고 했다. 동인의 유미주의는 소극적이고 지속성을 띠지 못한 점을 지적하면서도 한국의 유미작가로서의 공을 인정했다. 이 연구는 동인과 와일드의 유미주의 비교연구이므로 수신자적 시점에서 유미주의의 일반개념 설정과 오스카 와일드의 유미주의 개념정의가 전제되어야 한다고 본다. 또한 두 작가의 작품분석의 대비연구가 두 작가의 유미적 성격을 비교하기에 미흡한 것 같다.

이상 동인의 유미주의에 관련된 비교문학적 연구논문을 살펴 보았다. 그러나 이제까지의 동인소설에 대한 비교문학적 연구는 대부분이 실증적 차원에서 이입사를 점검한 것이 아니었다. 우리 문학사에서 1920, 30년대 경우는 서구문학 및 일본문학의 분별없는 수용 때문에 무엇보다 실증적인 영향연구가 요구되기 때문이다. 본래 비교문학의 취지는 주체적인 것을 가려내기 위한 시도인 만큼 동인 문학에 영향을 준 외래요소를 이입사에 의한 실증적 연구로 추출하는 작업이 바람직하다고 본다. 그런 의미에서 동인에게 많은 영향을 끼쳤다고 추정되는 영국의 유미주의작가인 오스카 와일드와의 유미적 특성에 대한 영향관계 연구는 동인문학의 종합화를 위한 한 측면으로서 가치가 있다고 생각된다.

빅톨 위고(Victor Hugo)가 <藝術은 너무나 偉大해서 한 나라에 머무를 수 없기 때문에 그 경계는 철폐되어야 한다.>9) 라고 엄숙히 선언한 것처럼 비교문학이란 용어는 차츰 소멸될는지도 모른다. 모든 역사는 복합적, 통합적 문명사가 될 징후가 엿보이기는 하지만, 그것은 적어도 동일 문화권에서의 국경을 초월하려는 구미문학에 해당되는 것이지, 우리의 경우는 아직도 요원한 과제인 것이다. 따라서 본고는 비교문학적 방법에 입각하여 동인문학의 실체를 실증적으로 접근하고자 한다.

---

9) Albert Guérard, Comparative Literature? Stanford University, 4쪽.

2. 연구방법 및 범위

최근에는 문학이란 인간상상력의 산물이므로 실증적 연구론 가능하지 않다[10)는 주장과 문학이란 하나이며 구분할 수 없다[11)는 인식에서 프랑스의 실증적 방법을 배제하고 있다. 오히려 미국파의[12) 일반문학적 차원에서 그 영역을 넓혀 문학과 예술, 역사, 신학, 생물학, 심리학, 사회학, 종교, 음악과 관련지으려[13)하고 있다. 더우기 쥘리아 크리스테바(Julia Kristeva)식의 상호텍스트적인 관점에서 어느 작품이든지 과거의 작품에서 빌려오지 않은 것이 없다는 시각에서 본다면 국제간의 비교문학적 또는 일반문학적 문학 연구 방법이 무의미할 수도 있다.

그러나 그것은 비교문학에서 실증적 단계를 거친 상황에서의 주장이고 보면, 우리의 경우에는 해당되지 않는 듯 하다. 비교문학의 방법론조차도 외래문학적 영향의 체계적인 정리가 무엇보다도 시급한 과제이다. 이런 영향의 실체가 파악되지 않은 상황에서는 작가의 개별성이나 우리의 고유성이 정립될 수 없기 때문이다.

특히 영향이란 작품이 창조되는 과정에서 그 중요한 요소임은 우리의 현대문학 초창기의 경우, 어느 작가에서나 마찬가지다. 자국 고유의 요소만으로 창조된 근대성이 아니라 할 때, 우리 작가들이 외국작가에 지고 있는 부채는 매우 큰 것이다. 의식적이든 무의식이든 그 시대의 수용환경의 한계, 즉 영향을 벗어나지 못하고 있는 것이 우리 작가이고 보면, 영향이란 그들

---

10) David H. Malone, *The "Comparative" in Comparative Literature*, Alabama Polytechnic Institute, 17쪽.

11) H. H. Remak, *Comparative Literature at the Crossroads : Diagnosis, Therapy and Prognosis*, Yearbook of Comparative and General literature, IX. 1960, 3쪽.

12) René Wellek, Harry Levin, David H. Malone, H. Peyre 등.

13) Ulrich Weisstein, *The Mutual Illumination of the Arts(In Comparative Literature and Literary Theory)*, Indiana University Press, 1973, 152쪽 참조.

의 예술활동을 지시하고 형성하는 효험의 힘이 되기도 한다.14)

월터 페이터 (Walter Pater)는 <偉大한 文學의 制作者는 獨立해서 살지 않고 서로 思考에서 빛과 熱을 받는다>15)라고 하였다. 이렇듯 영향이란 외적인 상호의존이 내적인 요소로 변형되는 것이며, 그것을 발견하는 것이 비교문학의 주요과제이기도 하다. 그리고 길렌(Guillén)에 의하면 영향은 단순히 심리적 흔적과 창조적 형태, 또는 창조적 순간에 나타나는 것이라고 하였다. 다시 말해서 영향을 받는다는 것은 특수한 성격을 지닌 개인적 경험이며 그것이 작가내부에 흡입되는 것이므로 변화를 시도한다는 것이다.16)

동인문학에 투영된 오스카 와일드적 요소를 추출하는데 있어서 실은 東仁 자신이 유미주의자인 오스카 와일드(Oscar Fingal O'flahertie Wills Wilde)에 대하여는 별로 논의한 적이 없다. 다만, 그의 「文壇懷古」에서,

> 그대신 創造에는 評論家가 업섯다. 여기서 余 等은 評論家를 하나 物色할 必要를 늣겼다. 이리하여 어더내인 것이 林芦月이었다. 後日 創造의 後身인 《靈台》가 發行될 때에 그다지 신기치 못한 小說을 連發하여 《靈台》 同人들로 하여금 마음을 조리게 하든 芦月은 當時에는 한 개의 惡魔主義의 信徒 오스카 와일드의 崇拜者로서 한 순전한 學究였다. 余 等은 評論이 不足한 《創造》 誌上에 오스카 와일드의 學說을 紹介하기 위하여 芦月을 끄을어 드린 것이엇섯다.17)

와도 같이 林芦月과의 관계로서만이 와일드에 대하여 언급하고 있을 뿐이다. 그러나 여기서 한가지 분명한 것은 동인이 와일드를 악마주의의 신

---

14) Haskell M. Block, *The Concept of Influence in Comparative Literature*, University of Wisconsin, 1958, 33-34쪽.
15) H. H. Remak, 앞의 책, 15쪽.
16) Ulrich Weisstein, 42쪽. 참고(*Influence and Imitation*)
17) 《每日申報》(1931. 8. 28) <六>.

도로 의식하고 있다는 점이다. 1920년대 문학이 지닌 우리나라 특유의 시대성 - 일제의 핍박에서 벗어날 수 있는 유일한 방법 및 암담한 우울을 해소할 수 있는 방편으로서 전혀 생소한 서구문학에의 무절제한 침잠 - 이 동인에게 소위 악마주의의 사도로 소개된 와일드와의 접근을 더욱 가능하게 했으리란 추측을 간과할 수 없다. 설령 동인이 와일드와의 영향 관계에 대한 논의가 전혀 없었다 하더라도 그 당시 우리의 수용환경 및 그의 자전적 작품을 통한 심리적 측면만으로도 그들의 영향관계를 상정할 수 있기 때문이다.

동인은 자신을 항상 예술지상주의 작가라고 자칭하고 있었으나 와일드와 유미주의에 대한 동인의 직접적인 논의는 찾아볼 수 없다. 그러나 바로 앞에서도 논했듯이 그 수용환경 및 심리적 차원에서는 얼마든지 가능하다고 본다. 이것은 동인의 作品 속에 나타난 그들 서로의 유사성에서 그렇게 추정할 수 있는 것이다.

본고는 동인이 순수한 예술적 의도를 지니고 작품활동을 했던 그의 전반기 작품을 대상으로 한다.18)

비교문학적 관점에서 고찰하되, 동인과 와일드와의 영향관계를 그 당시의 이입사를 통해서 그 계보를 체계화하고 그 영향 양상의 추적으로서 동인소설에 나타난 유미적 경향을 점검하고 나아가서 그들 서로의 유사성과 이질성을 찾아 동인 소설의 실체를 밝히는데 주안점을 두고자 한다.

---

18) 蔡壎은 「1920年代 韓國作家研究」에서 1930年을 軸으로 1930年 以前은 藝術的인 本格小說로 1930年 이후는 破産 後 文學을 業으로 삼는 生活人으로서 悲慘한 時期로 보았다.

Ⅱ. 와일드의 유미주의관

1. 유미주의의 발생과 그 현황

유미주의란 그 개념의 범주가 복잡다양하고 광범위하다. 그러나 이 용어에
현대적 의미를 부여한 것은 1750년경 독일학자 바움가르덴(A·Baumgarten)
에서 비롯된다.[19] 원래 <Aestheticism>의 Aestetic이란 말은 희랍어 Aistheta
에서 온 것으로, <감상에 의해 인식되는 것>[20]이란 뜻이다. 이 용어의 개
념적인 범주는 크게 나누어,

① 철학적 분야로서 미의 본질이나 미에 관한 판단을 다루는 것
② 여타의 학문, 일테면 심리학, 사회학, 인종학, 역사학 등에 의해 미적
　　경험과 예술적 현상을 기술하고 표현한 것
③ 예술이나 미에 관한 특수한 철학과 개념 등[21]

세가지로 생각할 수 있다. 그러나 전통적인 의미에서 <Aesthetics>는 특
히 예술에서 미나 아름다움을, 예술평가에서 가치의 표준과 심미안을 다루
는 철학의 분야[22]로 오늘날은 인간생활에서 예술의 현상을 탐구하는 것과
관련되어 독립된 학문으로 발전하는 경향을 보이고 있다.

유미주의가 싹이 트기 시작한 것은 19C 초[23]로 독일 낭만주의 미학에서

---

19) J. S. George Allen, *The Dictionary of World Literary Term*, 1970, 6쪽. 바움가르덴은 미학을
　　<Aesthetica>로 명명, 「Aesthetica」란 비평논문을 발표했다.
20) J. A. Guddon, *A Dictionary of Literrary Terms*, 1977, 16쪽. 또 희랍어로 <Aistetes>는
　　<지각하는 사람>을 뜻한다.
21) Webster's New Collegiate Dictionary, Moerriam Company, Massachusetts, 1977, 19쪽.
22) Dagobert D. Runos, *The Dictionary of Philosophy*, New York, 1942, 6쪽.
23) 「세계문예대사전」 중앙공론사, 소화 12년(1937), 410쪽.
　　19C 중엽부터 10년 정도는 전기, 19C말엽까지는 후기로 나눔.

비롯된다.24) 근본적으로 유미주의는 예술이란 자아충족적이며 예술 자체의 목적 이외에는 어떤 다른 목적도 수반될 수 없는, 자율적인 것을 기조로 하고 있다.25) 또한 그것은 운동이라기보다 일종의 예술적인 경향으로 사상과 취미의 흐름이며 그 개념은 각 나라마다 부분적으로 다른 양상을 띠는 등 광범위하나 예술만을 최상의 목표로 하는 예술 유일사상을 고수하는 점에서는 동일하다.

유미주의가 현저하게 발전했던 불란서와 영국의 경우<l'art pour l'art> 관념은 불란서가 좀 더 일찍 이론화되었다. 특히 고답파적 특색을 지닌 고티에 (T · Gautier)26)와 보들레르 (C · Baudelaire)27)는 프랑스 유미주의에서 가장 중요 역할을 했으며 사실상 불란서에선 상징주의 시인 중심으로 유미주의가 전개되었다.

가장 늦게까지 융성한 영국의 유미주의는 두가지 사적 특성을 띠고 있다.

첫째, 그 시대의 반항의식을 토대로 한 사회개조 운동
둘째, 그 운동은 시인, 화가, 조각가, 비평가 등의 협력적 집단운동이다.28)

---

24) Kant, Schelling Goethe, Schiller, Novalis, Hoffmann 등으로 특히 Goethe가 두드러지며 Schiller 식으로 표현하면, 자연과의 充滿된 하모니를 이루는 순수한 시인이며, Schiller는 「Naiv und Sentimentalishe」의 대조를 한 「Uber Naive und Sentimentaliache」(1795)이란 평론에서 Sentimentalish 한 시인이 자연과의 직접적 교감에 실패, 자연에 귀의하기를 동경하는 이상주의자인데 비해 자연과 완전한 일치를 이룬 시인은 리얼리스트라고 언급했다.
25) J. A. Guddon, 17쪽, 참고
26) Gautier의 「모팽嬢」의 서문은 새로운 유미적 관점의 최초의 예로 19C 중엽당시 Le Conte de Lisle, Theodore de Banville와 함께 비개성, 기교의 완전성, 회화적 특성을 추구했으며 시인은 정치적 윤리적 문제에 관여하지않는 미를 사랑하고 상상과 창조를 표방함을 기본 이념으로 했다.
27) 영어로 최초의 유미주의적 시론을 쓴 낭만주의 후기파의 대표자로 볼 수 있는 포오(E. A. Poe)의 영향을 많이 받았으며 제자 C. Swinburne을 통해 포오의 시이론은 영국에까지 전파되었다.

전자로 말하면 영국의 19C 중엽은 부르죠아 자본주의가 최고로 난숙한 시기이며 물질 및 기계만능과 상업자본주의의 풍조가 풍미하고 정신, 문화 방면을 등한시하여 미·우아·숭고의 가치를 역설하는 예술적 고양이 극단 적으로 박해받던 시기이다. 영국 유미주의는 이런 시대 풍조의 반동 내지 비판의 발흥으로 상업자본이 경시하는 대상인 미 또는 예술을 높이 평가하 고 생활과 사회를 미적으로 개조하려고 했다. 평론가의 입장에서 유미주의 자를 <심미적 개조가>라 함은 이 때문이다. 후자는 사회의식, 개조의식을 실현하기 위해 모든 예술가가 그 풍조에 기여함이 효과적이란 것이다.

이처럼 영국 유미주의는 자국적 요소[29]를 띠고서 전기는 비교적 예술에 대한 존중, 찬양이 그다지 상궤를 벗어나지 않았으나 후기[30]는 광적 (Mania) 이라고 해도 좋은 괴기성을 띠었다.

최초의 명확한 유미주의 이론가인 스윈번(A. C. Swinburne)은 보들레르 를 통해 포오의 이론에 크게 감명을 받았으며 시의 내용보다 언어의 색채 와 음악성, 즉 형식에 치중하는 극단적인 형식주의자이다.[31]

그에 비해 온건한 입장에서 관조적 유미주의 관점을 취한 페이터(W· Pater)는 전기 유미주의의 대표적 인물이다. 그는 인생 그 자체는 예술정신 에서 취급되어져야 한다고 선언했다. 그것은 인생을 예술의 관점에서 보려 는 것으로 인생 아닌 예술, 인생 대신 예술을 또 둘 중의 하나를 擇해야 하는, 다시 말해서 예술같은 인생을 의미하는 것이다.[32] 그러나 스윈번과는

---

28) 세계문예대사전, 411쪽.
29) 낭만주의문학과 창작적 상상력에 바탕을 둔 낭만적 관념과 유미주의가 발생할 수 밖에 없었던 그 당시 사회적 성격을 의미한다. 대표적인 작가로서 C. Rossetti, W. Morris, A. C. Swinburne, O. Wilde이며 사상가로선 J. Ruskin, W. Pater, 화가로서 D. G. Rossetti, 라파엘전파, A. Beardsley 등을 들 수 있다.
30) 보통 19C 중엽부터 10년 정도는 전기, 19C 말엽까지를 후기로 나눈다.
31) Encyopedia Britannica, V.21, 523쪽 참고.
32) J. A. Guddon, 앞의 책, 18쪽 참고. 페이터는 특히 1C 이상이나 미적 사고를 지배한 빈켈 만(J·J·Winckelmann)에게서 그리스 고전사상의 영향을 받았다.

달리 형식과 내용은 상호 분리될 수 없는 경험적 통일성33)을 지닌다고 주장했다. 또한 예술이 도덕에서 탈피해야 한다는 것은 유미주의자들이 한결같이 부르짖는 표어지만 페이터는 예술은 결과적으로 도덕성을 띠고 있음을 시사, 스윈번, 와일드, 포오 만큼 예술과 도덕의 분리에 격렬한 자세를 취하지 않았다.34)

유미주의와 밀접한 관련을 맺어 온 P · R · B35)(Pre-Raphaelite Brotherhood)의 활동 또한 간과할 수 없다. 자연에 대한 순수하지 못한 태도와 상상력이 없는 것에 불만족하여 순수시를 동경하고 감상을 열망했다. 그래서 의고적 양식을 재생시켰으며 고어사용과36) 고전적 방법론의 사용, 특히 기사도 정신과 로맨스에 대한 중세취미가 미학적 예찬의 중요한 일부가 되었다.37)

유미주의의 개념 및 내용은 각 나라의 양상과 개인에 따라 다르나 그 공통적 특성을 정리해 보면,

첫째, 예술이란 자율성이며 예술자체 이외의 목적 이외에는 어떤 다른 목적도 필요하지 않은 것이다.

즉 ① 예술은 인생과 무관하다.

② 미적 쾌락만으로 예술적 가치가 평가된다.

---

33) 이태동譯, 유미주의(R · V · Johnson 원작, 「Aestheticism」, 1971), 왕문사, 1974, 23쪽.

34) 위의 책, 109~10쪽 참고. 또한 페이터는 아놀드(M · Arnold)의 영국 중산층의 속물성에 반발하여 새로운 정신문명을 갈구하는 문화에 대한 견해와 유사, 그 영향이 자못 컸다.

35) Encyopedia Britannica, V.18. 457~58쪽 참고. W. H. Hunt, J. E. Millais, D. G. Rossetti의 화가 중심으로 결성, 그 외 화가인 J. Collinson, 화가이며 비평가인 F. G. Stephens, 조각가 T. Woolner, 비평가 W. M. Rossetti 등이 합세했으며 1858년 D. G. Rossetti가 W. Morris와 B. Jonson을 아더왕 전설의 벽화를 그리는데 끌어들인데서 유미주의와의 관계가 맺어졌다. 모리스와 존슨은 성격상 라파엘파는 아니나 D. G. Rossetti에게 입은 영향은 컸다.

36) 이점에선 Spencer와 Keats의 영향이 컸다.

37) Encylopedia Britannica, V.18 457 - 8쪽 참고, 이면에선 A. Tennyson, W. Morris, D. G. Rossetti, Swinburne 등이 대표적이다.

③ 교훈적, 정치적, 선전적, 도덕적, 공리적이어선 안 된다.

④ 내용보다 형식이 중요하다.

둘째, 인생을 예술의 정신으로써 보려는 것이다.

① 인생에 대한 초연(detachment)한 태도를 지닌다.

② 인생을 관조적 입장에서 본다.

③ 극단적 현실 유리성을 지닌다.[38]

④ 여가와 자유를 조건으로 한다.

셋째, 문학과 예술 및 예술과 비평과의 관점에서 볼 때

① 유미주의자가 반대했던 청교도적 도덕율에 의해 실제적으로 제한을 받았다.

② 비평가는 판단이 아닌 감상의 표현인 일종의 인상주의 비평관을 지녀야 한다.

와도 같이 요약 정리 될 수 있다.[39]

2. 오스커리즘 Oscarism[40]

유미주의란 용어가 1880년대 적용되면서 절정[41]을 이루어 오다가 1890년대에는 쇠퇴하여 김빠진 아이디얼리즘에 대한 매너리즘으로 전락, 보헤

---

38) Villiers de Lisle-Adam은 「Axel」(1890)에서 삶은 하인들이 대신 살아 준다고 할 정도였다.

39) R. V. Johnson의 「*Aestheticism*」에서의 분류방법을 참고했다.

40) 와일드의 아내가 편집한 경구집은 「*Oscariana*」, 또한 와일드의 논자들에 의해 보통 오스카 나름의 독특한 스타일은 'Oscarian'풍이라고 하며 오스카주의는 'Oscarism'이라고 불려진다. 와일드에 비해 오스카란 이름의 선호도가 지배적이다.(Frank Harris의 *Oscar Wilde*와 오인철의 「오스카 와일드 小考」 - 비평문학 10호, 1996 참고)

41) 절정일 때는 압박, 위선, 자기충족, 실리주의 시대에 생기를 불어 넣는 역할을 했다. 즉 미에 대한 순수한 탐구였다.

미안적이고 데카당적인 것과 관련되어 1890년대 10년 동안은 일종의 매니아(Mania)적 기괴성을 발휘, 어떤 자극을 위해서는 예술과 결부된 일상생활까지도 서슴지 않았다. 이 시기의 가장 대표적인 인물이 바로 와일드이다.[42] 80년대 유미주의도 와일드 없이는 존재되지 않지만, 90년대 데카당이야말로 와일드 없이는 이해될 수 없을 만큼 와일드는 데카당의 유미적 요소에서 적소를 차지하고 있다.

가. 예술관의 형성과 그 영향관계[43]

와일드의 예술관이 형성된 시기는 옥스퍼드에 입학했을 때로 그것은 인생의 전환점이 되는 계기가 되었다[44] 특히 러스킨(J. Ruskin)[45]과 페이터(W. Pater) 은사의 강렬한 아필은 괄목할 만한 것이었다. 그에게 러스킨은 플라톤같은 선과 진실이며 미의 예언자로서 미의 필요성과 기계주의의 불쾌함을 선언하고 노동의 신성함을 몸소 실천함으로써 감명을 주었다. 또한 페이터는 와일드에게 예술의 최고 형식인 미의 준엄성과 최고무상(最高無上)의 그리스예술의 융합을 가르쳤다.[46] 그러나 와일드의 심미안 조성에 큰 역할을 한 것은 휘슬러(James Mcneill Whistler)[47]였다. 모리스 (W. Morris)

---

42) 이 당시 상황은 A. Beardsley의 삽화와 그 시기의 1894년에 창간된 계간지인 「The Yellow Book」에 잘 나타나 있다.

43) James Laver의 *Oscar Wilde*(The British Council, 1956), Hesketh Pearson, *Oscar Wilde. His Life and Wit*, (New York and London, 1946), Frank Harris, *Oscar Wilde*(Michigan State University Press, 1997) H · Montgomery Hyde, *Oscar Wilde*(New York, 1975) 등을 참고로 했다.

44) 와일드는 자기인생의 큰 두가지 전환점을 아버지가 옥스퍼드에 입학시켰을 때와 사회가 자신을 감옥에 보냈을 때라고 했다.

45) 1869 - 78년 사이 옥스퍼드에서 「미학과 프로렌스의 학파」에 대한 강의를 했다.

46) H. Pearson, 24~7쪽 참고. Pearson은 말하기를 러스킨은 와일드 자신의 내재된 요소를 깨워주었을 따름이고, 키츠, 플로베르, 페이터는 더욱 중요한 역할을 했으며 특히 페이터의 평론집은 와일드에게 '미의 성경이며 정신과 감각의 황금서적'이었다고 한다.

47) 휘슬러는 중국 자기와 일본 그림을 숭배, 현대예술은 실재표현이 아니라 해설이라 했으

가 이상을 상상적인 과거에서 찾는데 비해 휘슬러는 현대의 모든 사고를 소화해서 연금술의 재주로 그것을 자기화, 와일드의 개인적 재능형성에 큰 영향을 주었다.

와일드가 유미주의자로서 대중 앞에 등장하게 된 것은 길버트(Gilbert)와 설리반(Sullivan)의 유미적 오페라인 「인내」에서 모델로 등장했을 때부터다. 이 상연물은 유미주의의 지나침을 풍자화한 것으로 러스킨과 그의 지지자에서 시작된 즐겁고 아름다운 삶의 당위가 신조인 초기 유미주의자가 순수하고 건강한 가르침에서 병적인 권태와 유약한 감각주의 및 부패와 쇠퇴의 불건전한 방향의 숭배48)로 변형된 것에 대한 경고였다.

데카당의 유미적 요소 또는 유미주의의 데카당적 요소는 불란서 데카당파와의 교류에서 온 것이었다. 데카당스의 대표적 작품인 위스망스 (J. K. Huysmans)의 「逆」 (Rebour)49)과 악마주의 주창자인 과이터(Stanislas de Guaita), 「신경증」과 「검은 고양이」의 저자인 롤리앙(Maurice Rolliant)50) 등은 와일드가 파리를 자주 왕래했을 때 퇴폐적 문화의 전형이었다. 와일드가 독창적으로 성장되어 절정에 오른 시기는 1893~4의 이년간51)으로 특히

며 새로운 장식법을 고안하여 예술의 르네상스를 선언, 흥미있는 외모에 신랄한 위트와 형용사적 어구를 즐겨한 재담가이다.

48) 푸로듀서인 Richard D'oryly Carte가 언급한 유미주의 개념을 인용한 것이다.

49) 플로베르의 「聖안트안느의 유혹」과 「Hérodias」를 소재로 대부분 그림을 그리는 G. Morleau에게서 주인공 드제쌍뜨는 사치와 싸디즘적 강박관념을 발견하고 「살로메」에 매혹된다. Mario Praz는 「낭만적 고민」 (A Romantic Agony)이란 연구에서 Wilde, Lorrain, Gourmont, D'annunzio의 데카당적 산문은 이미 위스망스의 「逆」이 시초라고 했다.

50) 흡혈귀에 관한 주제인 「유령」을 쓰고 검은 여신, 아편, 마귀를 칭송했다.

51) 이 때 나온 작품이 「살로메」 Salomé 「하찮은 女子」 A woman of no Importance, 「원더미어卿 夫人의 부채」 Lady Windermer's Fan로 「원더미어卿 夫人의 부채」는 세익스피어 연극보다 훌륭하다는 평을 받았다. 특히 W. B. Yeats와 A. Gide가 와일드에게서 받은 감화는 놀란 것이었다.
특히 Yeats는 와일드가 10년간 형성하고 세련한 유미적 명제와 가정에 감명을 받아 와일드의 「살로메」를 변형하여 「위대한 시계탑의 王」 The King of the Great Clock Tower을 썼다.

「살로메」의 삽화를 그린 비어슬리(A. Beardsley)의 비평은 대중을 무시하고 예술적 대담성과 자아확신의 표현이란 점에서 와일드에게 큰 영향을 주었다. 그러나 그의 유미주의는 더글라스(A. Douglas) 사이와의 동성애 스캔들52)로 파멸을 초래했다. 이것은 그 당시 영국사회의 지성을 염오하고 관습을 고수하려는 실리주의자에 휘말린 예술가의 운명으로, 바이런, 키츠, 셀리 등의 모든 다른 예술가와 숙명을 같이 한 점이다.

나. 와일드의 인생관 및 자연관

예술이 인생을 모방하는 것이 아니라 인생이 예술을 모방한다는 것이 그의 예술관의 기본원리다. 그것은 '인생은 예술처럼'이란 인생의 관객이 되는 자세이다. 인생의 기초는 단순히 표현을 위한 욕망이며 표현은 예술의 각종 형식을 통해 달성된다는 것이다.53) 그런데 인생은 바로 이 형식을 포착하여 그것이 설령 해가 될지라도 이용한다는 것이다.

자연과 예술과의 관계에 있어서도 자연이 예술을 모방하는 것이지 예술이 자연을 모방하는 것이 아니다. 와일드에게 자연은 위대한 어머니가 아니라 우리가 창조한 것으로 인생에 활기를 주는 두뇌에 있다. 말하자면 모든 사물은 그 미를 지각함에 의해서 존재한다는 것이다.54) 그러므로 자연은 좋은 의도를 소유하고 있으나55) 그 의향을 수행할 수 없이 불완전하며 상상력이나 공상 또는 인간의 교양있는 태도에 의해 자연의 순수한 신비가 발

---

52) 와일드는 A. Douglas를 보자 곧 대항할 수 없는 매력을 느꼈다 한다. 바로 이점이 자신의 과오이며, 파멸로 이끈 원인이라 했다.

53) O. Wilde, *The Decay of Lying*(Stanley Weintraub, *Literary Criticism of Oscar Wilde*), University of Nebraska Press, Lincoln, 1968, 186쪽 참고.

54) 예를 들어 개구리의 경우 개구리가 존재하기 때문에 인간이 개구리를 지각하는 것이 아니라 시인과 화가가 개구리에 신비로운 사랑을 담았기 때문이라 했다. 즉 예술이 개구리를 묘사할 때까지는 개구리는 존재하지 않았다는 것이다.

55) 아리스토텔레스의 말이다. 이점에서 와일드는 Platon적이라기보다 Aristotle적이다.

견된다는 것이다.

결국 훌륭한 예술의 판단은 인생과 자연에 귀착여부에 있으며 상상력이
란 매개체를 통해 자연의 조야한 부분이 가공이 된다.

그런 의미에서 리얼리즘은 훌륭한 예술화의 적당한 방법이 아니다. 그래
서 와일드는 예술가가 피해야 할 두 가지 요소를 형식의 근대화와 주제의
현대화라고 했다.[56] 그것은 또한 로만티씨즘이 인생에 선위(先位)하는 이유
이기도 하다.

다. 와일드의 예술관

<예술을 위한 예술> Art for Art's Sake은 19C 유미주의자에게 하나의
표어로서 예술은 예술자체 이외에는 아무 목적도 없으며 전혀 무익한 것임
을 본질로 하고 있다. 또한 와일드의 유미적 예술관은 다른 유미주의자와
마찬가지로 반도덕 Anti Moralism, 반리얼리즘 Anti Realism, 반공리성 Anti
Utilitarianism을 기본으로 하고 있으며 내용보다 형식에 치중하는 것[57]을
골자로 하고 있다.

① 반도덕, 반리얼리즘, 반공리성

와일드에게 모랄이란 염오하는 대상에 한해서만 채택되는 태도이며 행
동의 이완이다. 만일 예술이 도덕을 의식한다면 그 예술은 무가치한 것이며
예술이 아니다. 그는 알제리아 도시를 타락시키고 싶다는 사디즘적 욕망을
나타낼 만큼 모랄을 무시[58]하며 책도 잘 씌어져 있거나 잘못 씌어져 있다

---

56) 그것이 New Hellenism을 주장하는 필연적인 결과인 것 같다.
57) 이 점에서 극단적인 형식주의자인 스윈번과 뜻을 같이 한다.
58) A. Gide, *In Memoriam*, (*Oscar Wilde*, by Richard Ellmann) Yale University, 1969, 33쪽.
　　지드는 와일드의 말이 플로베르의 도시를 타락시키고 싶다는 말과 너무나 흡사해 놀랄정
　　도로 플로베르와 발작크의 영향을 많이 받았으며, 와일드의 설득력은 지드의 영혼을 빼

는 것 뿐이지 도덕적인 책이나 부도덕적인 책은 없다고 했다.[59] 정녕 예술에서의 도덕성을 언급한다면 그것은 예술가가 취급하는 불완전한 매개체를 완전하게 사용하는 것이다.[60] 또한 앤티 모랄은 예술을 인생과 별개의 것으로 보려는 관점과 병행되는 것으로 여기서 얻어지는 부산물이 곧 예술 자체가 도덕적 의미에서 탈피하려는 것이다.[61]

둘째, 예술은 사실의 표현인 거울이라기보다 베일이라는 것이다.[62] 사실을 중시한 예술은 불모이며 위대한 예술가일수록 사물을 있는 그대로 보는 것이 아니라 상상력[63]을 통해 창조되는 것이다. 그런 의미에서 졸라(E. Zola)는 자살을 범한 거나 마찬가지란 것이다.[64] 그래서 주장한 것이 「마스크의 진실」 The Truth of Masks[65]이다. 아름다운 비진실을 얘기하는 것이 예술의 고유한 목적이며 진실이 사실이 될 때 그것은 모든 지성적 가치를 잃어 버린다.[66] 즉 형이상학의 진실은 가면의 진실이라고 주장했다.[67]

앉아 가는 듯 했다고 한다. 결국 와일드의 부드러운 악은 지드에겐 굳건하고 확언할 수 있는 교훈적으로 정당화할 수 있는 미덕으로 되었다.

59) O. Wilde, *Preface to the Picture of Dorian Gray*(Regents Critics, by Stanley Weintraub), University of Nebraska Press, Lincoln, 1970, 229쪽.

60) 위의 책, 230쪽.

61) 이태동譯, 앞의 책, 25쪽 참고.

62) S. Weintraub에 의하면 와일드는 순수한 미학적 견해에서 비평활동을 한 아리스토텔레스적 경향을 띠고 있다고 주장했다.

63) 좋지 않은 것까지도 좋게 할 수 있는 훌륭한 거짓말과 동일개념이다.

64) 와일드는 「*The Decay of Lying*」에서 발자크와 졸라를 비교, 발작은 19C 상상적 실재를 지녀 인생을 복사하지 않고 창조한데 비해 졸라는 사실 그대로의 기록이며 윤리적으로 지고한 모랄을 나타내는 점에서 잘못되었다고 역설했다.

65) O. Wilde, *The Decay of Lying*, 73~4쪽 참고. 마스크란 플라튼 식의 마스크 뒤에 있는 실체의 추구가 아니고 인간은 분석할수록 분석할 이유는 사라지며 인간은 모두 같은 요소로 되어 있으며 단지 다른 것은 비본질적인 요소란 것이다. 그래서 그는 Hegel의 이념과 현상의 통일을 예술효과의 본질로 생각한다.

66) Stanley Weintraub, Inroductions, 앞의 책, xxii, 그래서 모든 좋지 않은 시는 진실된 감정에서 샘솟는 것이며 자연스런 것은 명확하고 명확한 것은 비예술적이란 것이다.

67) O. Wilde, *The Truth of Masks*, (Regents Critics, S. Weintraub) 1970, 158쪽.

셋째, 예술은 반공리성이란 것이다. 그가 작품을 쓴다는 것은 대중을 의식한 것이 아니라 자신의 쾌락 때문이다. 그에게 이타주의 Altruism란 불건전하고 삶을 오히려 망치는 것이며 많은 죄를 창조하게 되는 원인이 된다.[68] 고유한 목적은 가난이 불가능하게 될 사회를 건설하는 것이며 이타적인 덕은 오히려 이런 목적 수행에 방해가 된다는 것이다.[69] 그래서 그의 사회주의는 개인주의를 인도하는데 가치가 있으며 또한 개인주의는 예술의 가장 강렬한 양식으로 예술가가 만일 타인이 원하는 것에 관심을 둔다면 장사꾼에 지나지 않는다는 것이다.[70]

진정한 예술가란 자신을 절대적으로 믿는 사람이며 관객을 지배하는 새로운 개인주의의 소지자이며 이것이 곧 예술 이외의 분야에선 인식될 수 없는 그리스인이 추구하며 르네상스가 추구한 New Hellenism인 것이다.[71]

② 의고주의 Archaism

와일드는 유년시절부터 그리스 고전문학에 정통하여 그리스 문학 및 그리스 전체를 사랑하는 마음을 배웠다.[72] 특히 그가 즐겨 읽은 영국 낭만파 시인의 작품[73]은 불란서의 파르나시앙 (Parnassiens)처럼 즐거운 회상의 고전주의를 표현,[74] 의고적이었다. 즉 고전에서 예술가는 인생의 미와 숨결을

---

68) O. Wilde, *The Soul of Man under Socialism*(The Penguin English Library, 1977), 20쪽.
69) George Woodcock, *The Social Rebel*, (A Collection of Critical Essay, R·Ellmann), 1969, 151쪽.
70) O. Wilde, *The Soul of Man under Socialism*, 앞의 책, 34쪽 참고.
71) 와일드는 항상 그리스적 관념의 새로운 리바이벌을 희구, 작품의 소재도 현대가 아닌 그리스·르네상스시대에서 취해야 하며, 전통을 미에서, 새로운 양식을 고대형식으로 표현하는 것이 그가 열망하는 New Hellenism이다.
72) 트리니티에 입학했을 때 Mahaffy 스승의 그리스적 관점이 지대한 영향을 와일드에게 끼쳤다.
73) Milton, Keats, Tennyson, Rossetti C·G, M·Arnold 등이다.
74) Richard Aldington, Introduction(The Portable Oscar Wilde, Penguin books), 1974, 12쪽 참고. 신헬레니즘의 주제를 대상으로 작품에 「에로스의 정원」 (*The Garden of Eros*), 「Itys

창조하고 그것은 곧 로맨티시즘의 새로운 형식이며 고전은 잠과 역사에서 깨어나 아름다운 광경으로 움직인다는 것이다. 결국 진실이란 고고학이 예술의 형태로 변형될 때 놀랍게 나타나는 것이며 특히 르네상스가 얼마나 위대했나를 신헬레니즘을 통해 예찬했다. 그것은 지적인 그리스인이 추구했던 자유와 미가 자연스럽게 발견되기 때문이다.[75]

③ 댄디즘 Dandyism

아놀드 하우저에 의하면 유럽 유미주의자들의 옷차림의 특이성은 위선적이고 속물적인 세계관에 대한 항의로 해석되기도 한다. 특히 영국의 경우, 댄디는 상류계급쪽으로 탈락해 나간 부르조아 지식인으로 댄디의 세심한 멋부림과 사치는 보헤미안의 방탕하고 무질서한 생활과 동일한 기능을 가진다. 이것은 부르조아지의 기계적이고 천박한 삶에 대한 항의의 표현으로 특히 영국인들은 단추구멍에 해바라기꽃을 꽂고 다니는 습성을 갖곤 했다. 보들레르는 댄디를 예술가보다 상위에 둘 정도였다. 와일드의 댄디는 딜레탄티즘과 유미주의의 결합에서 나온 신사다운 미덕이란 평도 있다.[76]
와일드가 유미주의 작가로서 명성을 날리게 된 것은

첫째, 길버트(Gilbert)와 설리반(Sullivan)의 「인내」란 오페라 극에 유미주의 주창자의 모델로 등장한 것과
둘째, 《Punch》지에 G. Du. Maurrier에 의해 만화의 주인공으로 풍자화된 것[77]

의 부담」, 「Charmides」, 「Panthea」 등이 있다.
75) *The Soul of Man under Socialism*, 앞의 책, 148~53쪽 참고.
76) 아놀드 하우저, 백낙청외, 문학과 예술의 사회사 - 현대편, 창작과 비평사, 1985.
77) Hesketh Pearson, Introduction(O · Wilde, The penguin English Library), 1977, 9쪽.

에 따른 결과이다. 특히 와일드 외모의 기괴성과 특수한 옷차림[78]의 삽화가 대중의 호기심을 끌었던 것이다. 그는 의상의 개혁이 종교개혁보다 더 중요하다고 선언할 정도였다.[79] 그가 그렇게 된 이유를 H. Pearson은 모성고착 (Mother Fixation)에서 온 것이라 했다.[80] 그의 댄디즘은 형식주의에 밑받침이 될 수 있는 근본이며 동시에 쾌락을 즐기는 마음과 외적인 멋의 일치이기도 하다.

④ 이교주의 Paganism

와일드가 이교도적 경향을 띠게 된 것은 트리니티의 Mahaffy 교수와 그리스 여행을 다니면서이다. 2년의 감옥생활 후 그는 「獄中記」 (De Profundis)에서 종교란 자신에게 도움이 되지 않으며 보이지 않는 신에 바치는 신앙을 촉감할 수 있고 볼 수 있는 것에 바친다고 말했다. 그에겐 신도 형태를 가지고 나타나야만 영묘하며 신의 신비한 뜻은 자신 속에서 찾아 창조해야 한다고 했다.[81]

그는 그리스도를 상상력이 풍부한 시인의 소질이 있는 인간으로 생각하고 자신과 예수를 동일시했다. 그가 항상 흥미를 지녔던 복음을 자신이 변형 개조한 것이 그 예이기도 하다. 그의 이교주의가 최악의 상태에 도달한 때는 더글라스(A · Douglas)와의 스캔들로 사회의 빈축을 받았을 때며 그 당시 그는 충고도 외면하고 비평을 극도로 경멸했다. 자신이 변형한 복음의

---

78) H. Pearson, 앞의 책. 39쪽 참고. 긴 머리, 실크 스타킹, 반바지 연그린색 넥타이, 유미주의 예찬의 상징인 해바리기꽃과 장미꽃을 달고 런던 거리를 활보했다 한다.
79) 미국에서 한 강연제목 역시 내실장식과 의상에 관한 것이었다.
80) H. Pearson, 앞의 책, 15쪽 참고. 딸을 갖고 싶어했던 와일드의 어머니가 아들인 와일드를 낳은 것에 실망, 와일드를 오랫동안 소녀 옷을 입혀서 키웠다 한다. 어떤 의미에서 병리학적인, 또한 딸을 갖고 싶어했던 어머니의 열망이 그의 성격에 영향을 끼쳤을 거라고 보는 관점이다.
81) H. M. Hyde, 앞의 책, 32쪽. 와일드는 이교도이긴 하나 항상 로마 교회에 병합하고 싶은 충동을 억제할 수 없을 만큼 예수에 대한 관심이 지대했다.

예를 들어보자.

> 예수가 Nazareth에 돌아 왔을 때 Nazareth는 대단히 변해서 그가 살던 곳인지를 알 수 없을 정도였다. 그가 살았던 Nazareth는 슬픔과 눈물로 가득 차 있었는데 지금은 웃음과 노래로 가득 차 있었다…
> 예수는 집 밖을 나와, 얼굴과 衣裳을 아름답게 化粧하고 발은 진주로 감싼 한 女人을 보았다. 그 女人 뒤에는 두 色으로 된 外套를 입은 한 男子가 따라오고 있었는데 그의 눈은 慾望으로 빛났다. 예수는 그 男子에게 다가가서 어깨에 손을 대며 "왜 당신은 이 女人을 따라 가는가? 왜 그런 式으로 그 女를 보는가?" 그 男子는 돌아서서 예수인 것을 알아보고 "나는 장님이오. 治療해 주시오. 나의 視力으로 내가 그 밖에 무엇을 할 수 있겠오?82)

의도적으로 신을 모독한 것은 아니나, 예수를 인간으로 생각, 예수의 개성에 이끌리어 자신과 예수를 동일시해서 말하곤 했다.83) 특히 와일드는 그의 유죄판결과 옥중 생활의 고통을 예수의 고통과 완전히 유사하게 생각할 만큼 예수를 낭만적이고 목가적이며 아름다운 음악성을 지닌 인물로 그의 마음 속에 부각시켰다.

⑤ 향락주의 Hedonism

유미주의 기본정신이 즐거움인 것처럼 오스커리즘 Oscarism84) 역시 선천적인 기질과 즐거움의 융합이었다. 그는 철저히 쾌락을 위해서 살아 왔으며 괴로움과 슬픔을 피했고 증오는 자신의 철학과 관계없는 것85)이라고 할 정

---

82) F. Harris, 앞의 책, 106쪽.
83) G. Wilson Knight, *Christ and Wilde*(*Oscar Wilde*, by Richard Ellmann), Prentice-Hall, Inc. 1969. 147쪽. 와일드는 자신을 표현하는 방법으로서 <인생에 있어서 낭만주의운동의 선구자로서의 그리스도>를 쓰고 싶다고 할 정도였다.
84) Stanley Weintaub의 「The Critic in spite of Himself」에서 인용했다.
85) O. Wilde, *De Profundis*(The Portable *O. Wilde*, by R·Aldington, Penguin Books), 1978.

도였다. 그에게 권태란 세계에서 가장 무서운 것이며 그는 색채·미·생활
의 즐거움에 융합한다는 원리를 지니고 살았다.[86]

특히 와일드의 헤도니즘은 그의 유일한 소설인 「도리안 그레이의 肖像」[87]
The Picture of Dorian Gray에 잘 나타나 있다. 그의 분신이라 할 수 있는 헨
리卿이 청년 도리안에게 역설하는 대화를 예로 들어보면 더욱 분명해진다.

> 쾌락만이 이론을 가질 만한 가치가 있는 유일한 거야… 그건 자연에 속
> 하는 거지. 쾌락은 자연의 음미이고 承認의 표시야[88]

그래서 헨리는 청춘이 가면 미도 사라져 버리는 것이므로 청춘을 향유하
고 있는 동안 생을 마음껏 향락하라고 설론하며 그 방법은 새로운 감상을
찾는 것이라고 한다. 그러나 와일드의 새로운 감각은 육체적이며 본능적,
관능적 싸디즘적인 것으로 전락돼 버린 결과를 초래하며 결국 쾌락이란 고
난보다 진실이 아니었음을 뒤늦게 자책하는 면모를 보여준다.

⑥ 관능주의 및 악마주의 Canalism and Diabolism

와일드 성격의 중요한 열쇠는 「스핑크스」 The Sphinx란 詩인 것 같다.
아름다운 언어표현과 관능적인 시어는 「도리안 그레이의 초상」과 「살로메」
가 기괴하고 악마의 행위 속에 소년 같은 즐거움을 완벽하게 서술한 것임
에 비해 내재된 악이 최초로 암시된 것은 바로 「스핑크스[89]에서다. 기괴한

526쪽 참고.
86) H. Pearson, 앞의 책, 146쪽 참고.
87) Balzac의 「조그만 슬픔」 *La Peau de Chagrin*(1831), Huysmans의 「逆」 *A Rebours*(1884),
Stevenson의 「지킬과 하이드」 *Dr. Jekyll and Mr. Hyde*.(1886)를 근거로 했다고도 한다.
88) O. Wilde, *The Picture of Dorian Gray*(The Portable *Oscar Wilde*), 1974, 226쪽.
89) 1883년에 완성해서 1894년에 발표, 영국의 순화(純化)를 멸망시킬가봐 간행을 주저했다
고 와일드는 언급했다.

모습을 한 「스핑크스」를 태양도 무가치할 만큼 아름답고 신선한 전율을 주며 은빛달과 같은 모양으로 모사했다. 올딩톤(R・Aldington)은 「聖안트안느의 誘惑」Tenation de Saint Antoine의 플로베르적인 요소와 유사하다고 했다.90)

> 그대의 눈은 고인 湖水에 떨리는 幻想的인 달과 같고
> 그대의 말은 幻想的 曲調로 춤추는 珠紅 빛 毒蛇같다.
> 그대의 맥박은 毒氣품은 맬로디를 만들고 당신의 검은 목은 洞窟과 같다.91)

스핑크스란 괴물은 와일드에게 새로운 감각을 깨우쳐 준다. 스핑크스의 노란 상아 및 발톱, 살모사가 감아 올리는 것 같은 꼬리, 사랑스런 미소, 발톱으로 할퀴고 괴롭히는 등의 관능적인 표현은 와일드의 악마주의92)의 훌륭한 동숙자라 볼 수 있다.

와일드의 「意向論集」Intentions에 실린 평론 「펜과 연필과 毒藥」Pen, Pencil and Poison에선 작가이며 위조범, 독살자인 웨인라이트의 범죄활동을 상상력의 형식 즉 스타일을 개선시키는 공적을 세웠다고 칭찬하여 사회의 비난을 받기도 했다. 또한 「아더 새빌卿의 犯罪」Lord Arthur Savile's Crime는 일종의 와일드 성격의 요약으로 주인공 새빌이 어떤 사람을 죽일 운명이란 손금장이의 예언을 미리 실천하기 위해 살인을 여러번 시도했으나 실패, 결국은 강가 난간을 잡고 힘없이 걷는 사람을 강에 빠뜨리고 나서

---

90) Richard Aldington, Introduction, 앞의 책, 13쪽.
91) O. Wilde, *The Sphinx*(The Portable *Oscar Wilde*, by R・Aldington), 1978, 579쪽.
92) Richard Aldington, 앞의 책, 4쪽 참조.. 지드는 와일드가 악의 權威가 되기를 원한다고 논평. 1902년 「非道德主義者」 The Immoralist, 1926년 「虛僞」 The Counterfeiters를 발표했으며, A・Ransome 역시 1912년 「와일드의 惡」 Wilde's Vice이란 논문을 내서 와일드를 존경하는 사람들까지도 그 견해를 수긍했다.

야 편안히 잠들 수 있었다는 희극으로 그 빠진 사람이 예언을 한 바로 그 손금장이었다는 유머는 그가 악의 진의를 해학적이고 낭만적으로 처리하려는 점에서 소위 대중이 생각하는 악과는 무엇인가 다른 것 같다.[93] 「도리안·그레이의 肖像」의 경우에도 악마주의가 헨리와 그레이를 통해 나타나 있으나 그것은 실은 파우스트적인 또는 지킬과 하이드적인 갈등에서 벗어나지 못하고 있음을 강렬히 느낄 수 있다.[94]

⑦ 순수와 신비주의 Naivety and Mysticism

와일드에게 어린이는 완전한 신비였으며 즉 그것은 예술이며 진실이었다. 그래서 그는 그것을 신격화하여 자신의 중요한 기쁨으로 삼아 동화를 즐겨 썼다.[95] 그런 이유는 그가 <소년같은 미숙성>[96]을 지녀 왔으며 특히 보석이나 관, 꽃, 의상, 자수, 과일 등에서 감각적 기쁨을 느낄 뿐만 아니라 보석은 그의 영혼 가치의 상징이기도 하다.[97]

그의 대표적 동화인 「幸福한 王者」 The Happy Prince는 와일드의 <보석상징주의>와 육체를 관통하는 영묘한 정신체인 다이아몬드 육체로 그의 천사같은 직관을 표현한다.[98] 눈은 사파이어이고 검의 손잡이는 루비로 도

---

93) Jorge Luis Borges, *About Oscar Wilde*, (A Collection of Critical Essays, by Richard Ellmann) 174쪽 참조. 작품의 근본정신은 즐거움이며 반면 어린시절로 다시 돌아가고 싶어하는 Chesterton의 작품 - 즉 물질적 도덕적 건전의 원형인 - 과 같은 와일드는 항상 악마적이고 무서운 악몽에 시달리는 재난과 악의 기질을 지님에도 불구하고 순수를 보존하는 사람이라고 했다.

94) 문학과 예술의 실제적 측면에서 상세히 논함.

95) H. M. Hyde, 앞의 책, 107쪽 참고. 바이런과 이점에서 유사했다. 대표적 동화로 「幸福한 王者와 그 밖의 이야기」 *The Happy Prince and Other Stories*(1888), 「젊은 王」 *The Young King*(1889), 「魚夫와 그의 魂」 *The fisherman and His Soul*(1891), 「石榴의 집」 *The House of Pomegranates*(1891) 등이 있다.

96) Wilson Knight, 앞의 책, 138쪽.

97) 위의 책, 138쪽. 문학작품 속에서 값진 금속은 물질적 탐욕의 내연성과 초월을 상징하는 상극의 은유를 띤다.

금된 행복한 왕자는 제비를 시켜 불행한 인간을 위해 에로스적 사랑을 베푼다. 드디어 왕자의 금동상이 다 벗겨지고 납으로 된 마음만 남았어도 왕자의 심장은 행복한 미를 지닌다. 왕자는 그의 영혼의 상징인 보석을 그리스도와 같은 사랑과 천사같은 마음으로 다 나누어 주었기 때문이다. 그의 예술관에 비추어 보면 그리스도의 사랑과 같은 왕자의 사랑은 인간의 이상을 위한 사랑이며, 이런 사랑을 산출하는 데는 한 개인의 사랑으로 충분하다는 것이다.[99] 피어슨(H. Pearson)의 말대로 천사같은 얼굴을 지닌 예술가의 개념은 어린이에 대한 순수성 및 신비성과 규합, 「젊은 王」에선 왕의 얼굴이 감히 쳐다볼 수도 없는 예술가의 얼굴과 같은 천사의 얼굴로 변한다.

결과적으로 와일드의 본능은 순수와 신비를 지닌 어린아이같고 양성이며 금관을 쓰고 다이아몬드를 지닌 에로스적 사랑으로 충만[100] 돼 있으며 이것은 소위 이념과 현상의 통일인 영육의 사상을 낳는다. 그가 동화를 쓰는 데는 정서적으로 미숙하기 때문이란 견해도 있지만 영국의 아이들을 기쁘게 해주고 싶은 의향이 작용, 실은 아이리쉬(Irish) 아동인 자신을 기쁘게 하기 위한 그의 예술에 대한 최고의 황홀한 상상력과 창조력이 신비에 싸인 몽환의 세계를 그리게 했는지도 모른다.

⑧ 포말리즘 Formalism

와일드는 예술작품의 내용보다 음악, 언어, 의상, 색채 등의 분위기 즉 형식을 중시하는 점에서 스윈번, 포오와 노선을 같이한다. 리드미칼한 인생

---

98) 위의 책, 145쪽 참고. W · Knight에 의하면 와일드는 젊은 왕자의 미를 통해 영원하고 보석같은 완전을 지각했으나, 그의 미에 대한 경험은 눈의 갈망과 초월사이에 균형을 이루며 상극성을 띠고 있으며 거의 그 분기된 갈망이란 초월에 대한 갈망으로 이것이 와일드의 <별>이며 사랑과 결합될 때 위대한 선의 마음 즉 그리스도의 선으로 구현되는 그 복합성이 와일드 얘기에서 취급되어져 있다고 했다.
99) 위의 책, 142~3쪽 참고.
100) 위의 책, 149쪽.

의 표현이란 언어의 진실한 라임이 새로운 무드를 일으키는 사고나 감정의 정신적인 요소로서 풍부해야 한다는 것이다. 그는 이런 운율적인 언어를 중시하는 대표적인 예를 그리스 문학에서 그리스인의 언어가 언제나 음악과 운율관계에서의 시도[101]였다는 것에 둔다. 예술이란 자아의식에 의해 비존재를 인식하는 것이므로 매개체인 언어, 의상, 음악, 색채의 외적 조건과 개성의 자유와 경험이 풍부한 창조를 통해서 비존재를 인식할 수 있다고 했다. 그것은 결국 본질적인 것은 분석할수록 더욱 어려워지기 때문에 각각 다른 비본질적인 것을 통해 예술적 특성이 구현될 수 있다는 것이다.

그에게 의상이란 성장이며 진화이며 가장 중요한 매너의 표시이며 그 시대의 생활양식이고 관습이다. 특히 세익스피어 연극에서 의상의 미가 연극의 극적 효과를 나타내는 수단이라고 언급[102]했으며 색채 역시 중요성을 띤다.[103]

결국 예술에서의 진실이란 형식이며 예술은 영감을 불러 일으키긴 하나 예술 그 자체를 영감보다 외형적 형식인 감각을 열망[104]한다는 점에서 라파엘 전파와 궤를 같이 한다.

---

101) O. Wilde, *The Critic as Artist*(Regents Critics, by S · Weintraub), University of Nebraska Press, 1970, 207쪽.
102) O. Wilde, *The Truth of Masks*, 134쪽 참고.
　　당컨을 살해한 후 맥베드는 마치 잠에서 깨어난 후처럼 잠옷을 입고 나타나고 와일드가 가장 좋아하는 「하므렡」에선 유령이 여러 효과를 나타내기 위하여 신비로운 복장으로 바꾸며 쥬리엩 경우 현대 극작가는 수의를 입혀 공포의 장면으로 만들었으나 세익스피어는 그 녀를 화려하고 값진 옷으로 꾸며 사랑의 빛으로 가득찬 축제의 결혼잔치를 하는 방으로 꾸며 죽음을 초월한 미의 승리를 나타냈다는 것이다.
103) 하므렡의 검은 옷은 색채 모티브 종류 중의 하나다.
104) 이태동역, 126쪽 참고. 그것은 안토니우스 연설의 클라이막스가 씨자의 외투에 있는 것을 보아도 알 수 있다는 것이 와일드의 견해이다.

라. 오스커리즘의 실제적 측면

와일드의 예술관이 문학과 비평과의 관련에서 실제적으로 어떻게 구현
되었는가? 이에 대하여 아래의 두가지 면에서 살펴보면 다음과 같다.

① 문학과 예술 - 두 얼굴 Double

와일드의 특별한 의무란 광적으로 쾌락에 탐닉하고 그것을 찾아다니며
비극에 대해선 공격해야 된다[105]고 주장하는 것이었지만 실상은 상극된 양
면세계에서 무척 괴로워했음을 감지할 수 있다.[106] 앞에서 언급한 것과 같
이 와일드는 반은 미숙된 소년으로서의 정서적인 요소와 또 반은 지나치게
조숙한 지성적 요소를 지닌 천재로서의 두 특질이 서로 대조를 이루면서
작품 속에서 진통을 겪은 것을 알 수 있다.[107]

가장 현저한 것이 그의 유일한 소설인 「도리안 그레이의 肖像」[108]이다.
지적이며 괴상한 예술 애호가인 헨리 워튼은 화가인 친구 버질 하올드의
화실에서 완벽에 가까울 정도의 젊은 청년의 초상화를 본다. 헨리는 그 청
년 도리안을 만나자 그림에 못지 않는 아름다움을 발견, 그와 우정을 지니
고 자신의 유미적 예술이론을 설득시키려고 노력한다. 도리안은 완전히 그
의 이론에 매혹당하여 자신을 타인의 시선을 통해서 보며 캔버스에 그려진
미가 언제까지나 그렇게 아름답기를 열망한다. 그 소망은 인정되어서 도리
안의 육체는 시간에 구애됨이 없이 시들지 않는 반면, 그림은 변한다. 도리

---

105) Richard Le Gallienne, *The Romantic Nineties*, New York, 1925.
106) 「獄中記」에 잘 나타나 있으며 실재세계는 보이지 않으므로 말할 필요가 없다고 하면서
    도 실재를 찾기 위해 노력한 갈등을 알 수 있다.
107) 그 당시 double이 유행하여 대표적인 것으로 「지킬과 하이드」의 성공은 놀랄만한 것이
    었다.
108) 와일드의 전부가 표현된 소설로 Edoward Roditi는 『*Fiction as Allegory*』에서 「도리안 그레
    이의 肖像」은 와일드의 인척작가인 Charles Robert Maturin의 「彷徨者 멜모스」 *Melmoth*
    *the Wanderer*에서 직접 빌어온 것이다 하며 증거를 제시했다.

안을 사랑했던 여배우가 그로 인해 자살을 했을 때 초상화의 입에 잔인한 표정이 나타났다. 도리안은 새로운 감각의 경험으로 그녀에 대한 양심의 가책을 극복하려고 하지만 그 고통의 표정은 빠짐없이 초상화에 나타난다. 또한 버질이 그림을 보려고 하는 것에 대해 신경적인 고민 끝에, 도리안이 버질을 죽이자 그 범죄 역시 초상화에 반영이 된다. 결국 도리안은 그림을 찌르고 캔버스를 파괴, 전율의 외침소리를 듣고 하인이 방으로 왔을 때 그는 흉악한 모습이 되어 죽어 있었고 그의 초상화는 경이로운 미를 지니고 있었다.

「도리안 그레이의 초상」은 와일드의 인생관, 예술관이 완전히 투입된 소설로 내용상 새로운 감각을 위한 신향락주의, 비도덕, 영혼과 관능의 일치를 주장한 작품이다. 그러나 끝내는 그것이 실행에 옮겨지지 못한 채 결말을 맺었다. 엄밀히 말해서 와일드의 분신이 셋이나 등장한다. 그레이의 전락을 간곡히 말렸던 도덕주의자인 버질, 와일드 자신의 모습과 가장 가까운 예술애호가 헨리, 그러나 그렇게 될가봐 두려워 한 도리안으로 구분되어 자신의 유미적 이론은 헨리를 통해 도리안의 행위로 옮기자 도리안은 파멸된다. 그것은 초상화는 변하고 부패하는 데 비해 사람은 오랫동안 외부적으로 보기에 변하지 않고 청춘의 미를 지니게 하는 대신 영혼을 뺏어간 소위 악마와의 계약[109]이 얼마나 사람을 비참하고 추악하게 만드는가에 대한 그의 자책이 내포되어 있는 것이다.

또한 멋쟁이 신사인 헨리의 철학은 버질을 놀라게 하는 반면 도리안에겐 젊은 나르시스트에게 아필하는 유미주의자로 부각되어 도리안은 그것에 감화를 받아 그 원리를 왜곡되게 이용, 전락된 댄디스트가 되어 버리지만 이론가인 헨리는 무행위의 철학을 지녀 선인 버질도 악인 도리안도 아닌 선

---

109) Walter Pater, *A Novel by Mr. O. Wilde*(*A Collection of Critical Essays*, edited by Richard Ellmann), Yale University, 1969, 38쪽 참고.

과 악을 동시에 지니고 결코 행동으로 옮기지 않았기 때문에 타락되지 않은 양면성을 지녔음을 알 수 있다.110) 그러나 악마주의를 과감히 행위로 옮긴 도리안을 파멸로 이끈 것은 그의 본성이 양성이라는 것과 사실은 도덕적인 관념에서 떠나지 못하고 있음을 증명하게 되며 또한 비도덕적 예술이론을 실천하지 못한 데는 그 당시 빅토리아 왕조시대의 사회적인 물결에 적극 대항하고 싶지 않은 와일드의 훼미닌 feminine한 특성이기도 하다.

② 비평과 예술 - 인상주의비평

　와일드의 비평은 대중을 즐겁게 하기 위한 세련된 형식111)으로 그의 비평이론은 예술론을 정당화하기 위한 모자이크같은 인상이다. 그는 비평을 예술 그 자체이며 새로운 창조를 위한 출발점으로 간주한다. 그래서 비평의 유일한 목적은 작품에 대한 자신의 인상을 기록하는 것이다. 즉 작품 그 자체를 있는 그대로 보는 표현으로서의 비평이 아니라 순수한 인상적인 것으로의 비평이다.112) 말하자면 인상주의 혹은 감상주의 비평이라 볼 수 있다. 비평가도 일종의 감상하는 관객일 뿐이다. 그러므로 비평가에게 예술작품은 단순히 그 자신의 새로운 작품을 위한 암시일 뿐이다. 우주적이고 미학적 요소를 창조하게 하는 미는 비평가를 또한 창조자가 되게 만들며 아름다운 사물에 대한 인상을 새로운 자료와 다른 방법으로 해설할 수 있는 사람이 되게 만든다.113) 또한 비평가는 미의 신비를 보여주며 미술, 음악 등의 예술을 문학으로 변형시켜 예술의 통일문제를 해결해 주는 역할도 한다

---

110) Edward Loditi, *Fiction as Allegory*(*A Collection of Critical Essays*, by R · Ellmann), 1969, 54쪽 참고.

111) Stanley Weintraub, *The Critic in Spite of Himself*, (*Literary Criticism of O · Wilde*, by Paul A · Olsen), 1970, 4쪽.

112) *The Critic as Artist*, 앞의 책, 221쪽 참조.

113) *Preface to the Picture of Dorian Gray*, 앞의 책, 229쪽 참고.

는 것이다.

　이런 비평관은 그가 애용하는 경구인 작품을 잘 썼다 못썼다가 아니라 좋아하느냐 안 하느냐가 전부란 말을 뒷받침해 준다. 그러므로 와일드에게 비평가란 개념은 다른 사람의 작품을 자세히 읽어 보지도 않고 부분만으로 잘썼다 못썼다 평하는 것은 삼류비평가이며 훌륭한 비평가란 작품을 있는 그대로 감상하면서 다른 제2의 작품을 창조해 내는 일종의 예술가란 것이다.

　이상 오스커리즘의 특성을 인생관 및 자연관, 예술관 그리고 실제적인 면에서 고찰해 본 결과, 그것은

　첫째, 예술은 예술자체 이외에는 어떤 것도 표현하지 않는다는 것, 독립적인 생명을 가지며 순수하게 예술자체의 특징을 전개한다. 신념의 시대라고 반드시 정신적이 아니듯이 리얼리즘 시대라고 사실이어선 안되며 그 시대를 나타내는 창조와는 멀리 예술이 우리를 위해 보존하는 역사는 예술자신의 발전의 역사가 유일한 것이다. 때때로 예술은 라파엘전파 운동에서처럼 그리스 예술과 의고적 고대형식을 소생시킨다.

　둘째, 모든 좋지 않은 예술은 인생과 자연에 돌아옴으로서이다. 그래서 인생과 자연은 예술의 미숙한 자료의 부분으로 이용되기 전에 상상력이란 매개체를 통해 예술화한다. 그 방법으로 사실주의는 완전히 실패며 예술가가 피해야 할 두 가지 요소는 형식의 근대화와 주제의 근대화다.

　셋째, 인생과 자연은 예술이 그것을 모방하는 것보다 훨씬 예술을 모방한다. 이것은 인생과 자연의 모방적인 본능에서 뿐 아니라 그들의 자아의식적인 목적이 표현을 발견하는 사실에서 오며 예술은 인생과 자연에 어떤 아름다운 형식을 제공하며 그 형식을 통해 인생과 자연은 그런 에너지[114]를 인식한다.

넷째, 예술의 고유한 목적은 아름다운 허위의 얘기, 즉 거짓말로 가면의 진실이다.

로 요약할 수 있는 바[115] 지나치게 극단적이고 역설적이며 재치있는 말장난의 경솔을 보여주는 감이 있다.

첫째, 그의 자연과 인생이 예술을 모방한다는 원리는 그 역도 성립할 수 있는 모순을 지닌다는 점

둘째, 그가 말한대로 실재세계와 예술세계를 확연히 분리시킬 수 있는가에 대한 문제다.[116]

셋째, 작품의 내용보다 형식을 중시하는 극단적인 경향은 형식주의 비평이 안고 있는 문제이기도 하다.

넷째, 예술이 과연 예술 자체만의 독립성을 유지할 수 있는가 하는 회의다. 도덕성, 공리성을 의식적으로 목적화하는 것은 순수한 예술의도를 손상할 수도 있으나 결과적으로 윤리성을 배제할 수는 없을 것 같다.

---

114) 아름다운 형식을 제공하는 에너지를 의미, 자연이 인간에게 보여줄 수 있는 효과는 시나 그림을 통해 이미 본 효과이며 이것이 자연의 유약한 표현이며 매력의 비밀이다.

115) *The Decay of Lying*, 앞의 책, 194 - 6쪽 참고. 와일드의 예술론은 「*The Decay of Lying*」 외에 「*The Truth of Masks*」와 「*The Critic as Artist*」에 자세히 나타나 있다.

116) *The Portable Oscar Wilde*, 앞의 책, 670쪽. 와일드는 말하기를 존재하나 결코 언급되지 않는 실재세계와 언급하지 않으면 결코 존재하지 않는 예술세계의 두 세계가 존재한다는 것을 이해해야 한다고 했다. 「성실한 것이 중요해」 *The Importance of Being Earnest*란 와일드의 희극은 주제가 없는 한낱 위트에 불과하지만 「도리안 그레이의 초상」 같은 작품은 실재세계에 대한 추구가 강렬히 그려져 있으며 결국 그 실재세계의 추구가 실패했음을 작품의 결말에서 보여주고 있다.

Ⅲ. 유미주의의 수용양상

1. 유미주의 및 오스커리즘의 이입과정

유미주의가 우리나라에 소개된 것은 소월 최승구의 「정감적 생활의 요구」와 「미」에서 비롯된 것이 아닐까 한다. 전자 「정감적 생활의 요구」에서는 <와일드의 본능적 색정주의>[117]란 단편적인 논급이 있을 뿐이고, 후자 「미」는 시작품으로 그 제목 밑에 <와일드관>이라고 하였듯이, 와일드의 예술관에 입각해서 <미>의 개념을 규정한 것이다.[118] 최소월은 「미」에서 와일드의 예술관으로 <미>의 개념규정을 시도하였으나, 페이터의 미관으로 귀착되고 있음은 그의 개인적 수용태도가 아닐 수 없다.

우리 문단에서 유미주의의 이입이 본격화된 것은 1920년대에 이르러서이다. 춘원의 「우리 문예의 방향」에서,

> 오직 미하면 예술의 능사는 畢한 것으로 본다. 이런 예술관을 가르쳐 예술지상주의 또는 탐미주의라 부르니 푸란스에 발하야 전세기말 본세기초에 한 번 세계를 風靡하엿고 이 <예술을 위한 예술>이라는 예술지상주의가 한 걸음을 돌려 인생의 부도덕한 방면, 추악한 방면에서 미를 찾게 될 때에 그것이 니른바 악마주의(Diabolism)가 된 것이다.
> 이 예술지상주의는 조선에도 들어왔다.[119]

라고 한 것을 들 수 있다. 비록 유미주의에 대한 부정적인 시사가 없는 바 아니나, <예술은 도덕을 초월한다>를 신조로 하고 있었던 그 당시 우리 문단의 시인 및 문사의 대부분에게 유미주의가 미친 영향은 자못 컸던

---

117) 김학동저, 「한국근대시인연구」<1>(일조각, 1974), 39쪽. ≪학지광≫3호(1914. 12. 3刊)에 실렸다.
118) 위의 책, 39쪽.
119) ≪조선문단≫2권 10호, (1925. 11 .1) 978쪽.

것으로 추정된다.

이후 1920~30년대에 걸쳐서 유미주의 및 와일드에 관련된 논문과 기타를 들어보면 다음과 같다.

작품명	저자	출처 및 년월일	비고
19C歐洲文明進化論*	이채우譯述	李邰雨 1908. 4	論
오스카와일드*	金億	근대사조:1, 1916. 1.26	論
白石氏의 「自然의 自覺」을 보고서	霽月	現代1:2, 1920. 3. 2	論
近代文藝	岸曙	開闢13호, 1921. 7. 1	評
十月의 古今	未詳	開闢16호, 1921. 10. 1	語錄
藝術至上主義의 新自然觀	林蘆月	靈台 창간호, 1924, 8. 5	評
近代英美文學의 槪觀	崔鶴松	朝鮮文壇 新年號, 1925. 1. 1	評
우리 文藝의 方向	春園	朝鮮文壇 2:10, 1925. 11. 1	評
美學的 文藝論 1 - 8	梁株東	東亞日報, 1927. 6. 18~27	評
와일드의 榮枯	W·S·生	思潮 1:1, 1927, 12. 1	評
耽美派의 使徒 오스카·와일드	李組榮	中外日報(4회)1930. 8. 8~12	評
가을과 문학자*	鄭寅燮	新生3:10, 1930. 10. 1	評

120)

작품명	저자	출처 및 년월일	비고
海外 文藝 消息	未詳	文藝月刊1:2, 1931. 12. 1	雜文
와일드에 대한 新著	未詳	文藝月刊2:1, 1932. 1. 1	紹介文
唯一의 眞實	未詳	三千里4:3, 1932, 3. 1	語錄
唯美主義의 驍將오스카 와일드	安東朔	白岳1:2, 1932. 3. 15	評
英文豪 오스카와일드의 狂奔	Q·B·生	新家庭1:7, 1933. 7. 1	評
監獄과 文藝駱山	未詳	新東亞 5:5, 1935. 5. 1	雜文
天才藝術家의 性癖과 異聞	李俊淑	新人文學3:1, 1936, 1. 10	雜文

121)

---

120) *는 구하지 못하거나 별로 도움이 안 되는 자료이다.
121) 김병철저, 「서양문학 번역론자년표」3권 및 한국학연구소의 「한국잡지개관 및 호별목차

위에서 「19世紀 歐洲文明 進化論」, 「오스카 와일드」, 「가을과 文學者」 등 3편을 제외한 나머지 자료를 중심으로 그 대표적인 것만을 예시하여 유미주의의 이입과정을 개관키로 한다. 먼저 그 이론의 도입으로서 유미주의의 개념규정은 안서의 「근대문예」에서 비롯되는데,

첫째, Art for Art's Sake 즉 예술을 상대적으로 보지 아니하고 절대적 독립성을 주는 것

둘째, 종교·정치·도덕의 개선방침에 대한 수단도 아무것도 아니고 한갖 예술 자신을 위하여 존재하는 것.

셋째, 속류와 사회와의 관계를 끊고 관조적 세계에서 잊고 지내는 상아의 탑(Tourdivory)[122] 예술의 궁전(Palace of Art)[123] 등 세가지로 나누어 소개했고, 유미주의의 자연관과 관련시켜 논의한 임노월은 <藝術至上主義가 創造한 自然은 幻想이 아닌 可能性과 實在性을 가진 無限한 創造力이 內在한 世界>[124]라고하여 자연이 과학보다 우위에 있음을 역설하고 있다.

그리고 와일드의 유미관에 대한 소개로는 W·S생의 「와일드의 榮枯」와 李組榮의 「耽美파의 司徒 오스카·와일드」와 安東朔의 「唯美主義의 驍將 오스카 와일드」 등 많이 있는데,

첫째, W·S생의 「와일드의 榮枯」에서는 와일드가 유미주의적 쾌락설의 권화(權化), 선의 탐구자, <榮華物語中의 化形的 인물>로 묘사되고 있다는 것[125]

둘째, 李組榮의 「耽美派의 使徒 오스카 와일드」에서는 와일드의 소설

집」에서 발췌한 것임. Q·B·生의 「英文豪 오스카 와일드」는 ≪中央≫2:2, (1934, 2. 1)에도 실려 있다.

122) Tower of Ivory가 잘못된 것 같다.

123) ≪개벽≫13호, 2권 7호(1921. 7. 1) 110쪽.

124) ≪靈台≫창간호, (1924. 8. 5) 19쪽.

125) ≪思潮≫ 창간호(1924. 8. 5) 80쪽.

「도리안 그레이의 肖像畵」에 대한 소개와 함께 비교적 상세히 주인공 도리안의 인생관을 분석, 와일드의 미지상주의적 관능생활 내지 탐미주의 인생관의 자극과 홍분이 오히려 윤리적 도덕적 의미를 찾을 수 있다고 하고 있다.126)

셋째, 安東朔의 「唯美主義의 驍將 오스카 와일드」에서는 와일드 예술관의 원천이 라파엘전파의 환영의 세계와 페이터의 쾌락주의에서 받은 찰나적 향락적 사상과 모리스 (Morris)의 생활미화 사상을 바탕으로 한 일상생활의 예술화에 있음을 주장하고 있다. 그리고 유미주의는 사실 퇴폐파의 일부분을 적극적으로 주장하였으며 퇴폐파 역시 유미주의 배경으로서의 문학적 분위기였다고 소개하고 와일드 예술관의 집약이라 볼 수 있는 「가공의 쇠퇴」(The Decay of Lying)에 나오는 구절을 인용하여 와일드의 유미주의를 설명했다. 즉 작가는 실세계를 자기의 목적에 맞도록 개조하기 때문에 자연 및 인생이 오히려 예술을 모방한다는 것과 와일드의 절대적 미는 현실을 떠난 기교적 미라는 것을 주목해야 한다127)는 등 비교적 상세히 논의하고 있는 것이다.

이외에도 유미주의 이론은 앞에서도 인용 논술되었듯이 岸曙는 「근대문예」에서 미가 윤리보다 고귀하며 와일드의 유미주의란 극단으로 자아와 개성을 주장하며 사회적 규칙과 궤도를 벗어 나려고 하는 특징을 지닌다고 소개한 것이 있다.128) 그러나 이들은 모두 유미주의 이론의 심충적 차원을 논했다기 보다 겉으로 표출되는 몇가지 특색을 그 나름대로 잡아 본 것일 따름이다.

다음은 그 당시 와일드와 그의 작품의 번역과 소개를 중심으로 살펴 보

---

126) 《중외일보》(1920. 8. 20) 1 - 4회에 걸쳐 비교적 자세한 이론을 전개했는데 4회 것만 구했음.
127) 《白岳》1권 2호, (1932. 3. 15), 32〜40쪽 참고.
128) 《개벽》13호, (1921, 7, 1), 109〜110쪽 참고.

기로 한다. 다음 이외에도 다소 더 있을 것으로 짐작되지만, 필자가 조사한 자료를 바탕으로 정리해 보면 다음과 같다.

작품명	역자	출처 및 간행일	비고
사로메(續)	朴英熙	白潮 1:1, 1922, 1, 9	희곡
사로메(前号續)	朴英熙	백조 1:2, 1922, 5, 22	희곡
털보장사	小波	개벽 3:11, 1922, 11, 1	동화
사로메	梁在明	博文書舘單行本 1923.7.25	희곡
슬픔을 노래하자	缺	시대일보 1924, 5, 28	시
또리앙그레 - 肖像	心卿山人	조선일보, 1925, 11, 16 - 17	소설
사로메	玄哲	衛生과 化粧 2, 1926.11 - 17 - ?	희곡
살로메	C·S·Y	同聲 2호, 1927, 1, 2	희곡
살로메	C·S·Y	開拓 4호, 1927, 7, 15	희곡
秘密업는 스핑크쓰	異河潤	조선일보, 1931, 8, 15 - 21	단편
鎭魂歌	崔貞柟	新家庭, 1:2, 1933, 2, 1	시
살로메(解說)	미상	新家庭, 1:7, 1933, 7, 1	희곡
별의 아들⑨	崔秉和	조선일보, 1935, 8, 23	동화
인간정신(二)	玄永燮	新興 9호 6:1, 1937, 1, 18	論
그는 길이 쉬는데	朴龍喆	朴龍喆生集 1권, 1939, 5, 5	시
비밀없는 스핑크쓰	尖涯	女性 5:5, 1940, 5, 1	단편

129)

위의 표로 미루어 보아 1920~40년대에 걸쳐서 와일드의 「살로메」 (Salomé)가 6회나 번역됐고, 단편 「秘密없는 스핑크쓰」(The Sphinx without

---

129) 김병철 및 한국과학 연구소, 앞의 책, 위의 도표 중 양재명의 「사로메」와 현철의 「사로메」는 자료를 구하지 못했으며 최병화의 「별의 아들」은 *The Young King*이란 작품을 번역한 것이다. 또한 C·S·Y生 역자의 「살로메」가 ≪開拓≫2:2(1927.7.15)에 이야기 줄거리를 간단히 소개, 반페이지 정도로 실려 있고 ≪別乾坤≫23호(1929. 10.1)에 「와일드」, 玄永燮이 「社會主義下의 人間精神」이란 評論을 ≪新興≫5:1 - 6:1(1932.12.13 - 3.13)에 게재했다.

a Secret)가 2회, 그리고 동화가 2편, 시가 3편, 논문이 1편 등이 번역 소개되고 있다. 가장 대표작이라 할 수 있는 「도리안 그레이의 초상화」(The Picture of Dorian Gray)는 일본인에 의해 그 梗概만을 소개하고 있는 것이다. 이것은 와일드의 작품 중 가장 길이가 긴 원인도 있겠으나 그만큼 정확하지 못했던 수용환경으로서 그 시대상은 물론 전신자의 개인적 능력을 반영한 것이라 할 수 있다.

2. 유미주의 및 와일드의 수용태도

비교문학에서 영향연구는 작품의 성공이나 운명, 즉 인기의 기준이 되기도 하지만, 무엇보다도 문학사회학이나 문학심리학의 방향을 제시해 주는데 있다.130) 유미주의 이론의 어떤 면을 특히 강조해서 소개했는가를 고찰한다는 것, 이것은 그 당시 우리 문단의 심리적 내지 사회현상의 연구일 뿐만 아니라 외국문학의 영향 요소를 구명하기 위한 전초작업으로서도 매우 필요하고 중요한 것이다. 특히 작품과 작품 사이의 영향관계란 영향받은 작품의 외적인 어떤 표출적인 자취로만 투영되는 것은 아니요, 때로는 전혀 겉으로 노정되지 않은 채 내적 현상만으로 영향관계가 이루어지는 경우도 있다. 그러므로 이런 자료를 중심으로 외곽적 수용환경을 추적, 그것을 체계화하는 과정에서 한 작가의 작품의 원천을 발견하게 되며, 그런 의미에서 이입사의 확립이란 매우 중요한 것이다.

그러면 앞에서 논의한 유미주의 및 와일드의 이입과정을 중심으로 이것이 우리나라에 이입될 때 그 전신자들의 태도는 어떠했으며, 수용환경은 어

---

130) Ulrich Weisstein, *Reception and Survival (Comparative Literature and literary Thoery)*, Indiana University Press, 1973, 48쪽 참고.

떤 특징을 지녔나를 살펴보기로 한다. 비록 이것이 단편적인 이입내용이기는 하지만 우리 나라에서 유미주의 및 와일드의 예술론을 바탕으로 작품이 형성되는데 중요한 역할을 했던 것은 말할 것도 없다.

가. 유미주의 이론(유미주의=악마주의)

앞에서 제시한 자료, 즉 유미주의의 개념규정이나 美觀의 해석에 나타난 공통적인 특징은,

첫째, 유미주의는 예술을 위한 예술이며 예술에 독립적인 가치를 인정하는 것이다.

둘째, 유미주의는 도덕 및 개선방침에 대한 수단이 아니고 도덕을 초월한다.

셋째, 유미주의는 악에서 미를 추구하는 악마주의다.

이 밖에도 각 논자에 따리 앤티 리얼리즘(Anti‐Realism), 현실과 유리된 관조적 세계, 쾌락을 위한 것 등을 특징으로 내세우고 있다.

현 시점에서 볼 때 이런 유미주의의 개념규정은 극히 상식적인 범주를 벗어나지 못하고 있다. 그러나 그 당시 외국문학을 제대로 소화하지 못하고 받아들인 수용환경에 비추어 보면 이것은 당연한 귀결인 듯도 하다. 그리고 유미주의를 악마주의라고 한 등식 관계에 유념할 필요가 있다. Diabolism이란 유미주의가 거의 쇠퇴할 무렵 1890년대 일부 데카당의 유미적 요소를 띤 작가에게서 나타난 현상일 뿐이며 유미주의의 기본적 원리라고 생각할 수 없는 것인데도 그것을 악마주의라고 개념규정을 내린 것을 보면 1920년대 문학의 병폐적이며 퇴폐적인 기류를 시현하는 것이라 보겠다.

나. 와일드의 수용

와일드의 유미주의적 예술관에 대하여 논술된 내용에서 그 공통적인 특질을 보면,

첫째, 그의 중심사상은 관능적 육체적 향락적 쾌락적이라는 것
둘째, 예술지상주의의 극치란 점
셋째, 댄디즘에 탐닉하고 있다는 점
넷째, 도덕, 종교, 인습 등에 무관심하고 있다는 점
다섯째, 라파엘전파에서 그 기원을 찾아 볼 수 있다는 점

등과도 같다. 이외에도 비현실적, 기교적, 그리고 개성발달에 중요성을 부여하고 있다.

무엇보다도 특기할 것은 와일드를 향락주의, 관능주의, 악마주의의 사도로 클로즈엎시키고 있다는 사실이다. 이것은 작품의 경우 「살로메」가 가장 많이 번역되었다는 사실과 부합되기도 한다. 와일드의 대표작이 「도리안 그레이의 초상」이라고 하면서도 그것은 梗槪만을 한 번 소개하고 있는데 반해 「살로메」는 단행본 내지 여러 사람에 의해서 번역 소개되고 있음은 그 당시 우리의 특이한 수용환경을 보여 준 것이라 할 수 있겠다.

安東朔은 「살로메」를 찰라적, 쾌락적, 본능적, 관능적, 경향을 대표하는 작품이라 하였으며,131) W・S 생과 최학송은 퇴폐성의 색채가 강한 작품이라 하고 있다. 그리고 ≪신가정≫ 1권 7호에 발표된 필자 미상의 「살로메」 해설에서는 살로메를 병적, 향락적, 찰라적인 사랑을 탐낸 독을 품은 여자라고 설명하는 것을 서두로 하여 「살로메」란 작품을 퇴폐적 경향의 대표작

---

131) ≪白岳≫, 앞의 책, 40쪽.

이라 하였다.132)

　다음 ≪조선일보≫의 心卿山人의 「또리앙그레 - 초상」은 2회에 걸쳐서
그 줄거리만 간략히 소개하고 있는데,

　　　또리앙이 극단의 향락주의자 헨리왓튼의 영향으로 쾌락주의 觀化가 되
　　어 관능의 행위를 만족하기 위해 배우를 죽도록 만들고 살인죄까지 저질
　　렀다.133)(이상 방점 - 필자)(방점:관능의 행위를 만족하기 위해)

　라고 잘못 해설할 만큼 와일드의 쾌락적이고 퇴폐적인 병약성에 관심을
표명한 것으로, 그 당시 우리의 병적이며 퇴폐적인 경향134)을 추정케 하기
도 한다. 와일드의 이입과정에서 소개자의 이런 전신자적 태도는 1910년대
의 춘원작품에 나타난 계몽적 설교문학에 대한 반발이며135) 관능적, 본능
적, 악마적 요소로의 분출이 일제치하의 강박의식을 해소할 수 있는 돌파구
가 될 수도 있지 않았는가 추정된다. 그리고 와일드의 동화가 2편이나 소개
되었는데도 동화의 세계가 그의 예술관에 전혀 반영되어 있지 않다. 그 뿐
만 아니라 와일드의 유일한 사회주의에 관한 논문이 현영섭에 의해서 번역,
소개되고도 있으나 그 논문에 대한 해설이나 논평은 전혀 언급되지 않았다
는 사실이다.136)

　「비밀없는 스핑크쓰」(The Sphinx without a Secret)가 无涯와 이하윤에

---

132) ≪신가정≫, 1권 7호, (1933, 7, 1) 117쪽.
133) ≪조선일보≫ (1925, 11, 16) (1회).
134) 백철, 이병기 공저인 「국문학전사」에 의하면 우리나라에 있어서 삼일운동 뒤의 그 실망
　　적 분위기가 우리 문학에도 커다란 시대적 배경이 되어 1920년대 이후 우리 신문학사
　　상에는 몇가지 적은 문학조류가 왔으니, 첫째 퇴폐주의 문학사조, 둘째, 병적 낭만주의,
　　셋째 비관적 자연주의 문학사조였다.
135) 춘원, 「우리 문예의 방향」, ≪조선문단≫ 2권10호(1925, 11, 1)
136) ≪신흥 9호≫ (1937, 1, 18) 「인간정신」 (*The Soul of Man under Socialism*)으로 번역되어
　　실렸다. 反功利性을 설명하기 위해선 불가불 언급돼야 하는데 그 이론적인 면은 소개
　　되지 않았다.

의해서 두 번이나 번역되고 있는데, 이것은 그 당시 영국에서 가볍게 처리
되었을 뿐이며 와일드의 다른 작품에 비해 문제성이 전혀 제기되지 않은
채로 지나쳐 간 사례이다.[137) 또한 와일드의 많은 작품 중 「도리안 그레이
의 초상」(The Picture of Dorian Gray)과 「살로메」(Salomé)를 제외하고는
「架空의 頹廢」(The Decay of Lying),[138) 「深淵에서」(De Profundis), 「리딩
감옥의 노래」(Ballad of Reading Gaol) 등은 작품명만이 소개되고 있을 뿐,
필자가 조사한 바로는 그 내용은 번역 게재되지 않았다.[139)

와일드를 라파엘 전파의 명맥을 이어 받았다고 한 것은 잘못 전신된 것
이 아닐 수 없다. 유미주의가 퇴폐적인 요소를 띠었다고 해서 데카당이 아
닌 것처럼 라파엘전파를 근원으로 한 것은 아니다.[140) 단순히 라파엘 전파
적 요소가 와일드에게 나타났을 뿐이다.

한마디로 와일드는 악마주의의 대표적인 인물이며 동시에 유미주의자의
극치로 인식되었으며 괴벽한 천재예술가[141)란 명명이 붙을 정도로 특이한
작가로 소개되었다. 그러나 그 예술가는 헤도니즘(향락주의, Hedonism), 다
이아볼리즘(악마주의, Diabolism)에 대한 피상적인 설명에 그쳐있다. 그것은
그당시의 우리의 특수한 수용환경이며, 한계성이기도 하다.

다. 번역태도 - 「살로메」의 경우

비교문학에서 번역의 문제는 오늘날 '번역학'으로 독립할 만큼 중차대하

---

137) 「비밀없는 스핑크쓰」처럼 신비를 갖고 싶어했으나 실상은 아무런 비밀도 가지지 못한
    여성관의 전개이다.
138) 「*The Decay of lying*」의 번역으로 추측된다.
139) 「가공의 퇴폐」의 경우는 단편적인 구절 인용을 간혹 볼 수 있다. 또한 와일드의 출생시
    대가 1854년인데 1856년으로 소개한 경우가 있었으며, 와일드가 몰락의 원인이 되었던
    A. Douglas를 여자로 오인해서 다끄라쓰孃이라고 표시된 부분이 몇 번 있었다.
140) 유미주의의 발생과 그 현황에서 자세히 언급되었다.
141) 이준숙, 「천재예술가의 괴벽과 頹廢」에서, 《신인문학》 3권 1호, (1936, 1, 10).

다. 특히 21세기문화의 다양화시대에 들어와서 번역활동은 자국문화의 세계화에 동참할 수 있는 가교로서의 역할을 담당하고 있다. 번역을 제2의 창작이라고도 하는 것처럼 무엇보다 중요한 것은 번역자의 수용태도와 번역대상 국가에 대한 전문지식이다. 번역연구가 그 나라 문학사에 끼치는 의의를 탐구[142]하는데 있기 때문이다. 특히 외국문학의 영향은 원작에 의해서라기보다 번역을 통해 이루어진 경우가 더 많으므로 영향연구는 대부분 번역작품이 대상이 되거니와, 이 경우 번역은 '원천'과 동일시되어 '발신자'의 역할을 하게 되는 점에서 비교문학의 중요한 연구대상이 된다.[143]

해방 전 외국문학 - 특히 구미문학 - 은 원어의 직접 번역이기보다 일본어를 통한 重譯이 대부분이었다는 것은 주지의 사실이다. 이 문제는 실상 외국문학자들이 번역 문학사의 확립과 원본 대조 등의 번역 연구를 하는 것이 유리하거니와 본 논문에서는 와일드 작품이 일역의 중역에서 오는 오류가 많음을 지적하지 않을 수 없다.

이제, 일본 중역을 거친 「살로메」를 원본과 개괄적으로 대조해 보려고 한다. 「살로메」는 김병철 교수에 의하면 일어의 중역이지만 그 台本은 알 길이 없다 하며[144] 처음부터 원문과 맞지 않는 부분이 많이 발견된다. 문맥상 전혀 다르게 번역된 대표적인 것만 들어 보면 다음과 같다.[145]

> 헤로드王 : 사로메의 아버지는 國王이엿섯다. 나는 그 나라에서 쫓겨낫섯다. 그리고 - 아 - 헤로디아쓰 - 너는 그의 王妃엿섯다. 저 靑年의 어머니를 부럿섯섯지? 그러하야 저 靑年은 이곳에 객처럼 잇게 되엿섯다. 그러나 내가 저를 大慰로 식히엿다. 그러나 不幸히 죽어버리었구나. 애야! 웨신체

---

142) 이혜순외, 「비교문학의 새로운 조명」, 태학사, 2002. 185쪽.
143) 앞의 책, 185쪽.
144) 김병철 저, 「한국근대번역문학사 연구」(을유문화사, 1975, 3, 30), 598쪽.
145) 박영희 역, 「사로메」, 《백조》 1권 1호 및 2호(1922, 1, 9 및 5, 22)를 선택해서 대조해 봄.

(死體)을 이곳에 내버려두엇니? 보기가 실타 - 저기 치여 바려(─同은 屍體
를 가지고 가다.) (前号續)

　헤로드王 : 아! 이곳은 춥다. 바람이 분다. 바람이 부는구나!

Herod, His father was a king. I drove him from his kingdom, And of
his mother, who was a queen, you made a slave, - Herodias, So he was here
as my quest, as it were, and for that reason I made him my captain. I am
sorry he is dead. Ho! Why have you left the body here? I will not look
at it - away with it! (They take away the body.) It is cold here. There is
a wind blowing. Is there not a wind blowing ?
　<이상 밑줄 - 筆者>

　위의 장면은 살로메를 戀慕하는 시리아 청년이 공주의 무관심에 상심하
여 자살한 시체를 헤로드왕이 보고 그 청년에 관한 얘기를 왕비와 나누는
대목이다. 그런데 시리아 청년의 아버지가 살로메의 아버지로 변형되었고
헤롯왕이 청년의 아버지를 쫓아낸 것이 오히려 헤롯왕 자신이 쫓겨난 것으
로 오역됐으며 또 헤로디아쓰가 그 청년 아버지의 부인으로 번역되었다. 그
것은 헤로드가 왕이였던 자기 형을 몰아내고 전왕의 왕비인 헤로디아스와
결혼하여 왕이 된 줄거리와 혼동한 결과인 것 같다. 또한 한 대사의 연결된
마지막 부분을 생략하고 다음 후속편에 따로 독립되게 한 점 등 문맥상 전
혀 맞지 않는 엉뚱한 번역을 했다.
　또 마지막 장면에서,

　사로메의 소리 - 아 - 나는 너의 입에 입 맞추었다. 요가나안 아 - 나는
너의 입에 입마추었다. 너의 입은 맛이 썼다. 그 피맛(血味) 섞은 데에……
아니다. 어쩌면 戀愛의 맛인지도 모르겠다. 戀愛는 쓴것이라고 하드
라…… 그러나, 그래도 조타 그래도 조타. 나는 너의 입에 입 맞추었다.

The voice of Salomé AH! I have kissed thy mouth, Jokanaan, I have kissed thy mouth. <u>There was a bitter taste on my lips. Was it the taste of blood?</u>⋯⋯ Nay : but perhaps it was the taste of love⋯ but what matter? What matter? I have kissed thy mouth <이상 밑줄 - 筆者>

살로메가 은쟁반에 놓여진 선지자 요까나앙의 목잘린 얼굴을 보면서 외치는 독백이다. 너의 입술 위에 쓴 맛이 아니라 나의 입술 위에 쓴 맛이다. 또 그것은 피맛일까를 <피맛 섞은 데에로>라고 전혀 다른 번역을 했다. 또한 <bitter>는 직역으로 하면 <쓰다>는 뜻이지만, 「살로메」란 작품이 지닌 관능적 의미로 보아선 <맵다>는 의역이 더 적절할 것 같은데, 살로메가 요까나앙한테 실연당한 결과로 생각해서 더욱 쓰게 느껴졌다면 그것은 전신자의 개인적 수용태도의 반영이라고 볼 수 있겠다.

다음 원문을 縮譯 내지 생략한 경우는 허다하고 대사 한 마디 한 마디의 잘못된 번역이나 무슨 뜻인지 전혀 이해할 수 없는 부분은 헤아릴 수 없이 많다.146)

第二兵士 : 요 마적에 <u>왕의 형님</u> 지금 <u>헤로듸아쓰의 남편이</u> 저 속에서 열두 해 동안을 갓치 섯섯느냐⋯⋯

Second Soldier : The Tetrarch's brother, his elder brother, <u>the first husband of Herodias the queen,</u> was imprisoned there for twelve years. <이상 밑줄 - 필자>

원문에서는 <왕비인 헤로디아스의 첫 남편이 12년 동안 갇혀 있었다>

---

146) 「살로메」를 공주라 하지 않고 왕녀라고 한다든지, 처녀를 여편네라고 한 것, 은빛이 제일 좋다는 것을 자주빛으로 표현한 것 등은 내용을 정확히 파악하지 못한 번역임을 알 수 있다.

는 것을 우리말 譯本에선 <지금 헤로듸아쓰의 남편>이라고 표현하여 일
반독자를 당혹하게 하는 오역을 범하고 있으며, <Spill their wine>(포도주
를 흘리고)을 술을 吐하고로, <Egyptians silent and subtle, with long nails
of jade and russet cloaks>에서 <갈색 외투를 걸치고 옥색의 긴 손톱을 한
에집트 인>이라고 번역해야 하는데 그것을 <말른 말과 갓튼 손톱을 길게
기른 갈색 옷을 입은 埃及 사람들>이란 엉뚱한 번역을 했다. 일일이 열거
할 수 없을 만큼 발견되는 원본과의 상이점은 그 당시 원문과는 전혀 대조
하지 않은 채 일어 重譯에 너무 의존하였기 때문이다.

그런데, 우리 문학의 경우 현재까지 원작자의 생활 속에 파고 들어 그가
경험한 것을 새롭게 하기 위한 시도는 고사하고 문학성조차 없는 번역가가
얼마나 허다한가? 그것은 언어의 무지와 번역자의 무능에서 오는 오류와는
또 다른 문제다. 미국시인 테일러(Bayard Tayler)[147]와 같이 자신이 지은 시
보다 괴테의 「파우스트」 번역으로 잘 알려질 정도의 훌륭한 번역가는 아니
라도 언어의 語音, 리듬, 표현, 맬러디, 색채 등에 적어도 민감해야 될 것이
다.[148]

특히 와일드의 경우는 내용보다 형식에 치중한 작가로서 언어의 음악성
과 색채, 의상 등이 그의 종교나 마찬가지다. 「살로메」에선 더욱이 극의 분
위기가 색채적인 언어의 뉴앙스를 그대로 지나쳐선 작품의 효과는 결코 나
타나지 않는다. 내용은 전혀 무의미한 작품이라고 해도 과언이 아닐만큼 시
종일관 괴기한 냉기에 찬 색채은유로 분위기를 이끌어 간다.[149] 그 당시 번
역태도 - 혹시 역자가 문학성을 지니고 있다 하더라도 대부분 와일드의 문

---

147) 원작을 올바로 전하기 위해 지질학적 이론도 연구, 세계에 걸쳐 비평서적과 초판인지
　　 재판인지의 조사까지 시도했다.
148) Horst Frenz, 앞의 책, 120쪽.
149) 와일드의 작품 중 「성실한 것이 중요해」 (*The Importance of Being Earnest*) 역시 별 내용이
　　 없는 말장난(fun)이다.

학성에 별반 관심을 지니지 않는 번역태도 - 에선 그것을 기대할 수 없는 일이거니와 오늘날의 번역도 와일드의 형식주의를 어느 정도 의식하고 번역에 임했는지 생각할 문제이다.

무릇 번역의 임무란 한 세계의 개념 설정에 공헌일 뿐만 아니라[150] 하이 (Gilbert Heigh)가 <나쁘게 쓰여진 책은 단지 실책일 뿐이나 좋은 책을 잘못 번역하는 것은 죄악이다>라고 말한 것처럼 번역이란 창조적 기교와 모방적 기교의 교집합적 요소[151]에서 어느 한 쪽으로도 치우칠 수 없는 기술이기도 하다.

그러나 서양문학의 이입사가 이제야 겨우 관심의 대상이 되는 실정[152]에서 번역 기술을 논한다는 것은 무엇인가 전도된 느낌이다. 우선 우리에게 무엇보다 선행되어야 할 것은 우리 나라에 이입 소개된 서양작가와 그 작품 및 필자의 견해, 또한 그에 따른 한국문학에 끼친 영향을 작가 개개인에 따라 고찰하여 서지를 작성하는 일이다. 그런 의미에서 본연구는 비교문학적인 측면에서 서양문학의 이입사를 통한 김동인의 영향관계 탐구에 한 몫을 할 것 같다.

Ⅳ. 동인의 유미적 경향

대개의 경우 문학의 영향 내지 모방이란 직접 빌어 온 것이라기보다 창조적 변화[153]를 지니는게 상례며 <번역이란 기교>를 통해 외국작품 속에

---

150) Horst Frenz, 앞의 책, 105쪽.
151) 공통적 요소란 뜻을 지닌 수학 용어를 인용함.
152) 김병철의 「한국근대서양문학이입사 연구」가 처음으로 훌륭한 업적이다.
153) Ulrich Weisstein, 앞의 책, 31쪽.

표현된 경험 및 정서를 나누어 가질 수 있다.

또한 그것이 번역일 때는 그 당시 사회환경이나 개성에 따른 변형을 감안해야 하고 작가의 경우에는 그것이 오히려 자극이 되고 영향력을 행사하기도 한다.[154] 그러므로 전신자는 창조적인 제작자라고도 볼 수 있으며 그가 번역하는 원작자의 실재(Reality)에 복종해야 하는 의무도 동시에 지니고 있다. 말하자면 번역이란 원래의 것과 관련된 끊임없는 잠재의식[155]의 문제인 것이다.

특히 우리나라의 경우 전신자가 창조적이며 제작자가 될 가능성은 농후하며 특히 수용자의 경우 잠재적인 심리학적 현상의 유입과정이 발신자보다 더 중요시되는 것 같다. 그것은 문학을 사회의 표현이나 이념의 반영이라고 표현한 헤겔 식의 극단적인 언급은 할 수 없어도 심오한 사회적 중요성과 효과[156]에 문학이 영향을 입지 않는다고는 말할 수 없다는 점이다.

이상과 같이 유미주의 및 오스커리즘의 이입태도는 그 당시 우리 문학의 예술지상주의 경향 및 사회성[157]과 전신자의 잠재의식 등이 융합된 <에네르기아>(Energia)라 할 수 있다. 이제 그 수용된 특징을 요약해 보면,

첫째, 향락적, 관능적, 악마적인 것.
둘째, 예술지상주의의 극치란 점.
셋째, 댄디즘(Dandyism)
넷째, 비도덕적, 반인습적, 반종교적

---

154) Horst Frenz, 앞의 책, 98쪽.
155) 위의 책, 120쪽, A. Gide는 모든 창조적인 작가는 적어도 하나의 외국작품을 번역해야만 자신의 문학을 풍성하게 한다는 견해를 지녔다.
156) Lionel Trilling 外, *The Social Cultural Critic*, State University of New York at Binghamton, 1968, 161쪽.
157) 병리적, 퇴폐적 사회성에서 와일드의 악마주의를 도입한 것.

이란 점 등으로 볼 수 있다. 그러면 동인의 유미적 경향을 수신자 및 수용환경에 비추어서 살펴 보기로 하자.

1. 향락주의 - 남용과 방랑벽

동인에게 향락이란 <금전의 향락>[158]이며 또한 보헤미안적인 향락이었다. 전자는 돈의 남용에서 오는 방탕과 과대망상적 공상이며, 후자는 일종의 방랑벽이다.

가. 물질적 남용과 과대망상적 공상

백억이란 돈도 적은 듯이 생각하고 수십 人의 애인이라도 가져보고 싶은, <괴로움과 불만을 一掃하고 아편이나 꿈과 같은 안락>[159]을 취하고 싶어 하는 것이 동인이 바라는 향락이다.

동인에 의하면 본시 음울한 아이였으나 17세에 연애에 실패한 후 자포자기의 타락에 빠졌다가 그 음울성의 뿌리를 버리려고 노력, 20세 쯤 興盛스러움과 화려함을 추종[160]했다는 것이다.

그에겐 <술과 여자·인력거·종소리·호로등·분과 향수내로 찬 기생의 방>이 항상 어른거릴 만큼 몽상 속에 살고 있었다.

재산이 있을 때의 <병>은 즐거움으로 느낄만큼 그의 향락이란 물질적인 것과의 관계였으며 문학이건 예술이건 모든 것을 집어칠 정도의 방탕이었다. 이것은 동인만의 방탕이 아닌 그 당시 문인들의 유행병 같은 것이기도 했다.

---

158) ≪개벽≫5월호 (1923. 5. 1).
159) 「김동인전집」⑤ (삼중당, 1976), <어지러움>의 일절 인용, 111쪽.
160) ≪개벽≫10월호(1924. 10. 1).

또한 동인에게 쾌락이란 과대망상적 공상을 동반한다. 그것은 그의 초기 단편 「마음이 옅은 者여」에서부터 명백히 나타난다.

> 전에 Y와 만나기 전 아내를 곁에 두고 이런 공상을 하여 본 적이 있다. 아내를 함종으로 보낸 뒤에 어떤 애인을 얻게 된다. 그러는 동안에 어떻게 큰 재산을 얻고 큰 부자가 된다. 그때에는 애인과 함께 세계 일주를 하면서 이집트 넓은 벌에서 별을 보며, 이태리 바닷가에서 조개껍질을 주우며 누구 부럽지 않게 즐기리라고……161)

노력의 어떤 과정보다 우연히 얻는 행복을 그리는 점에서 막연하고 공상적인 이미지에 眈溺한 감정의 격렬하고도 자연스런 분출인 낭만적 특성162)을 수반한다고 볼 수 있다.

그의 향락주의관이 본체를 드러낸 것은 「배따라기」에서다.

> 예술의 사치를 다하여 아방궁을 지으며 매일 신하 몇 천명과 잔치로 즐기며…… 몇 만가의 역사가 어떻다고 욕을 하든 상관않는 진시황은 정말로 인생의 향락자며 역사 이후의 제일 큰 위대한 인격의 소유자이다

라고 진시황을 찬양한 것은 이른바 융 (C. Gustav Jung)의 리비도적 작용이라고 볼 수 있다.163) 그에게 불행이란 <돈을 즐기던 헤도니스트가 재산이란 왕국에서 쫓겨날 때 받은 슬픔>을 의미할 만큼 금전이 없는 향락은 그에게 존재할 수 없었으며 그 향락이란 「눈을 겨우 뜰 때」의 금패처럼 젊

---

161) ≪김동인전집≫ ⑤. 앞의 책, <마음이 옅은 者여>의 일절 인용.

162) Herny H.H. Remark, West European Romanticism, Definition and Scope(Comparative Literature Method and Perspective By N.P Stallknecht and H. Frenz), 1973, 281쪽, 尹弘 老교수는 「동인작품론」에서 동인의 작품을 <낭만적 리얼리즘>이라고 명명했다.

163) 이태동역, 「칼·융의 심리학」 (욜란디야코비원작, 성문각, 1978) 83~4쪽 참조. 프로이드의 성적 충동의 의미와는 다른 융의 충동, 소망, 의지, 감정과 심리를 의미한다.

음을 즐기는 것이었다. 금패는 여학생이 기생을 경멸하는 것을 오히려 마음
껏 기생처럼 청춘을 만끽하지 못하는데 대한 시기라고 생각할 정도였다. 때
로는 <참>이란 무엇인가 회의에 잠기기도 하지만, 그 女가 얻은 결론은
<이 괴롭고 변변치 않고 같잖고 쓸쓸한 '인생'을 살아 갈 유일의 방책은
순간순간의 쾌락을 취할 것, 이것 밖에는 도리가 없다.>는 것이었다.

　그 외 「被告」의 주인공 <그>, 「徘回」의 직공 A, 「무능자의 아내」의 남
편 등 그것이 쾌락을 위한 쾌락이나 또는 예술에 도취된 쾌락이 아니라 예
술과는 相距한 방탕스런 향락이 아니었던가 한다.

　나. 보헤미안과 영탄적 미감

　동인의 향락적인 또 하나의 특징은 방탕자적 기질이다. 눈 앞에 보이는
현실성을 부정하고 보다 높은 환상적이며 이상적인 현실을 추구하는 킥서
티즘 Quixotism이 아닌 분방자재한 방황이라는 데에 문제가 있다.

　<동경산보>란 말이 생길 만큼 심심풀이로 훌쩍 다녀 오는 것이 취미요,
습관이었으며, 그의 방탕의 광포성이 심해질수록 평양, 진남포, 경성, 대구,
경주 등으로 특별한 목적지도 없이 여행을 한가로이 계속하는 방랑벽은 그
의 작품 속에 잘 반영이 된다.

　시종 운명론으로 이끌고 간 「배따라기」의 작중인물인 형의 경우, 자신의
엄청난 오해로 고향을 떠나버린 아우를 찾아 20년을 정처없이 바람부는대
로 다니는 것은 어떤 면에서 아우를 찾기 위한 유랑이라기보다 영탄적 미
감164)과 낭만적 체취에 젖은 감상적인 자유와 정서의 표현이라 할 수 있
다.165)

---

164) 조연현 저 「현대한국작가론」(문명사, 1970. 3. 20) 233쪽.
165) 조연현은 「현대한국작가론」에서 낭만주의 작품으로, 백철은 「신문학사」에서 로맨티씨
　　즘의 작품을 시험한 것으로 본 관점은 유미주의가 원래 독일낭만파미학의 영향을 받은

낭만주의의 특질에 가장 창조적 기원이 되는 자유와 정서 - 즉 자유란 법칙, 권위, 전통에 대한 반항이며 정서란 자발성·잠재의식·행위의 샘솟음·예술적 창조·직관을 포함하는 - 에의 충일(充溢)이라 볼 수 있다.166)

그의 말대로 예수교식 교훈과 도학적 교훈아래 향락하는 젊은이를 경멸하는 제이의 천성보다 아버지에게서 물려 받은 호탕한 천성과 자기 스스로의 방분한 성격이 더 강렬했던 것이다.167)

「눈보라」의 홍선생역시 정교사 자격증이 없어 중학교 교사직을 물러난 뒤 의학에 대한 지혜를 모아 엉터리 의사순회 여행을 떠난다. 열 길되는 벼랑에서 떨어져 죽었으니 十丈病이란 식의 돌팔이치료가 들통이 날가봐 줄행랑을 치며 방랑을 고통스럽게 느끼지 않고 계속한다. 그 외 「송둥이」의 황진사, 「포폴라」의 최서방 역시 유랑벽을 지닌 인물로 등장한다.

결국 동인의 향락주의는 번뇌가 없는 지적이고 조용한 평정(Atraxia)을 의미하는 에피큐리언168)과는 거리가 너무나 먼 글자 그대로 <탕자의 변>이라고 할 수 있겠다.

2. 관능주의 및 악마주의

동인의 커널리즘(Canalism)과 다이아볼리즘(Diabolism)은 인간의 동물적 욕구, 즉 원시적 충동인 <이드>적 요소와 그 영역이 마침내 광포성을 드

데서 시작된 사실과 부합된다.

166) Joseph T. Shipley Dictionary of World Literature, Totowa, New Jersey, 1972. p. 353 참고.

167) 김동인전집④ 「여인」(삼중당, 1976), 236쪽, 참고.

168) 강인숙은 「유미주의의 한계」에서 동인을 생활에서 미를 찾고 쾌락을 찾던 네로나 페트로니우스적인 의미에서의 에피큐리언이라 했는데, 그것은 에피큐리어니즘과 헤도니즘의 개념상 차이의 문제라 보겠다.

러낸 악마주의라고 볼 수 있다.

가. 〈이드 Id〉적 요소의 발현

동인의 관능은 문명화된 생각하는 정신과 완전히 상반된 원시적이고 야만적인 욕망이 지배하는 어둠의 동굴같다. 프로이드식으로 말하면 자아(Ego)와 이드(Id)의 강렬한 지배에 위압을 당한다. 그러기에 동인작품 속의 인물들은 사고가 결여돼 있다. 생각하기를 귀찮아하는 인물이 거의 대부분이다. 단지 야성적인 충동에 의해서 원시적 욕망을 만족시킬려는 유형이 두드러진다.169) 동인은 ≪현대평론≫에서 「變態性慾」이란 제목 하에 다음과 같이 말한다.

> 女性美라는 말에 연하여, 우리의(오히려 나의) 머리에 떠오르는 것은 裸體美이외다. 두드러진 젖가슴과 엉덩이, 살진 넙적다리, 동그란 손과 발, 과연 아름답습니다.
> 그 四時로 女性들에게 들리워서 기쁘게 살아가는 사람에게는 어찌 생각될지 모르나 女性의 연이 적은 나 같은 사람에게는, 女性美<裸體美>라 하는 말은 황송하도록 고맙게 들립니다. 몸을 떨지 않고는 듣지 못할이만큼 <恐怖>에 가까운 崇拜의 念이 일어 납니다.170)

그는 비너스의 상을 볼 때에 성적 욕망의 떨림 밖에는 맛볼 수가 없다고 할 만큼 肉慾과 본능의 충동으로 가득 차 있다는 것을 스스로 인정하고 있다. 그래서 그의 단편에 등장하는 인물들은 남녀를 불문하고 관능의 전율에 짜릿할 만큼의 쾌감을 느끼는 주인공들이 대부분이다.

「약한 자의 슬픔」의 강엘리자 벨, 「마음이 옅은 자여」의 K, 「전제자」의

---

169) 이재선은 「한국현대소설사」의 「동인의 문학세계」에서 이것을 자연주의의 특성이라 얘기했는데, 그것은 동시에 유미주의 특성이기도 하다.
170) ≪현대평론≫ 제8호(1927. 9. 1), 부제는 「여성미를 논함」이다.

S, 「배따라기」의 형 등 일종의 사디즘적 특징까지도 지닌다.[171] 「화환」의
효남이 부(父)나 「배따라기」의 형 같은 경우가 바로 그것이다. 동생과의 관
계를 의심해서 쫓아낸 아내가 근심스런 얼굴로 다시 돌아 왔을 때, 남편은
아내를 죽이려던 마음을 가라 앉힌다.

> 그는 아내를 보는 순간, 마음에 가득 차는 사랑을 깨달으면서, 칼을 내던
> 지고 뛰여나가서 아내의 머리채를 휘어잡고 이년 하면서 뺨을 물어 뜯으
> 면서 함께 이리저리 자빠져서 딩굴었다.[172]

동생과 아내에 대한 형의 태도는 질투에 휩싸인 에로티씨즘이란 의미망
의 확대이기도 하다. 작가이며 동시에 비평가인 바타이유(George Bataille)
가 <문학은 이성과 문화의 정반대의 것을 추구해야 하며, 공권상실자로서
격렬한 야성을 탐구해야 한다>[173]고 주장함으로써 독자를 당혹하게 하는
사례도 있지만, 동인의 경우 사람을 육체적 본능적 관계에서만 해결하려고
하는 데에도 문제가 있다고 본다.

> 남녀의 사랑이란 그 근원은 육의 환락에서 비롯하였다. 원시적 사람을
> 보라. 짐승들을 보라. 다정한 시인을 보라. 정에 날카로운 女人을 보라. 그
> 들이 이 이성에서 다른 이성으로 또 다른 이성으로 사랑을 옮기는 것은 -
> 그 무엇을 의미함이냐? 정에 날카로운 사람은, 참 환락의 삶을 맛보는 사
> 람은, 참 세정을 아는 사람은 사랑의 영적 육적 구별을 하지 않고, 영적보
> 다 수적(獸的), 육적(肉的)으로 그들의 참(純)을 발휘함이 아닌가 - 라고 나
> 는 이렇게 생각한다.[174]

---

171) 「눈을 겨우 뜰 때」의 금패, 「피고」의 피고, 「감자」의 복녀, 「배회」의 A, 「포플라」의 최
　　서방 등 20년대의 30여편 단편 중 십여편이 관능적 요소를 띠고 있다.
172) 「김동인전집」⑤, 앞의 책, 「배따라기」의 일절, 125쪽.
173) Michel Beaujour, *Eros And Nonsense, Gerge Bataille*(Modern French Criticism By J.K.Simon)
　　The University of Chicago Press, 1972, 149쪽.

와도 같이 일종의 초자아의 앤태고니스트(Antagonist)의 표현으로 악마주의 일보 직전에 있는 파멸, 죽음 전락 등의 사탄적 비유[175]를 암시하고도 있는 것이다.

나. 광적 에너지의 폭발

동인의 광적 욕구는 「어지러움」에서부터 이미 시작하여 「유서」, 「광화사」, 「광염소나타」에 이르러 절정에 다다른다.[176]

동인의 사탄(Satan)은 밀턴 (John Milton)의 종교를 묵인하는 태도와 종교의 권위에 참지 못하는 두 가지 양극을 지닌 사탄과 같은 모랄은 전혀 없는 철저한 데빌(Devil)[177]이다.

소위 광기가 나타났다고 보는 「어지러움」의 경우, 그는 거의 미치광이 비슷한 과대망상광이었다.

> 노아 시대의 홍수와 베니쓰의 폭발의 장엄한 광경을 정시하고 감상한 사람은 그 과대방상광 밖에는 없었습니다.…… 먼저 백과 사전을 폈습니다. 그 뒤에 정신병학을 폈습니다. 그러나, 과대망상광이 되는 방법은 없었습니다.
> 그 위에 의사에 묻고 여기저기서 종합한 것으로 염치없는 공상을 많이 하면 마침내는 과대망상광이 된다는 결론을 얻었습니다.[178]

---

174) 「김동인전집」⑤, 앞의 책, 「마음이 옅은 자여」의 일절 인용. 58쪽.

175) David Burrows, Frederick R. Lapides 외, *Myth & Motifs in Literature*, The Free Press, 1973, 461쪽 참고.

176) 채훈의 「1920년대 한국작가연구」나 이재선의 「현대소설사」의 견해와 동감이다.

177) M.H.Abrams, *Literature as a Revelation of Personality*, (*The Mirror and the Lamp*) Oxford University Press, 1971, 250~4쪽 참고. 밀턴의 「실락원」에 대해 주인공이 사탄인가, 메시아인가 또는 아담인가 논란이 많았는데 그 중 콜릿지와 카아라일의 제자인 J. Sterling 은 삼위일체를 주장, 밀턴을 사탄과 아담과 여호아의 결합이라고 명확히 말했다.

178) 「김동인작품집」(채훈, 형설출판사, 1977) 109~10쪽.

이렇게 광인이 되고 싶은 그의 체념은 자신의 방탕에 따른 줄어드는 재산에 대한 실의와 병행한다. 결국 그의 오만했던 유아독존적인 자존심도 경제적인 몰락 앞에선 광적으로 되지 않을 수밖에 없는 심경이었다.

다음 「유서」의 "나"는 화가인 "O"의 후견인 역할을 하면서 "O"가 자멸의 길을 걸으려는 원인이 "O"의 아내의 단정치 못한 품행임을 알고 살인을 할까 생각하기도 하지만, 결국은 "O"의 아내에 대한 마음을 돌이키기 위해 "O"의 아내로 하여금 일부러 유서를 써서 남편의 마음을 돌리도록 하자고 설유한다.

> 그러나 봉투의 <氏>자가 끝이 나자마자, 나의 손에 쥐어 있던 가운데의 허리띠는 힘있게 그의 목에 얽히었다. 한 이십분 쯤 뒤, 나는 O의 아내의 하얗게 식은 몸을 내려다 보면서 방안을 좀 정리한 뒤에 O를 만나러 식도원으로 향하였다.[179]

처음에 의도했던 바와는 달리 급격한 전도[180]와 함께 살인을 한 뒤에 유유한 자세는 그가 처음에 <자살은 너무 잔혹지 안나>하는 생각에서 그 주인공을 죽이지 못했다는[181] 구성태도에 비해 너무나 발전한(?) 여유를 보여 준다.

그러나 그의 매니아(Mania)가 결정적으로 분출된 것은 「광화사」와 「광염 소나타」에 와서다. 솔거라는 화공이나 음악가 백성수가 진정한 예술가가 되기 위해 고통·살인·방화를 통해 초자연적인 힘을 가지려는 일종의 이니시에이션 스토리(Initiation Story)라고 볼 수 있지만[182] 심리적 비평의 관

---

179) 「김동인전집」⑤ 앞의 책, 「유서」에서 212쪽.
180) 단편소설의 효과를 노리는 방법으로서의 의미를 지닌 것인지도 모른다.
181) ≪조선문단≫6월호(1925. 6. 1), 김동인의 「소설작법」(3) 81쪽.
182) 신화적 관점에서 보는 경우를 뜻한다.

점에서 보면 역사비평과 마찬가지로 비평가의 입장에서 작가가 인생의 조
야한 소재를 예술로 변형하는데 있어서 다양한 창조 형태를 어떻게 설계하
며 그 동기의 이유는 무엇인가를 인식해야 한다. 일테면 아빈(Newton
Arvin)은 예술작품의 어떤 면모를 조명하기 위해 맬빌(H.Melville)의 어머니
와의 관계를 연구했으며 프로이드는 「도스토예프스키와 어버이 弑殺」에서
예술가의 인간경험과 작품을 연결시켜 작자의 정감과 주제사이의 유사성을
연구했다.183)

동인의 경우 그의 자서전적인 작품 「여인」을 보면 심리학적 비평방법이
최적임을 실감하게 된다. 테니슨이 예술가란 보통 사람(凡人)보다 다르다는
것을 읊은 시184)에서처럼 예술가의 우월성이 특별한 괴기성과 융합되어 사
디즘적 광기를 띠고 살인·방화로 변형되기에 족한 잠재성을 지니고 있다.
그것도 보통사람이 보기에 포착하기 어려운 그로테스크한 性癖이며, 자신
의 고통을 미적 쾌감의 관능적 악마성으로 해소하는 것이 아닐까 한다.

3. 예술지상주의와 순수성

동인은 우리 근대 문학사에서 예술지상주의 이론을 과감히 실천한 유일

---

183) N.N.Holland, 앞의 책, 239쪽. 참고.
184) J.A.Guddon, 앞의 책, 17쪽.
   Vex not thou the poet's mind
   with thy shallow wit ;
   Vex not thou the Poet's mind ;
   for thou canst not fathom it.

   詩人의 마음을 그대의 천박한
   기지로 괴롭히지 말라
   그대는 시인의 마음을 헤아릴수 없기에
   시인의 마음을 괴롭히지 말라.

한 예술지상주의자로 알려져 있다. 그것은 춘원의 설교위주의 문학에 대한 반기를 든 최초의 기수로서 문학을 위한 문학을 주장했다는 것과 어쨌든 댄디스트였다는 것, 또한 반인습적, 반도덕적, 반종교적인 작품을 의식적으로 썼다는 사실에서 그가 순수한 예술을 목표로 기치를 올렸다는 점은 우리 근대 문학사에서 큰 공적이 아닐 수 없다.

가. 문학을 위한 문학

동인이 문학을 위한 문학을 주장하게 된 것은 안으로는 춘원이 문학을 <사회개혁의 무기>로 보고 <이상건설의 선전 무기>로 쓴 것에 대한 도전이며 밖으로는 와일드적인 유미주의와 관련을 갖는다.

> 勸善懲惡을 目的으로 한 小說을 容納할 寬大性을 못가진 것과 같은 意味로 社會 改革을 目標로 한 小說도 容納할 수가 없었다.
> 文學은 오직 文學이 存在할 뿐이지 다른 目的을 가진 것은 文學으로 認定하지 못한다는 것이 우리의 主張이었다.[185]

와도 같이 <문학은 문학이지 다른 것이 아니다>는 명제가 확인되는 날까지 그의 주장을 굽히지 않았다고 할 만큼, 문학을 위한 문학의 당위성을 신조로 삼았다. 그에게 문학은 쓴다는 기쁨이 선행되었으며 원고를 쓰면 대가를 받는다는 심리상의 구속을 전적으로 배제할만큼, 그의 초기의 예술활동은 순수 그것이었다.

그 이론의 실천으로 보이는 「광화사」와 「광염소나타」의 경우, 와일드의 「도리안 그레이의 초상화」(The Picture of Dorian Gray)와 혹사한 점을 볼 수 있다. 「광화사」에서 화가 솔거가 자신이 추구하는 미와는 전혀 다른 소

---

185) 김동인, 「문단삼십년사」, ≪신천지≫, (1948)

경 소녀의 욕정어린 표정에 본의아닌 살인을 저지른 것은 여배우 시빌베인이 진정한 사랑을 알게 되자 연극의 연기가 서투러진 것에 실망한 그레이의 냉담이 시빌을 자살하게 만든 즉 인생을 예술처럼 생각한 것이 좌절된 데서 온 결과로 비록 영향 授受관계의 구체적인 증거는 없다해도 두 인물의 행위는 유사하다 보겠다.

특히 「광염소나타」에선 구성상 음악평론가 K씨와 사회교화자 某씨의 두 인물을 설정, 예술이론에 대한 토의를 통해 음악가 백성수의 기괴한 천재적 음악성을 합리화시킬려는 노력은 향락주의자 헨리와 도덕주의자 버질이 청년 도리안을 사이에 두고 예술론에 대한 설론을 전개해 나가는 수법과 비슷하다.[186]

백성수는 <천재>와 <범죄본능>을 동시에 지닌 야성적인 음악가다. 말하자면 사람을 엄습하는 듯한 鬼氣와 放奔스런 표현과 야성을 지닌 음악가로 보기 드문 희대의 음악을 작곡할 수 있는 힘은 살인·방화를 통해서 야성적 광포한 쾌락미를 즐긴 다음에 조성된다. 그래서 작곡된 것이 <성난 파도>, <피의 선율>, <死靈> 등으로 말하자면 죄를 범한 다음에 훌륭한 예술을 하나씩 산출한다, 음악평론가 K씨의 관점에선 훌륭한 예술을 창조하기 위해서 생긴 범죄는 불문에 붙여야 한다는 입장이며 더욱이 사회교화자인 某씨도, 범죄 때문에 생겨난 예술을 보아서 죄를 용서해야 되지 않겠느냐는 K씨의 질문에 대하여 강경한 자세가 아니란 점이다.

　「그거야 죄를 범치 않고 예술을 만들어 났으면 더 좋지 않습니까?」
　「죄를 벌해야지요 죄악이 성하는 것을 그냥 볼 수는 없습니다.」

---

186) 단편으로서 예술이론이 적용되기에 빈약한 점은 있으나 상반된 두 인물을 설정한 점에서 유사하다 보겠다.

의 두 마디 뿐이며, K씨의

> 예술가에겐 힘있는 예술, 선이 굵은 예술, 야성으로 충일된 예술 - 우리
> 는 이것을 기다린지 오랬습니다. 그럴 때에 백성수가 나타났습니다. 사실
> 말이지, 백성수의 그의 예술은, 그 하나하나가 모두 우리의 문화의 기념탑
> 입니다. 방화? 살인? 변변치 않은 집 개, 변변치 않은 사람 개는, 그의 예술
> 의 하나가 산출되는데 희생하라면 결코 아깝지 않습니다.……187)

라고 한 말로 작품을 끝낸 것은 예술의 마키아벨리즘을 더욱 강조한 셈
이 된다. 이것을 밑받침해 주는 것이 바로 그의 미의식이다. 그에게 미란
자신의 욕구에서 나온 것이면 악이든 선이든 다 美인 것이다. 즉 그는 온갖
것을 <美> 속에 포함시켰다. 사랑도 미움도 악도 다 미일 뿐 아니라, 그것
을 악마적 상상이라고 명명했다.

그리고 그가 방탕한 동기를 그런 미적 사고188)에다 두었다. 그것은 미도
미라고 하면서 그 신비와 경이로움보다 醜를 추구한데서 온 자기과오가 아
닌가 생각된다. 동인은 단지 이론상 또는 과대망상증에서 아무도 생각해
낼 수 없는 괴기한 구상을 통해 「광화사」, 「광염소나타」와 같은 작품을 썼
을 뿐 인생을 예술과 같은 것이라고 생각할 만큼 순수한 유미주의자는 아
니었다.

나. 댄디즘(Dandyism)

동인의 「문단삼십년사」에 의하면,

---

187) 「김동인전집」⑤, 앞의 책, 298쪽.
188) 모든것, 악, 추, 선, 미 등이 포함된 예술론을 주장하면서 거기서 광포한 사상이 시작됐
　　다고 한 점을 의미한다.

金瓚永이나 내나 모두 평양 명문집 자제로서 옷도(南宮처럼) 늘 손질은 못하지만 모자에서 신발까지 모두 최고급품을 여러벌 씩 가지고 있는지라 늘 깨끗하였고, 이런 점이 南宮의 뜻에 맞는 듯하여 내나 瓚永이 서울에 와 있으면 南宮은 아침부터 저녁까지 우리의 定宿인 패밀리 호텔에 와서 세월을 보냈다.

라고하여 그가 꽤 멋쟁이였음을 알게된다. 한 여름에 쓰던 맥고모자도 여러개를 번갈아서 사용, 모자점 진열상에 모자가 보일 적마다 늘 생각하는 문제가 될 만큼 외형적인 미에 치중, 종로 거리를 토이기 帽를 쓰고 활보하기를 즐겨할 만큼 외형적 스타일에 관심을 두었다.

댄디즘의 사전적 개념을 보면,

첫째, 신사의 스타일이나 행위

둘째, 19C말 영국과 불란서의 데카당과 관련된 문학적 예술적 스타일로 특히 언어의 세심(Preciosity)과 주제의 洗練된 정서주의의 특징을 지닌 것으로[189] 동인의 댄디즘은 후자보다 전자에 속한다 볼 수 있다.

즉 예술적 감각에서 온 멋스러운 취미라기보다 부유한 가정에서 물질적인 향락을 만끽하기 위한 수단으로서의 댄디즘이었다는 데에 그의 결정적인 예술론의 좌절이 있었던 것이다.[190]

다. 반인습성과 반도덕성

인간사회에 있어서 문학의 역할은 오래 전부터 논란의 대상이 되어왔다. 만일 문학의 절대적인 자율성을 인정하여 문학이 인간세계에서 독립돼야

---

189) Webster's Third New Internation Dictionary, 1959, 573쪽.
190) 최원규는 「동인의 미의식에 대하여」에서 뽀드레르의 멋과 비교, 내적인 예술가로서 심미적 태도가 댄디즘에 의한 것이라고 했지만, 동인의 경우는 우선 돈자랑으로서의 외적 치장이었으며, 그것이 예술론에 투영될 만큼 댄디즘을 표방한 것은 아닌 것 같다.

하는 것을 인정한다면, 문학은 인생에 가치와 풍미, 의미를 부여하는 기회를 잃게 되는 모험을 하게 되는 것[191]은 아닐지에 대한 여부를 간과할 수는 없다. 왜냐하면 대부분의 비평가나 독자들은 문학이 세계를 이해할 수 있는 최고의 양식이라고 믿기 때문이다. 말하자면 예술이 도덕성과 인습을 의식해야 하느냐 또는 그것과는 전혀 관계없는 독립된 것인가 하는 문제는 진리를 정의할 수 없는 것과 마찬가지로 논자 나름의 타당성을 지닌다고 보겠다.

동인의 경우 예술가는 예술가지 결코 지도자거나 사상가여서는 안 된다는 것이다. 특히 문학이 훈화가 아닌 이상에는 문학에서 교훈적 의의를 찾아내고자 하는 것은 몰상식한 일이란 극단적인 반도덕관을 피력한다. 그것은 동인의 기본적인 문학관의 천명이기도 하거니와 무엇보다 그의 오만한 성격[192]에 기인한다.

그래서 그의 단편에 등장하는 대부분의 인물들은 거의 다 비도덕적인 인물들이다. 「약한 자의 슬픔」의 강엘리자벨이나 「김연실전」의 김연실같은 인물은 고등교육을 받은 여성으로서 비도덕적 행위가 선각적 여성이 될 수 있는 바로미터가 된다. 특히 「감자」는 해밀튼(Clayton Hamilton)이 언급한 단편소설의 정의인 <단축성과 단일한 효과>를 지닌 완벽한 작품으로서 복녀, 그 남편, 복녀의 부모, 왕서방, 한방의사 등 비도덕적 인물만 등장한다.

비교적 정직한 농가로 엄한 규율의 집안이라는 것이 딸인 복녀를 돈받고 팔 정도였으며 돈 받는 재미에 아내의 간통행위를 묵인하며 오히려 비켜주

---

191) Gregory T. Polletta, *Literature's Relations to the World(Issues in Contemporary Literary Criticism)*, University of Geneva, 1973, 625쪽.

192) 일본에서 주요한의 후배가 되기 싫어 다른 학교로 간 사실과 사천년조선에 신문학 나간다고 천하를 향하여 소리치고 싶은 충동으로선 그 당시 구도덕과 봉건적 사상에서 탈피못한 상황아래 기성권위와 도덕에 반기를 들고 나오는 것이었다.

기까지 하는 복녀의 남편은 아내의 죽음을 돈으로 흥정할 정도로 악인화한
다. 그 외 복녀를 살인한 왕서방, 그 사체를 단 돈 몇 원에 비밀리에 치워
버리는데 동의한 한방의사 등 철저하게 악인만 등장한다. 또한 복녀로 말하
면 비교적 선비의 기품과 정직한 농가에서 자라나 도덕에 대한 어느 정도
의 인식은 있었지만, 차츰 환경에 의해 변모, 삶의 비결로만 생각했던 간통
을 통해 처음으로 성숙된 어른이 된 것 같은 느낌을 가질만큼 도덕적으로
타락한다.

　이것을 순전히 결정론적인 환경에 의한 타락이라고 보는 관점[193]도 있지
만, 그것보다 동인의 개인적 무의식 Das Personliche Unbewubte, Personal
Unconscious의 발로[194]라고도 볼 수 있으며 그 비도덕적인 행위는 일말의
회의와 번민도 없는 악으로 표상되었으며 작품의 결말 역시 살인사건의 처
리 후의 문제가 은폐된 채 그대로 끝나 버리고 만다.

　그것은 마치 헤밍웨이의 단편 「살인자」 The Killers에서 시종 비정한
Hard‐Boiled 문체로 <닉>이란 소년이 깡패 사회의 의리와 어른 사회의
비정을 통해 성인화하는 것이 주요 주제이므로 소년의 과거를 구태여 언급
할 필요가 없었듯이, 「감자」란 작품이 선과 악 즉 의식적 인격과 무의식적
인격의 투쟁이 아닌 이상엔 살인 후의 문제에 대해서 전혀 전개할 필요가
없었던 것이다.

　더욱이 「광염소나타」에선 예술을 위해서는 살인·방화 등의 비도덕적
행위도 용납해야 된다는 것을 음악평론가 K씨의 말을 통해 적나라하게 표
현되고 있는데,

---

193) 이재선著, 「현대소설사」(민음사, 2000), 229쪽.
194) 김윤식·김현의 「한국문학사」에서 김윤식은 복녀의 쾌락주의적 인생관은 현실의 모순
　　에서 싹튼 것이 아니라 동인의 세계인식 속에 내포된 모순에서 생겨난 것이란 의견과
　　결국 일치되는 셈이다.

어떤 <기회>라는 것이 어떤 사람에게서, 그 사람의 가지고 있는 천재
와 함께, 범죄 본능까지 끄을어 내었다 하면, 우리는 그 <기회>를 저주해
야 하겠습니까? 혹은 축복하여야겠습니까? 이 성수의 일로 말하자면 방화,
사체, 모욕, 시간, 살인, 온갖 죄를 다 범했어요…… 그러나 때때로 그 뭐랄
까 흥분 때문에 눈이 아득하여져서 무서운 죄를 범하고, 그 죄를 범한 다
음에는 훌륭한 예술을 하나씩 산출합니다. 이런 경우에 우리는 범죄를 밉
게 보아야합니까? 혹은 범죄 때문에 생겨난 예술을 보아서 죄를 용서하여
야 합니까?195)

와도 같다. 그러나 백성수란 음악가를 정신병원에 감금하게 된 것은 그
시대 사회현상에 비추어 문학의 공리성을 전혀 부정할 수 없었던 현실적인
문제도 고려된 것이 아닌가 사려된다.

예술이 무엇이냐는 질문에 대하여,

사람이 자기 그림자에게 생명을 부어 넣어서 활동케하는 세계 - 다시 말
하자면 사람이 자기가 지어 놓은 사랑의 세계 - 그것을 이름이다.

와도 같이 예술을 인생의 그림자라고 정의를 내린 것은 융이 그림자란
<나Ich>의 어두운 면 즉, 무의식적인 측면에 나의 분신, 미분화된 채로 남
아 있는 원시적인 심리경향으로 그것이 의식되어 노출될 때에는 부도덕한
면 뿐만 아니라 상대적으로 창조적이며 긍정적인 역할을 할 수도 있다고196)
분석한 바 동인은 후자보다 전자에 해당하며 니체 (F Nietzsche)의 초인인
짜라투스라의 앤태고니스트인 <속악한 인간>상만 작용했던 것으로, 이것
은 동시에 유미주의 쇠퇴기에 나타난 악마적 특징이기도 하다.

---

195) 「김동인전집」⑤, 297~98쪽.
196) 李符永 著, 「분석심리학」(일조각, 1978), 55~7쪽 참고.

라. 반종교성 - 앤티 누미노즘(Anti Numinosum)

우리가 보통 종교적이라 말할 때는 기독교, 불교, 천주교로 구분하기보다 어떤 신을 내적으로 간직하고 있는가, 즉 어떤 신성력에 사로잡혀 대상을 주의깊게 관찰할 때를 의미하는게[197] 아닌가 한다. 그런데 동인은 그런 신적인 관념도 전혀 보이지 않을 뿐만 아니라 종교에 관해서는 그의 수필이나 평론, 잡문 등에도 거의 언급되어 있지 않은 듯 하다. 다만 「明文」과 「신앙으로」란 작품을 통해서 그의 종교관을 파악할 수가 있다.[198]

먼저 「명문」에서 그의 종교관이 어떻게 나타났는가를 살펴 보기로 하자. 독실한 예수 교인인 전주사는 예수를 믿는 <죄> 때문에 아버지의 저지와 박해아래 집을 쫓겨난다. 그러나 더욱 예수에 집착하여 정직함과 겸손으로 장사에 성공, 아버지의 영혼을 구제하기 위해 아버지 이름으로 교회당 건축기금을 헌납하는 효도를 보인다. 아들이 종교에 열중할수록 아버지는 임종 때까지도 예수의 존재를 인정하려 하지 않을 뿐만 아니라, 오히려 악귀가 침입한 듯이 전주사의 어머니는 노망하게 되어, 그런 삶은 아무 가치가 없다는 결론을 얻은 끝에 전주사는 어머니를 영원히 잠들게 한다.

이윽고 재판정에 섰을 때 전주사는 어머니를 가련한 경우에서 건져 낸 善行을 한 것이지 결코 죽인 거라고 생각지 않는다고 주장한다. 하지만 사형을 받고 천당의 문을 두드렸을 때 하나님에게까지 지옥행을 선고받는다. 미신을 하나의 죄악으로까지 보는 전주사의 아버지는 예수교를 오히려 미신보다 못한 것으로 생각했으며 어머니 역시 아들을 못낳는 며느리에게,

계집년이 방정맞으니깐, 아들 하나도 못 낳고 매일 하나님, 하나님 - 하

---

197) 위의 책, 301쪽, 참고.
198) 篤實한 기독교가정인데도 종교관에 대한 언급이 거의 없는 것이 그의 성격의 일면을 보여준다.

나님이 제서방이야?

라고 할 정도로 하나님을 염오한다. 그렇게 성실과 정직으로 오로지 성경만을 의지해서 살아 온 전주사가 사형을 받게 되는 것 자체가 종교의 가치를 전혀 인정하려고 하지 않는 것이며 하나님을 열심히 믿었던 전주사의 입장에서 하나님에게까지 지옥행 언도를 받은 것은 전주사에 대한 하나님의 배신이 아닐 수 없다.

동인은 반기독 Anti - ch에 대해서 적극적인 자세였다. 「신앙으로」에선 예수를 인간의 위치로 하락을 시킨다. 그것도 은희라는 여인의 육욕 충동을 느낄 수 있는 대상으로, 중세기엔 감히 상상할 수도 없는 가공할 사건이다. 그런데 무엇보다 더 희한한 것은 예수에 대한 죄스러움이 아니라, 남편에 대해 큰 죄를 범한 듯하여 그런 충동적 생각을 느끼게 했던 예수의 화상을 내려 엎어 버린다는 것이다.

예수에 대한 거부반응은 그것 뿐이 아니다. 주인공 은희가 어렸을 때는 동생 만수가 병으로 죽었으며 은희가 결혼을 해서는 아들 필립이 - 그것도 예수교 배경 밑에 이름 지은 - 폐렴으로 죽어 버린다. 그것이 의사에게보다 하나님께 지극히 정성드려 기도한 대가였던 것이다. 잠재적으로 무신론자가 돼버린 은희 부부가 다시 신앙심이 솟아난 것 역시 아들을 천당에서나마 만나 보려는 방편으로서, 사랑하는 아들과 헤어지기 싫은 어버이로서의 간절한 애정때문이었다.

이처럼 재치있는 에피소드와 위트로 압축된 반기독의 정신은 융에 의하면 <자기의 그림자 즉 우리가 결코 낙관적으로 판단해서는 안 될 인간적 全一性의 어두운 반면>199)에 해당된다고 하였거니와 그것은 그의 무의식적 그림자인 악마주의와 함께 병행하는 절대악인 요소이기도 하다.

---

199) 이부영 著, 344쪽, 참고.

V. 유미주의의 동인적 한계성

이상 오스커리즘과 수신자적 입장에 선 동인의 유미적 경향을 살펴 본 바, 공통적 또는 이질적 요소가 있음을 발견할 수 있다. 이제 와일드와 동인의 동질성 및 상이점을 수신자에 구현된 연구 결과를 중심으로 찾아 보기로 하자.

1. 헤도니즘(Hedonism)

옥스퍼드 사전 편찬자들은 쾌락을 엄격하게 얘기해서 육체적인 감각, 즉 도덕적인 면에서 하위인 것, 또는 식욕이나 감각적 기쁨의 탐닉으로 인식, 그 의미가 나쁘든 좋든 쾌락이란 단어가 원시적 즐거움과의 관계인 것만은 분명하다[200]했다.

가. 頹落과 新生

동인이나 와일드 두 사람이 다같이 청춘을 즐겨야 한다는 슬로간에서는 동일하나 동인의 그것은 처음부터 예술과 유리된 향락으로 그의 말을 빌어오자면 <붓을 내어 던지고 제멋대로 놀아나는 니나노式>의 세속적인 헤도니즘이었으며 퇴락을 초래하는 것임에 비해[201] 와일드의 헤도니즘은 원래의 의도가 재창조이며 신생을 추구하는 것이었다. 어떤 의미에선 풍취를 지닌 에피큐리안이라 볼 수 있다.[202] 그것은 신쾌락주의로 페이터적 요소를

---

200) Lionel Trilling, *The Fate of Pleasure*(*Perspectives in Contemporary Criticism*, S. N. Grebstein), 1968, 172쪽.

201) 김상규가 「O·Wilde와 김동인에 대한 비교연구」에서 동인이 쾌락주의를 자연그대로 보지 않고 인위적인 요소를 가해서 생존에 즐거움을 가져오는 인생의 유일한 것으로 생각했다고 언급한 그 견해에 수긍이 잘 안간다.

띠었으며203) 새로운 감각을 찾아 신생 Novelty을 추구하는 것이다. 와일드에게 신생이란 사치, 호화, 쾌락, 즉 사람이 만지고 다룰 수 있는 아름다운 것에 대한 감각을 의미하며 그것이 예술에 그대로 반영되어 인생도 예술처럼 생각하는 것이다. 그러기에 와일드는 인생보다 연극에서 진실을 추구하며, 인생이란 결코 진부해선 안 될 뿐만 아니라 오히려 인생의 관객이 되는 演技的인 인생관을 향유한다.204) 즉 동인은 청춘을 즐긴다기보다 방탕을 즐겼으며 와일드는 청춘을 즐긴다는 것이 새로운 예술감각의 대상으로서 진정한 예술인으로서의 자세였다.

나. Fixed Realism과 Ideal Realism

와일드는 신비주의와 발작크적 리얼리즘 - 현실을 재창조한 이상적인 리얼리즘 - 을 숭상하는데 반해 동인은 졸라류의 리얼리즘 신봉이란 결과를 낳은 상극성을 보이고 있다.

동인은 근대소설의 특징에 대하여

첫째, 진실성을 띠어야 한다는 것. 여기서 리얼리즘이 출발, 동인의 리얼리즘에 대한 정의는 근대소설의 생명으로 不統一되고 모순많은 인생생활을 단순화하고 통일화하는 것으로 그것이 성격소설의 발단이라고 했다.
둘째, 사실 描寫一方에 기울이는 무미건조한 맛의 결함을 보충하기 위

---

202) Walter Pater, 앞의 책, 36쪽 참고
　　페이터는 진정한 에피큐리어니즘은 인간의 전일적 유기체의 조화된 발전을 통해 이루어지는데 와일드작품의 주인공은 罪感覺을 지니고 정의를 잃었기 때문에 진정한 에피큐리안은 되지 못했다고 언급했다.
203) Richard Ellman, *Overtures to Salome(A Collection of Critical Essays*, by R · Ellman) 1969, 88쪽 참고. 「도리안 그레이의 초상」에서 헨리의 철학은 페이터와 구분하기 어려울만큼 페이터적이며 와일드가 의도한 것은 페이터를 비평하기 위한 것이라 논했다.
204) 와일드 역시 결국 실패한 결과를 초래했으나 의도는 동인류의 그것과 전혀 다른 속성이었다.

해 꿈과 幻夢과 유토피아를 동경하는 로맨티씨즘의 두 요소가 조화돼야
한다.205)

고 했다.

동인의 위와 같은 이론을 根據로 그의 초기작품은 낭만적인 요소를 띠었
지만 그가 무엇보다 소설구성의 최대요소로 여긴 것은 리얼리즘이었다. 그
가 의미하는 리얼리즘이란 <있음직한 사실>을 자연스럽게 느끼게 하는
것, 즉 <순화된 리얼리즘>의 소설을 써야 한다고 했으나 실제에 있어선
<사실을 있는 그대로> 반영한 Fixed Realism206)으로 자서전적 요소가 현
저하여 몇몇 작품을 제외하고는 그의 생 그대로가 반영된 것 같은 느낌을
막을 수가 없다. 즉 동인은 방탕한 인생 그대로가 그의 작품에 그대로 투영
되었던 것이다. 와일드식으로 말하면 조야한 인생 그대로이다.

그러나 와일드는 위대한 예술가일수록 상상력을 통해 창조를 시도, 졸라
류의 사실기록에 불과한 리얼리즘207)을 매도하고 꿈으로 채색된 듯한 상상
적 실재를 지닌 발작크의 이상주의적 리얼리즘을 찬양했다. 와일드는 「거
짓말의 쇠퇴」(The Decay of Lying)에서 허위가 쇠퇴해선 안된다는 예술론을
피력, 베일이 벗겨지기 전의 신비를 갈구, 마스크의 진실을 주장한다.

마스크란 스타로빈스키(Jean Starobinski)가 말한 것처럼 인간이 가면을
쓰거나 匿名을 지니면, 그것은 인간을 피하는 것이므로 사람들이 그 가면
세계를 알고 싶은 호기심에 이끌리어 상대의 가면을 벗기려고 도전을 해
온다는 것이다.208) 말하자면 와일드의 입장에선 캄캄한 상자 속에서 행복과

---

205) ≪조선중앙일보≫, 「근대소설의 승리」(四), (1934. 7. 21)
206) 김병걸 著, 「리얼리즘문학론」(을유문화사, 1976. 10. 25), 아고스티의 말을 인용한 것을
　　　재인용했다.
207) 와일드 역시 졸라를 자연주의자라 하지 않고 리얼리스트라고 명명한 것을 보면 두 용어
　　　의 개념을 명확히 구분해서 사용하지 않은 것 같다.
208) Jean Starobinski, *Truth in Masquerade*(Issues in Contemporary Literary Criticism, Polletta),

쾌락, 신비에 도달하는 길을 추구함으로써 어떤 것을 아름답게 만드는 이상화된 예술을 갈구했다고 볼 수 있다.[209] 그러므로 동인은 자기 신변의 이야기를 사실 그대로 소설화한 것임에 비해 와일드는 위대한 예술가일수록 사물을 있는 그대로 보는 것이 아니라 상상력을 통해 창조되는 것인 발작크적 리얼리즘을 숭상한다.

2. 커널리즘 및 다이아볼리즘(Canalism and Diabolism)

동인과 와일드 두 사람이 관능주의에서 악마주의로 변형된 것은 동일하나 그것이 의미하는 바는 서로 다르다.

가. 肉慾과 영혼치유의 관능

동인의 관능은 순전히 동물적 성욕 결합에 치중하고 있는 동물적 본능이며 그것은 방탕의 도구로서 사용된다. 쾌락의 사전식 정의가 의미하듯이 원시적 즐거움이 狂暴化하기 직전의 단계다. 영혼의 결합은 완전히 도외시된 채 동인의 관능은 야만적이고 동물적인 상태에 머물러 있다.[210]

와일드의 경우, 관능은 미에 대한 세련된 본능이 지배적 특질이 돼야 할 하나의 새로운 靈性의 요소로서 관능도 영혼 못지않게 영적 신비를 지녔으며 그에게 방탕이란 오히려 관능을 무디게 하는 속악인 것이다. 그러므로 관능으로 영혼을 치유하고 영혼으로 관능을 치유할 수 있는 영혼과 육체의 조화를 갈구했다.[211] 그것이 이른바 그리스 예술이 관념과 감각형식의 완전

University of Geneva, 1973, 233쪽 참고.
209) 위의 책, 그런 의미에서 Balzac와 같다.
210) 「광화사」, 「광염소나타」는 예외적인 면이 있긴하다.
211) 「도리안 그레이의 초상」에서 도리안의 파멸로 그것이 실패한 결과를 초래했으나 영혼

균형을 이룬 것이라고 정의내린 헤겔의 영혼과 이념의 통일이다. 와일드에게 관능이란 영원히 육체와 영혼을 분리할 수 없는 신비에 있다.

「살로메」에서 肉慾적, 본능적, 동물적 관능을 표현하긴 했어도 살로메의 관능에 대한 헤로드적인 태도는 살로메의 관능적인 매력에 황홀해 했던 헤로드가 선지자 요까나앙의 잘려진 목을 보고 키쓰하는 살로메의 기교한 광포성을 보고 그 女를 죽이라고 부하들에게 명령, 야만적 관능을 거부하는 태도였다.

동인의 관능은 에로티씨즘과 원시문명에의 일주로 나타나는데 비해 와일드의 관능은 영혼을 치유할 수 있는 영적 신비로서 나타났다.

나. 絶對惡 das Absolute Böse적 요소와
　　상대악 das Relative Böse적 요소

동인의 악마주의는 악마와의 투쟁이 없다는 점이다. 악으로 시작해서 악으로 끝나는 철저한 악이다. 그가 말하는 이원적 성격이란[212] <악마적 暴虐과 신과 같은 사랑의 갈등, 미에 대한 광포적 동경과 동경 위에 나타난 불철저, 모순당착>이라고 언급했으나 실제적인 측면에서 그의 초기 작품의 경우 선과 악의 갈등은 파우스트적인 내적 투쟁이라기 보다 단지 <이원적 성격>이란 작품 구성상의 수법을 나타내려는 작자의 의식적인 노력인 것 같다. 마치 바타이유(Georges Bataille)처럼 소설작품이 윤리성을 내포하는 것에 공격을 가했으며 이성적인 난폭함으로까지 나타났다. 그러기에 그의 작품은 한쪽 면에만 치중했을 뿐 아니라 악에 대한 재고의 여지도 없다. 말하자면 고통과 번민이 없는 충격적인 악으로 나타나 있다.

그러나 와일드의 경우 대부분 작품의 인물들이 상대적으로 등장하여 악

과 육체의 합일에 대한 번민은 작품과정에서 잘 나타나 있다.
212) ≪조선일보≫(1929) 「나의 소설」에서.

은 선으로 변형할 수 있는 여지를 지니고 있다. 그 대표적인 작품이 「도리안 그레이의 초상」으로 와일드에 대한 페이터와 러스킨의 수호적인 존재가 동시에 교차되어 나타나고 있는 점이다.213)

엘르만(Richard Ellmann)은 말하기를 헨리는 페이터적 요소이며 화가인 홀워드는 도덕적인 면에서 러스킨을 구현하며214) 또한 「살로메」의 경우 선지자 요까나앙은 러스킨적인 요소를 띠었고 헤로드왕은 페이터적 색채를 지닌 인물로 등장하여 요까나앙이 살로메를 매음부라고 저주하는데 비해 살로메의 관능적인 미에 황홀해 하는 엠비바란스 Ambivalene가 교차된다. 결국은 살로메의 퇴락된 관능을 헤로드왕이 거부하는 장면으로 끝을 맺지만, 살로메에 대한 헤로드의 관능적인 미에 대한 태도는 마치 와일드가 자신에게 흥미로운 것은 문명과 야만이란 두 용어 뿐이며 특히 자신은 문명에 傾注하고 있음을 표명하며 야만적 관능이 파멸되는 종말을 초래한다는 것을 보여주고 있는 셈이 된다.

동인의 악마주의는 철저한 악의 화신인데 비해 와일드의 다이아볼리즘은 도덕과 악의 어느 한 면에도 치우치지 않는 중용의 도를 지닌다.

다. 簡明直截한 문체와 포말리즘

위와 같은 관능 및 악마주의적 특징은 동인의 簡明直截한 문체215)와 와일드의 소위 외형적인 형식에 잘 나타나고 있다.

동인은 우리 현대문학사상 처음으로 문체에 의식적인 관심을 기울인 작

---

213) Richard Ellman. 앞의 책, 73~91쪽 참고
214) 위의 책, Ellmann은 헨리가 청년도리안을 파멸로 이끈 동기는 페이터의 「르네쌍스」에서 온 것이며 <순간에 지나지 않은 인생에 자신을 집중시켜야 한다>든지 <신향락주의는 경험의 결과가 아닌 경험 그 자체>라고 말한 것은 「르네쌍스」 결론에서 얻어 온 것이라고 주장했다.
215) 천이두, 「패기적 직선적 미학」(문학춘추사, 1권 8호, 1964, 11, 1). 32쪽.

가라는 점에서 공로가 크다.216) 그는 「소설의 문장과 내용」에서,

> 그러나 소설이라하는 것이 文章藝術인 이상 마치 繪畵의 色彩와 같은 정도의 重要性을 가지는 것이다.
> 　문장이 갖는 리듬과 무드 - 이것은 소설의 가치의 그 절반을 결정하는 것으로서 이런 貴한 方面에 관하여 아직 論評이 없는 것은 오히려 奇異한 일이다.217)

라고 하여 형식에 접근, 아직 이런 귀한 방면에 논평이 없는 것은 기이한 일이라고 한 점으로 보아 자신도 실천하지 못함을 시사하고 있다. 그것은 마치 와일드의 <라임은 진정한 예술가에게 운율적 미의 자료 요소일 뿐만 아니라 새로운 무드를 깨우는 사고나 감정의 정신적인 요소이다>와 유사함을 알 수 있다.

동인은 그의 인격과 작품이 나타내는 바 선명한 간결체로 그의 오만함과 더 이상 미련을 남기지 않는 문학성을 나타내기에 최적한 헤밍웨이식의 비정한 문체인 인상을 준다.

와일드에겐 특수한 표현과 미세한 색채음유, 의상, 음악의 외적인 형식주의218)가 그의 예술과 조화를 이룬다. 대표적인 것은 「살로메」219)로 이미지 Image와 같은 하나의 에피소드에 집중, 똑같은 달이 행위와 병행하여 창백

---

216) M · H · Abrams는 「*Literature as a Revelation of Personality*」에서 스타일이 문학의 인간상으로서 또 사고의 의상으로서 번성하게 된 것은 18C 이후부터이며 두가지 주장 - 첫째 다른 작가와 구별되는 개인성 즉 버질식 특성과 일본식 특성, 둘째 문학의 특징은 인간 그 자체의 인격과 관계가 있다는 것 - 이 있다고 했다.

217) ≪동아일보≫(1934. 3)

218) 소위 <예일 포말리즘>인 Cleanth Brooks, René Wellek, W.K. Wimsatt 등은 유미주의의 극단적 형식주의에서 영향을 받았다.

219) R. Ellmann에 의하면 「살로메」는 수천년동안 유럽의 화가, 조각가의 소재대상이었으며 19C에는 문학의 소일거리가 되었다 한다. 즉 하이네, 말라르메, 위스망스, 라포르그, 와일드 등이다.

한 색에서 피빛으로 변하는 것이라든지[220] 이국적 정조의 싸늘한 냉기 속
에 미친듯한 분위기나 活性없는 영주 헤로드의 외치는 소리와 지하 샘에서
기운없이 소리치는 헤로드와 비슷한 성질의 예언자 요까나앙의 노쇠한 목
소리 등 기이하고 싸늘한 분위기를 표현하는데 그 형식이 내용보다 더 중
요한 역할을 한다.

동인은 간결체와 하드보일드한 문체로 그의 관능 및 악마주의를 나타냈
으며 와일드는 음악, 언어, 의상, 색채 등의 분위기 즉 형식으로 그의 커널
리즘 및 다이아볼리즘을 나타냈다.

3. 예술지상주의

동인과 와일드 두 작가가 예술을 위한 예술, 댄디즘적 요소, 비도덕적,
비종교적이란 점에서 뜻을 같이 하고 있으나 그 속성은 다르다.

가. 문학을 위한 문학과 예술을 위한 예술

동인이 처음 춘원에 반기를 들고 나올 때의 구호는 예술이란 용어 대신
<문학을 위한 문학>이란 축소된 의미에서 사용, 순수예술 경향이 문학만
을 대상으로 한 것에서 시작했음을 알 수 있다.

동인은 <예술가 자신의 막지 못할 예술욕에서>란 제목에서

藝術은 人生을 위하여서도 아니고 藝術自身을 위하여서도 아니오 다만

---

220) Salomé, *The Portable Oscar Wilde*, (Penguin Books, by Richard Aldington), 1974. 달이 처
음에는 노란 베일을 쓴 작은 공주의 흰비둘기 은빛 같은 달이었다가 살로메와 요까나앙
이 만나기 직전 호박 색의 구름을 통해 작은 공주처럼 미소를 던지고 있고, 다음 헤로드
왕의 등장과 함께 달은 벌거벗은 광녀처럼 변하고 요까나앙의 목이 잘림과 함께 피빛으
로 붉어진다.

藝術家 自身의 막지 못할 藝術慾 때문에 藝術以外다.[221]

라고 언급, 예술지상주의의 개념을 올바르게 파악못했음을 알 수 있다. 19C 유미주의자가 주장한 것은 예술은 예술 자체이외의 아무것도 아니기 때문이다. 즉 예술은 예술 자신을 위해서 존재할 뿐이다가 기본적인 개념인 것이다.

다음 ≪창조≫에 실린 동인의 예술관을 보자.

 - 대체 사람이란 동물은 하느님의 만든 세계에 만족치 않는다. 자연계에 아름답고 훌륭한 <꽃>이라는게 있는데도 불구하고 제손 끝으로 제 재간으로 그림으로든 조각으로든 꽃을 모방하여 만들고(그러니까 따라서 자연계의 꽃과 달라서 빛깔의 아름다움도 부족하거니와 냄새도 없고) 이 초라한 복제품을 좋아한다. 무수한 <자연품>보다도…, 제 속으로 만든 것이 자연계의 것보다 아무리 너절하고 초라할 지라도 자연계만에 만족치 않고 제 손으로 복제하며 그것을 좋아하는 것이 사람의 심정이다. 이것이 즉 예술이다….

이런 그의 예술관은 마치 누구인가의 이론을 비평하는 듯한 논조이면서도 동조하는 자세를 취했다. <자연계의 꽃과 달라서 빛깔의 아름다움도 부족하거니와 냄새도 없는 이 초라한 복제품을 좋아한다>는 표현은 별로 탐탁지 않은 듯 하면서 그런 것 같기도 하다는 일종의 애매함을 느끼게 한다. 이렇게 자기 것으로 소화하지 못한 듯한 어색한 모방은 또 한 번 나타난다.

어떻게 자연이 훌륭하고 아름답되 사람은 마침내 자연에 만족치 아니하고 자기의 머리로써 <자기가 지배할 자기의 세계를> 창조하였다. …이렇게 생겨날 필요는 있지만 <必要> 뿐으로는 생겨 나지 못한다. 여기는 생

---

221) ≪개벽≫56호, 6권 2호(1925. 2. 1) 48쪽.

겨날만한 요소가 있어야 한다. 그러면 그 요소는 무엇이냐? 아무 사람에게
도 가득 차 있는 에고이즘 - 즉 자아주의…222)

와도 같은 자연관은 와일드 자연관 그대로이다. 와일드는 「거짓말의 쇠
퇴」 The Decay of Lying에서,

> 예술이 진실로 우리에게 나타나는 것은 자연의 의도가 부족한 것이다.
> 즉 자연의 기이한 미완성된, 미숙함. 특별한 단조로움, 상황 등…… 자연은
> 좋은 의도를 지녔으나 그 의도를 역행할 수가 없다.223)
>
> 자연은 우리를 태어나게 한 위대한 어머니가 아니다. 자연은 우리의 창
> 조이며 자연이 인생에 생기를 주는 것은 우리의 두뇌에 있다.224)
>
> 만일 자연이 안락하다면 인간은 결코 건축을 고안하지 않았을 것이다.
> 나는 야외보다 집을 좋아한다. 집에서는 자기만의 조화를 느끼며 모든 것
> 은 우리에게 예속되어 있고, 우리의 효용과 쾌락에 적응하게 된다. 자아주
> 의 egotism 그 자체는 인간권위의 고유한 감각에 꼭 필요한 것으로 실내생
> 활의 결과이다.225)

(이상 밑줄 - 필자)

라 하고 있다. 위의 밑 줄 친 부분은 와일드와 동인이 거의 같은 내용으
로 언어의 변형 내지 자리바꿈이란 인상을 갖게 한다. 그러나 우리가 고려
해야 할 것은 동인은 <자아>가 몹시 굳은 사람226)이라 그런 특이한 예술

---

222) 《조광》오월, 1939, 「자기가 창조한 세계」의 일절이다. 백철 역시 「신문학사」에서 이
   말은 와일드의 풍모를 연상하게 한다고 했다.
223) Oscar Wilde, *The Decay of Lying*(*Literary Criticism of Oscar Wilde*, Weintraub) University
   of Nebraska Press, 1968. 187쪽.
224) 위의 책, 187쪽.
225) 위의 책, 166쪽.

론이 나올 수 있다는 가능성을 전혀 배제할 수 없다는 점이다.

다음은 미에 관한 동인과 와일드의 태도를 보자. 동인의 예술분야는 그 당시 문단에서 경이하다 할 만큼 독보적227)이었고 특이한 것이었다. 주요한의 「동인의 추억」에 의하면 천사적 천품을 가지면 일부러 악마인 척 하려는 모습이 확연했다는 것이다.228) 그것은 춘원이 <미의 동경자이면서도 선의 도금을 한 것에 대한 염증과 반항>, 또 두드러지게 나타나고 싶은 동인의 자기만의 예술 창조의 의욕 등이 병합된 것이라고 추측하고 싶다. 그런데 동인이 의미하는 미는 동물적 육욕적 본능적인 것에 가깝다. 자신의 욕구에서 나온 것을 모두 미라고 정의하며 선도 악도 다 미라고 하면서 악만의 미를 표현한 것이 그의 미적 감각의 특징이다.

동인에 비해 와일드의 미감각은 어머니의 多感한 성격에 대한 애착 Mother fixation과 그 자신이 지닌 미적 관심과 페이터와 러스킨에서 얻은 이론229)의 결합으로 진정한 유미주의자로 출발했을 때의 와일드에게 미란,

첫째, 신비 중의 신비이며,

둘째, 외양으로 판단될 수 있는 것.

셋째, 그 참다운 신비는 눈에 보이는 것.

넷째, 종교와 같은 것이며.

다섯째, 부르죠아 층에선 추하다고 생각하는 일종의 문명 Civilization을 의미하는 것.230)

---

226) 전영택, 「김동인론」, 《조선문단》9호, 2권 6호, (1925. 6. 1), 238쪽.
227) 김안서, 「김동인론」,《동광》27호,(1931. 11. 5), 65쪽.
228) 《동아일보》, (1956. 6. 21).
229) James Joyce, *Oscar Wilde : The Poet of Salome*(*A Collecion of Critical Essays*, by R·Ellmann), 1969, 57쪽 참고.
230) H·Pearson, 앞의 책, 146쪽 참고.

이었다. 그의 미가 병적으로 퇴폐적 경향을 띤 것은 <모든 미는 아름다운 피와 아름다운 두뇌에서 온다>는 휘트만 (Walt Whitman)적 요소와 더글라스(A. Douglas)와의 동성애에서 온 타락된 생활에서 온 것으로 그것은 와일드에게 처음 의도했던 것과는 다른 악을 추종하게끔 몰아 넣은 동기가 되었다.

다음은 두 작가의 비평론을 살펴보자. 동인이나 와일드에게 비평가란 작가를 위해서가 아니고 대중을 위해서 존재하는 것이다. 동인은 감상력이 부족한 대중을 지도하기 위해서인데 비해 와일드에게 비평이란 대중을 즐겁게 하기 위해서이며 비평도 하나의 창조의 예술이라고 생각한다.

동인에 의하면 비평은 그 작품이 예술적 가치가 있느냐 없느냐만 볼 뿐 사상이 좋다 나쁘다든지 심지어 인신공격할 권리가 없다고 했지만[231] 실상 그의 「춘원연구」는 그의 주장과는 전혀 상반된 것이었다. 그러나 두 사람이 비평을 도외시하고 관심을 두지 않으려는 허세를 보인 점에서는 근본적으로 동일한 태도를 지니고 있다 보겠다.

나. 현실적 댄디즘과 미적 댄디즘

소위 중학교 때부터 사치스런 <세루> 양복을 입고 기차는 중학교 신분으로 이등을 타고 <新調>의 모닝을 입고 금테 안경을 쓰고 스틱을 휘두르며 종로 네거리를 활보하던 모습은[232] 동인의 댄디즘에서 논한 것처럼 어떤 미의 사도로서 미를 예찬하는 의식에서 선행된 것이라기보다 부유한 생활 습관에서 오는 금전적 낭비와 남보다 두드러지게 나타나고 싶은 오만

---

231) 전영택, 앞의 책, 256쪽 참고. 전영택에 의하면 <동인이 한동안 창조에 작품비평을 한 일이 있는데 잘된거슨 아모리 일홈입고 볼 데 없는 사람이라도 어데까지든지 칭찬을 하였지만 안 된 것에 대하여는 아나 몰으나 여지없이 악평을 하고 욕을 하였다>라고 했다.
232) 백철, 「고김동인선생의 인간과 예술」, ≪신천지≫, 8권 2호(1953. 6. 3), 270쪽.

으로 이를테면 과시하기 위한 것으로 진정한 예술이론의 구현이 아니었다.

반면 와일드는 미의 본질을 외양에 두고 그것에서 느끼는 미의식을 스스로 남에게 표방하는 것이 그의 예술이론의 한 실천이기도 하다. 그가 항상 단추구멍에 꽂고 다녔던 해바라기와 장미는 유미주의운동과 동일시된 예술예찬의 상징이며 마크 Badge였다.[233] 장식예술에 가장 완전한 해바라기의 화려하고도 당당한 미와 장미꽃의 진기한 아름다움이 예술가에게 완전한 기쁨을 준다는 의미에서 달고 다녔다. 말하자면 와일드의 댄디즘은 형식을 중시하는 그의 예술관의 상징적인 도구로 사용되었던 것이다.

동인의 댄디즘은 겉치레인데 불과했으나 와일드의 그것은 순수한 예술의식의 표방이었다.

다. 앤티 모랄과 그 懷疑性

동인은 「조선문학의 여명」에서 문학이 우리에게 줄 즐거움이란 것은 비속치 않고 건전하여야 하며 우아한 정서를 길러 줄 고상한 것[234]이어야 한다고 언급함으로써 그의 초기 문학이론을 전도한 느낌이다. 그러나 1930년 이전의 동인 전반생의 예술이론은 예술은 도덕과 하등 관계가 없는 것이므로 구태여 모랄을 띨 필요가 없다는 의도에서라기보다 절대 비도덕적이어야 한다는 것을 제1목표로 내세우듯 강경했으며 그것은 마치 동인만의 특유한 자기세계를 만들기 위한 고의적인 시도는 아니었나 하는 추측을 하게도 한다. 그것은 동인이 춘원의 설교 위주 문학에 대해 정면 도전할 수 있는 첫째 조건이기도 하지만 그의 내적 의식의 발현이라고도 볼 수 있다.

그러나 와일드는 러스킨적 도덕성 및 성실성과 페이터적 자랑스런 정열의 향락[235]에서 어느 한 쪽으로도 기울일 수 없는 자신의 모습을 작품 속에

---

233) H・M・Hyde, 앞의 책, 54쪽.
234) ≪白民≫(1948. 10月)

구현한다. 그의 도덕관이 일목요연하게 나타난 「도리안 그레이의 초상」의 경우 향락주의자인 헨리는 그 이론만으로 청년 도리안에게 충격을 주었을 뿐이지 행위로 옮기거나 자멸하지 않았다는 사실236)과 도리안의 모습을 통해 악과 범죄는 인간을 추하고 야비하게 만든다는 결론237)에 도달한다. 「살로메」 역시 서술형태에서 「도리안 그레이의 초상」과 유사하다. 중세기적인 Ruskinism과 그리스적인 Paterism의 상극 속에 와일드는 마치 그리스도를 재판한 유대총독 Pontius Pilate와 같은 역할을 했으며238) 그의 작품 속에 등장하는 인물들을 통해 어느 일편을 달리지 않는 자신의 모습을 구현하며 그가 진정한 의미에서의 앤티 모랄리스트가 아님을 알게 된다.

동인은 적극적인 자세로 앤티 모랄을 나타내며 와일드는 예술 이론상으론 비도덕을 주장하면서도 실제 작품 상에선 회의적 모랄을 나타냈다.

라. 반종교와 헤로드적 이교도

동인은 와일드식의 감촉할 수 있고 눈 앞에 보이는 것에서 신비를 찾는 異敎徒도 아닌 분명한 무신론자다. 그렇다고 미의식이 그의 종교가 될 만큼 철저하지도 못하다.

와일드는 이교도지만 보이지 않는 신에 대해 항상 두려움을 지니고 있다. 즉 그의 종교에 대한 태도는 「살로메」의 헤로드왕과 같은 것이다. 예언자를 두려워하는 심약한 어조와 처음에는 살로메의 관능에 완전히 매혹당했던

---

235) 페이터 역시 초기의 도덕폐기론과는 달리 도덕을 목적으로 하지 않아도 모랄이 결과적으로 나타나는 것은 막을 수 없는 일이라고 언급했다.

236) Edward Roditi의 「Fiction as Allegory : The Picture of Dorian Gray」에 의하면 도리안식 소설이 그 당시 대중의 공명을 일으켰다고 한다. 즉 Disraeli의 「Vivian Gray」, Robert Plumber Ward의 「Tremaine」, Bulwer Lytton의 「Pélham」 등 주인공이 무법한 야욕을 가지고 있으나 결국 좌절되는 식의 유형이란 것이다.

237) Walter Pater, 앞의 책, 37쪽 참고.

238) Richard Ellmann, 앞의 책, 90~1쪽. 참고.

헤로드가 마지막 장면에 가서는 요까나앙의 도덕적인 태도로 옮겨지는
것239) 같은 느낌이 바로 그것이다.

> 헤로드 : 그 女는 괴물이다. 그대의 딸. 나는 그대에게 그 女가 괴물이라
> 고 얘기한다. 진실로 그 女가 저지른 일은 큰 죄다. 그일이 정말 끔찍한
> 범죄라는 걸 확신한다. 미지의 신에 대한 죄라는 것을

살로메가 은쟁반에 놓여진 목잘린 선지자 요까나앙의 얼굴을 보며 독백
하는 모습에 대해 헤로드가 그의 왕비 헤로디아스에게 얘기하는 장면이다.
다음 헤로드왕은 일어서며,

> 아! 나의 형수였던 여인이 말하는 것 좀 봐라! 이리오라. 나는 이곳에 머
> 무를 수가 없구나. 이리오라. 그대에게 말하노니 확실히 무서운 일이 일어
> 날거다. 마낫세, 이샤다르, 지아스, 관솔불을 꺼라! 달을 숨겨라! 별을 숨겨
> 라! 궁전으로 숨자! 헤로디아스! 난 두렵기 시작한다.

마지막 장면에서 예언자의 죽음을 두려워하며 살로메의 관능도 저바리
는 헤로드가 클로즈엎된 것은 헤로드가 와일드적 요소의 제이의 자아 my
other self임을 느끼게 하며 또한 마지막 처리가 「도리안 그레이의 초상」과
같은 성격을 띠고 있음을 알 수 있다. 결국 와일드는 보이지 않은 신에 대
하여 막연한 호기심과 두려움이 혼융된 가운데 관능도 과연 영혼을 치유할
수 있는 지에 대한 회의를 지니고 있음을 알 수 있다.
동인은 성격상 무신론자이며 작품 상에서도 절대 반종교로 나타났으며
와일드는 이교도이긴하나 항상 미지의 신에 대한 경외감을 지니고 있었다.

---

239) R · Ellmann, 앞의 책, 90~1쪽 참고.

Ⅵ. 맺음말

이상 동인과 와일드와의 무엇이 어떻게 취해지고 거부되고 변형되었는 가를 살펴 본 바, 다음과 같은 결론을 내릴 수 있다.

첫째, 生來的 및 자국적인 요소에서 유미주의가 출발했다는 점이다. 와일드의 경우는 모성고착 Mother Fixation에서 온 낭만적 기질과 창작적 상상력에 바탕을 둔 낭만주의 문학과 그 당시 사회현상 - 19C 중엽 부르죠아 자본주의의 爛熟에서 오는 예술적 교양의 극심한 멸시 - 에 대한 반동이었으며 동인 역시 춘원의 설교위주의 문학에 대한 도전과 자기만의 예술을 창조하려는 유아독존적인 성격 및 그 당시 일제의 억압하에서의 참담했던 실정에서 온 절망과 우울적 요소를 띤 병폐성과 퇴폐성이 유미주의 수용에 결정적인 계기가 됐다는 것이다. 그것은 마치 독일 낭만파의 대표적 작가인 실레겔 (A.W.Von. Schlegel)이 낭만주의자들의 숭배하는 세익스피어(W. Shakespeare)를 훌륭히 번역하고 전수함으로 인해 그 임무수행을 완전히 이상적으로 했듯이240) 동인의 미학에 대한 관심이 와일드의 유미주의에 접근하기엔 최적이었다.

둘째, 오스커리즘적 슬로간과 형식적인 면에서 동일하다는 것, 향락적, 관능적, 악마적, 예술을 위한 예술, 댄디즘, 반도덕적, 반종교적이란 구호적인 면에서 동일하나 본질적인 면에서 그 속성을 달리 한다.

이를테면, ① 동인의 향락주의는 예술과 유리된 세속적인 것인데 반해 와일드는 신생을 추구하기 위한 헤도니즘이었다.

② 동인의 관능 및 악마주의는 육욕적인 것에 머물러 있는데 비해 와일드의 그것은 영혼을 치유할 수 있는 영적 신비를 지닌 것이었다.

③ 동인의 미적 감각의 특징은 惡만의 미를 표현한 것임에 비해 와일드

---

240) Horst Frenz, 앞의 책, 99쪽 참고.

의 미는 신비 중의 신비이며 일종의 문명이었다.

④ 동인의 댄디즘은 금전적 남용에서 온 겉치레적인 허세인데 반해 와일드의 그것은 유미주의 예술관의 상징적 도구였다.

⑤ 동인은 이론이나 실제작품 구성상에서 절대 비도덕적이었으며 와일드의 경우는 이론상으로 앤티모랄을 내세우면서도 실제적 측면에선 회의성을 지녔다.

⑥ 동인은 분명한 무신론자로서 작품 역시 철저한 반종교를 보여준데 비하여 와일드는 이교도로 항상 보이지 않는 신에 대해 경외심을 지니고 있었다.

위에서 열거한 바 본질적인 면에서 속성을 달리하는 것은 흔히 스승과 제자사이의 상호 조화에서 오는 모방이라기 보다[241] 영향이기 때문이다. 그 영향이란 쇼(B. Shaw)가 서술한 것처럼 영향 받은 작가의 작품이 본질적으로 그 자신의 것이며 의식적 무의식적으로 자신에게 알맞게 적용된 형식[242]이란 점에서다.

셋째, 동인은 와일드를 특히 악마주의의 사도[243]로 의식했다는 점이다. 수용환경과 함께 동인의 수신자적 태도 역시 와일드의 살로메적 특징 - 퇴폐적 병리적 - 을 두드러지게 수용했다는 것이다. 그것은 또한 그 때 우리 문단의 양상과 유사함과 동시에 오스커리즘의 보헤미안적이며 만네리즘적 특성으로의 전락이 동인에게 대치된 것이 아닌가 한다.

넷째, 동인에 나타난 낭만적 기질과 리얼리즘 및 자연주의적 요소는[244] 유미주의적 특성과 부분적으로 동일한 색채를 지니고 있다는 점이다. 즉 도

---

241) Ulrich Weisstein, 앞의 책, 31쪽. 앞에서 지적했듯이 모방인듯한 감을 느꼈지만, 그것은 외국문학을 수용하는 과정에서 용서될 수 있는 오류이기도 하다.
242) 위의 책, 31쪽. 그러나 동인의 헤도니즘은 예술과 유리된 실생활에 밀착된 것이었다.
243) ≪매일신보≫, 「문단회고」(六) (1931. 8. 28)
244) 보통 자연주의적 리얼리즘이라 부른다.

덕적 책임의 제한, 윤리적 가치부정, 자연주의의 지나친 과학적인 분석에서 오는 거칠고 본능적이며 병적이며 음울한 생리성[245] 등은 유미주의에 기반을 둔 동인이 쉽게 그것에 동화될 수 있는 가능성을 충분히 지니고 있다는 것이다.

그것은 와일드가 이상주의적이며 창조적인 발자크의 리얼리즘과 플로베르적인 특징을 동시에 지니고 있다는 점에서 유사성을 띠고 있다. 특히 플로베르의 경우는 리얼리스트이며, 자연주의작가이며, 로맨티씨스트, 데카당, 파르나씨앙의 다양한 면모를 보여 그것은 상호배제할 수 없이 공존하며, 흔히 그 양상은 하나의 작품에 다 나타난다는 것이다.[246]

다섯째, 동인과 와일드 두 사람은 다 예술의 긍정적인 미학에서 출발하여 부정적인 결과를 초래했다는 점이다. 그런 점에서 두 사람 다 <미숙한 어른>이었다.

동인은 예술지상주의의 기수로서 발딛음을 한 전반생에서 일탈, 병과 苦와 貧의 아픔의 현실적인 괴로움 속에 더 이상 그의 예술이론을 유지할 수 없었으며, 와일드는 초기에 그가 의도했던 의고적인 신헬레니즘과 신비, 순수, 신생을 부르짖는 신향락주의에서 퇴락되어 형이상학적인 면에서의 번뇌를 늦게서야 통절히 느꼈다는 것이다.

여섯째, 실제적인 측면에서 동인과 와일드의 유미주의가 더 이상 명맥을 오래 지닐 수 없는 공통적인 문제성을 지니고 있다는 점이다. 예술이 예술 자체만의 목적을 위해서 존재할 수 있는 지에 대한 여부와 문학의 미와 도덕적 가치가 문학의 사회성과 상호 분리될 수 있는지[247] 거기에 숙명적인 이유가 있다.

---

245) Joseph t. Shipley, 앞의 책, 278쪽 참고.
246) Ulrich Weisstein, 앞의 책, 55쪽 참고.
247) Lionel Trilling, Stephen Spender, 앞의 책, 162쪽 참고.

　　그러나 동인은 우리 현대문학사상 최초로 예술의 자율성을 의식한 작가로서 예술이론의 구현에 있어서는 완전히 자기 것으로 소화하지 못한 어색한 점과 끝까지 그 이론을 긍정적으로 고수하지 못한 문제점을 지녔지만, 우리는 현시점에서 그 시대 문예사조의 혼류에서 오는 요인들을 외면할 수 없으며 동인이 한국문학에서 와일드적 유미주의를 창조한 점은 매우 중요한 의미를 갖는다고 보겠다.

2 여성장편소설연구

母權에의 유토피아 지향
- 해방기 최정희 소설 연구 -

1. 머리말

주변적인 것에 대한 관심의 하나로서 페미니즘의 등장은 1960년대 이래 여성운동이 국제적으로 활발히 전개되면서 특히 문학에서 페미니즘 소설이란 특별장르를 고착화시키는데 중요한 계기가 되었다. 페미니즘에 대한 정의 및 개념은 18세기 이래 페미니스트비평가에 따라 논의가 분분하므로 그것을 간단하고 명백하게 정의내리기는 쉽지 않다.

그림쇼(Jean Grinshaw)[1]는 18세기에 페미스트사상의 전통을 체계적으로 발생시킨 요건을 첫째, 산업혁명이래 사회관계와 생산방법과 양식의 발흥, 둘째 인류평등주의 정치사상의 성장으로 보고 있다. 그러나 페미니즘의 중심사상은 자유평등사상으로 미국과 불란서 혁명에 기초를 두고 있다. 페미니스트는 자유, 정의, 평등, 억압, 인간의 본성, 인간의 지식과 이성, 인간의

---

1) Jean Grimshaw, *Philosophy and feminist Thinking*(University of Minnesota Press, 1991), 8 - 13쪽.
첫째 경우, 도시경제성장에 따른 자본주의 발전과 시골경제의 퇴조에서 중산계급의 레져타임의 증가 및 직업의 선택, 집과 일의 분리, 그러나 여성의 경우 생존을 위한 농업에 의존되어 있지는 않아도 남자에 대한 경제의존도는 높다. 둘째 경우는 18세기 유럽정치사상이 절대적 군주제에 대한 투쟁으로 지배된 데에 근원이 있다.

잠재력과 안녕에 관한 문제와 주로 관련되어 있으며 그들의 논쟁에서 사용되는 주된 개념은 자유, 정의, 평등, 억압과 방면은 물론 인간본성 및 남성과 여성본질에 관한 것 등이다.[2] 특히 페미니즘을 조세핀 도노번(Josephine Donovan)式으로 계몽주의 페미니즘과 문화적 페미니즘으로 분류할 경우,[3] 전자는 남성과 여성을 동등하게 취급, 여성은 먼저 인격체이며 아내, 자매, 딸의 자리는 부수적인데 비하여 후자는 여성과 남성의 근본적인 차이점을 강조한다. 즉 문화적 페미니즘은 그 기저의식이 모권중심적 비젼으로 여성적 관심사와 가치관에 의해 지배되는 강한 여성사회의식을 의미한다. 여성적인 관심사와 가치관을 중시하여 평화주의, 비폭력적 화해, 협동, 조화로운 공공생활지향으로 유토피아적 이상의 표현과 일치한다.

즉 모권체적 성격을 명백히 하는 것으로 풀러(Fuller, Margaret), 길만(Gilman, Charlotte Perkeins) 같은 페미니스트들은 그것을 母性的, 協同的, 利他的, 生肯定的인 것으로 평가했다.[4] 일부 페미니스트들[5]에 의해서는 여성의 모성애가 여성자산의 생활을 저지하며 선택의 자유를 박탈하고 오히려 가부장제에 항복, 갈등과 좌절을 초래하는 것으로 주장되기도 하나 페미니즘을 여성성, 남성성의 차원에서 고찰해 볼 때, 여성의식을 아리스토틀이나 쇼펜하우어, 칸트, 푸로이드 式으로 비사색적, 기능적, 생물학적 열등한 관점에서 물질을 공급하는 존재로 생각하는 것은 비합리적인 사고라고 생각한다. 모성애는 남성과 다른 여성만이 지닐 수 있는 여성원리로서 선사시대에 존재했던 모권사회로의 회귀의식과도 관련을 지을 수가 있을

---

2) 위의 책, 8 - 11쪽.
3) 조세핀 도노번 지음, 김익두·이율영 옮김, 「페미니즘이론」(文藝出版社, 1993), 13 - 123쪽.
4) 위의 책, 재인용, 107쪽.
5) 그림쇼는 「철학과 페미니스트사상」에서 알렌(Jeffiner Allen)의 말을 빌어 모성애가 여성자신의 생활을 저지하며 선택의 자유를 박탈하고 가부장제에 항복하는 위험한 것이라고 하였다.

것 같다.

일제로부터의 해방은 여성문제에도 관심을 돌리는데 한 몫을 하였다. 특히 여성과 문학, 여성과 문화식의[6] 문제가 여성의 문화적, 정치적 지위향상 및 인간으로서의 창조와 관련되어 거론되었다. 해방당시의 잡지를 중심으로 해방을 여성과의 관련에서 정리해 보면, 먼저 해방은 민족적 해방임과 동시에 여성에게는 여성으로서의 사회적 해방을 의미한다. 이 경우 여성의 해방은 자유인권주의와 여성의 경제적 진출로 여성생활의 근본모순을 해결해야 하는 것이며, 특히 문학여성이 되려면 확고한 사상을 체득해야 하며 무엇보다 여성자신의 자각과 반성이 중요함을 역설하고 있다. 또한 계몽적인 입장에서의 선구적 역할이 여류작가에게 있음을 강조하는 논지가 대부분이며 여류작가 스스로도 그것을 깨닫고 있는 듯한 분위기이다.

그러나 실상 해방기에 활동을 한 여류문인 - 장덕조, 최정희, 임옥인, 손소희 - 이나 해방기에 등장한 여류 - 강신재, 한무숙, 윤금숙 - 들의 문학활동은 국가와 민족을 위한 또는 여권, 남녀평등, 여성의 사회적, 경제적, 문화적, 정치적 지위향상과 관련된 현실을 여실하게 묘사하거나 여권운동자이기보다 소박한 인생 또는 휴머니즘차원에서의 작품활동이란 평이 지배적이다.

해방기에 주로 활동을 한 여류문인 중 어느 작가보다 적극적 의지로 눈부신 활동을 한 최정희의 경우, 盟員도 아니면서 1934년 예술동맹에 연루되어 8개월 옥고를 치룬 前績과는 달리 소박한 인생관찰과 신선한 박력있는 사고[7] 및 필력을 지닌 작가란 평을 듣고 있다. 해방을 중심으로 최정희의 작품경향은 세 단계로 나눌 수 있다.[8] 주로 여성의 불행한 운명을 탄식

---

6) 李源朝의 「여성과 文學」(『여성문화』 창간호, 1945. 12)이나 韓貞植의 「女性과 文化」(『신세대』, 1984. 2), 韓曉의 「女性과 文學」(『여성공론』, 1946. 1) 등을 들 수 있다.
7) 『현대공론』(1949. 10. 가을호)의 여류작가 푸로필에서 인용함.
8) 조연현의 「현대한국작가론」과 곽종원의 「최정희론」(『문예』, 1949. 8. 1)을 참고함.

한 8·15이전의 작품세계, 단편적인 인생묘사와 사회정의추구를 주조로 하는 8·15이후의 작품세계와 6·25이후의 전후체험을 소재로 한 소설경향으로 나눈다.

특히 해방기의 최정희의 문학세계에 대해서 작가적 시야와 인생의식이 비약적으로 변화를 가져와 사회문제에 초점을 두었다고 하지만, 작가자신도 언급했듯이[9] 해방기의 최정희 소설세계는 본질적인 면에서 모성애적 시각에서의 끌어안음이라고 보겠다. 앞에서 언급한 것처럼 페미니즘을 래디컬페미니즘입장의 여성운동차원에서 주장할 수도 있으나 남성과 다른 여성독자적 의미에서의 생명의 부여자, 모성적, 협동적, 생긍정적, 이타적인 평화와 풍요의 황금시대 갈구를 의미한다고 볼 때 최정희의 소설세계는 후자의 페미니즘 시각에서 조감해 봄이 적절할 것 같다. 그것은 '인간적인 향기가 감돌고 생활의 리얼리티가 살아있고 인정의 따뜻함이 있고 눈물어린 눈동자가 작품을 윤기있게 샘과 같은 즐거움의 원천'이라고 한 정한모의 인물데쌍[10]과도 맥을 같이 한다.

해방기 창작집인 「풍류잡히는 마을」[11]은 최정희가 서울 교외의 양주군 덕소에서 7년을 가난 속에 우매한 농사군과 같이 살면서 쓴 창작집으로 그중 「凶家」를 제외한 11편[12]과 해방기에 발표한 작품 「봄」[13]을 추가하여 총 12편을 대상으로 해방기 최정희의 소설세계를 분석해 보고자 한다.

---

9) 「風流잡히는 마을」의 뒷말 몇 마디에서 소재는 다르지만 작품세계는 다르지 않다고 작가가 언급하였다.
10) 『현대문학』 1966년 7월호에 실린 이정호의 인물데쌍②에서 인용함.
11) 「나의 인생, 나의 문학」(월간문학, 9월 1976)에는 「풍류잽히는 마을」로 표기되었음.
12) 처녀작 「凶家」는 해방기작품이 아니므로 제외하였음. 11편의 작품은 「수탉」, 「바람처럼」, 「鳳凰女」, 「봉수와 그 家族」, 「古禮」, 「우물치는 風景」, 「淸凉里近處」, 「風流잡히는 마을」, 「벼갯모」, 「고추」, 「꽃피는 季節」 등임.
13) 『문예』, 1950년 1월에 발표된 작품임.

2. 미메시스와 로망스의 美學

소설의 본질은 이야기와 화자라고 생각한다. 이것을 바꾸어 말하면 작가가 무엇을 어떤 방식으로 이야기하는가 하는 문제이다. 소설의 역사는 약 200년 밖에 안되지만 소설의 근원을 추적해 볼 때 소설의 본질은 이야기이며 거의 유사한 소재를 어떤 방식으로 독자에게 전달하느냐에 따라 심리적, 실용적 효용성을 지니게 된다.

위에 언급한 최정희의 12편 소설은 대체적으로 사건은 단순하며 스토리 시간은 거의 정지상태이고 서술의 시간이 무척 길다. 또한 이야기하는 방법은 1인칭화자시점이나 3인칭주인공시점이면서도 1인칭화자시점의 느낌이 강하게 들며 화자가 곧 작가라는 인식이 손쉬운 제우스적 시점형식을 취한다. 12편 중 5편이 1인칭 관찰자시점이고 4편은 3인칭 선택적시점을 또 3편은 3인칭 주인공시점을 취하고 있으나 이야기배후에 작가의 존재를 인식하게 하는 서술이란 느낌이 강하게 들어 모든 작품이 마치 작가가 제우스적 시점에서 사건을 보고 이야기하는 듯한 분위기가 지배적이다. 또한 12편 소설에 나타난 기본적인 세계관과 관련해서 테마의 통일성을 분류하여 보면, 해방 후 삶의 현실반영이 4편,[14] 낭만적 서정의 표출이 3편,[15] 對自로서의 존재의식 발단이 2편,[16] 그외 자연애 등으로 작품전체에서 무엇보다 두드러지는 것은 이야기를 하는 화자가 모성애적 시각에서 평화주의적 유토피아 지향의식을 나타내는 분위기 설정이다. 또한 무드는 저항의지없이 운명으로 받아 들이는 인물설정과 맬로드라마적 해피앤드, 꿈의 모티브 등과 유기적으로 통일을 이루고 있다.

---

14) 「풍류잡히는 마을」, 「우물치는 풍경」, 「점례」, 「봉수와 그가족」.
15) 「벼갯모」, 「꽃피는 계절」, 「봄」.
16) 「고추」, 「鳳凰女」.

가. 현실표출과 낭만적 매듭

「풍류잡히는 마을」, 「우물치는 풍경」, 「점례」, 「봉수와 그 가족」의 네 작품은 해방 후 현실이 미메시스적 관점에서 그대로 표현되고 있다. 현실의 형상화로서 재창조란 느낌보다 마치 그대로 묘사하는 듯한 조야한 현실 그대로가 네 작품에 반복되어 나타난다. 그랜트(D. Grant)의 대응이론처럼 사실에 충실한 '양심적 리얼리즘'의 견지에 서 있다.

위의 네 작품을 소설의 중요 요소로 유별해 보면 아래와 같다.

작품명	사건의 원인 배경	라이트 모티브	초점화자 및 초점화 대상
봉수와 그 가족	삼분병작제 이후	지게 장례식	1인칭 화자 '나' 봉수네 가족
점례	〃	죽엄자리건이	3인칭 작가전지, 점례
우물치는 풍경	〃	우물고사 지내기 직전의 빵한조각으로 인한 싸움	1인칭 화자 '나' 마을 사람들
風流잡히는 마을	〃	닭장문의 미완성으로 닭이 족제비에게 물려감	1인칭화자 '나' 지주서홍수와 목수

위 네 작품에서 전개되는 사건의 원인배경[17]은 해방 후 시행되었던 삼분병작제로 그 제도의 부작용이 핵기능이 되고 있다. 네 작품에서 이야기가 시작되는 라이트모티브 말하자면 「봉수와 그 가족」의 지게장례식 - 가난과 무지 때문에 염병에 걸려 죽은 봉수형의 시체를 동네사람들 몰래 장사지내는 - 과 「점례」의 죽엄자리건이 - 마을지주의 울안 채마밭에 들어간 것 때문에 공중에 꿰어 매달린 닭을 끌어내다가 지주 허승구의 돌에 맞아 죽게 된 소작인 점례의 자리건이 - , 「우물치는 풍경」에서 우물고사를 준비하던 중 빵 한 조각 때문에 아이들싸움이 어른싸움이 되었던 사건, 「풍류잡히는 마

---

17) 「우물치는 풍경」의 경우, 분명히 明示되어 있지 않아도 같은 배경으로 추정됨.

을」에서 일을 맡은 목수가 닭장을 완성시키지 못해서 족제비가 닭을 물어 간 사건 등은 그 중요원인이 결국 해방 후 토지추수의 삼분병작제라는 정책에 귀착하게 된다.

삼분병작제에 대한 텍스트에서의 상황설정은 네 작품이 다 유사하다. 해방 후 삼분병작제 - 토지추수의 三一制一는 발표된 직후 해방이 되던 때와 같이 농민들이 기뻐했으나 시간이 경과할수록 지주의 눈치를 보게 되고 오히려 더 농민들을 불안하게 한 거치장스러운 제도로 묘사되고 있다. 지주는 지주대로 三一制가 불만이 되어 땅을 차라리 팔아 버릴려고 할 뿐만 아니라 소작인들이 지주에게 불손한 태도를 가지게 된 동기라고 생각해서 소작인을 더욱 가혹하게 다루는 결과를 가져온다. 농민 역시 땅이 팔리면 경작권을 내놓아야 하는, 그렇다고 내놓는 땅을 살 수는 없는 형편이기 때문에 오히려 토지개혁을 원망하는 입장에 서게 된다. 네 텍스트가 구체적인 사건의 내용만 다를 뿐이지 삼분병작제 이후의 소작인과 지주의 관계가 해방 전보다 더 나쁜 상태로 변화한 상황설정은 거의 동일하다. 초근목피로 생활하는 농민들의 가난구제를 기원하는 우물고사도 땅많고 돈많은 사람을 돌봐주는 정부와 땅을 처분해서 농민들의 경작권을 빼앗은 지주 최주사때문이며[18] 봉수외삼촌이 전염병으로 죽은 것도 결국은 지주의 땅을 반환하라는 요구와 맞물려 있다.[19] 「점례」에서 결혼을 며칠 앞둔 소작인 점례가 죽은 것도 돌질을 한 지주 허승구의 행위에 직접 관련이 되며 「풍류잡히는 마을」에서 목수영감이 소작권을 빼앗길가봐 두려워하는 마음에서 남의 집 닭장짓기를 신용있게 끝맺음을 못해 족제비가 닭을 물어간 사건이 터진 것도 지주 서홍수에게 원인이 있다. 네 작품의 주인공으로 등장하는 소작인들은 너무나 가난해서 굶주리고 결혼도 할 수 없는 상황이고 배부르게 먹는

---

18) 「우물치는 풍경」의 경우.
19) 「봉수와 그 家族」의 경우임.

것이 소원인 인물들로 지주나 부호에 대해서도 비굴과 맹종을 - 先代로부터 내려오는 관습적인 비굴과 맹종 - 지녔고 그것은 언제 빼앗겨 버릴지 모르는 경작권에 대한 불안과 공포에서였다. 또한 지주는 해방전과 같이 정부의 시녀노릇을 하며 소작인에 대한 주종관계에서 해방전보다 더 혹독한 인물로 등장할 뿐만 아니라 정경유착에서 정계요인의 뒤를 돌보는 인물로 설정되는 등 소작인과 지주관계가 식민제국시대 배경보다 오히려 지옥관계처럼 묘사되고 있다.

金元浩의 「土地問題의 所在와 解決의 方向」[20)에 의하면 8·15이후 북한에서는 三七制, 남한에서는 三一制의 소작료제도가 실시되었다고 한다. 그러나 남한의 경우, 여전히 現物小作料로 했기 때문에 일부 지주들은 심지어 짚까지 三分之一을 받아들여 농민들을 괴롭혔으므로 소작료율을 내려도 소작제도가 있는 한 농민의 가난은 여전했다는 것이다. 그래서 김원호는 8·15이후 사회문제 중 가장 긴급한 문제가 농업과 토지문제임을 지적하고 있다.[21)] 또한 해방후 농촌의 경제상태 실시조사를[22)] 참고하여 보면, 자작농과 자작겸 소작이 늘고 소작이 줄었음에도 농가결제는 조금도 호전되지 않고 도리어 곤란상태였다는 것이다. 그 이유는 대체로 농민이 자신의 경제력으로 땅을 산 것이 아니라 高利貸의 융자에서 高利金利를 짊어짐으로써 봉건적인 신분관계였던 종래의 소작관계보다 더 불리한 금융관계에 농민자신을 붙들어 놓게 되었다는 것이다. 이런 변화가 지주대책에 재빠른 지주에게는 토지강매를, 또 농민에게는 무자각한 토지소유욕을 일으키어 농가경제를 결정적으로 파탄시키는 요소가 되었다고 지적하였다.

위 네 편의 작품에서는 위에 지적한 농촌문제가 있는 그대로 묘사되어

---

20) 『協同』 신춘호, 1947. 1, 2 - 14쪽.
21) 김원호의 「朝鮮의 土地問題」(『大潮』, 1946. 4.).
22) 『協同』23號(1949), 金奉鎭의 「농촌의 경제상태」를 참고함.

있다. 더욱 심화된 계급의 분화, 무자각한 토지소유욕에서 온 고이율로 진부채, 경작권을 잃을가봐 두려워하는 농민의 심리상태 등 네 작품이 상호텍스트성관계에 놓여 있다.

이런 비극적인 농촌의 현황묘사에 비하여 작품의 결말은 닫힌 구조로 미래 지향적이다.

나는 봉수를 내 아이처럼 오히려 더 살뜰히 와락 끌어 안았다. 한참 그렇게 안고 있다가 번쩍 높이 들어 올리며 「봉수야! 저 산을 보라. 저 뻐꾸기 우는 푸른 산을 봐라. 뻐꾸기가 널더러 봉수야 어서 커라. 봉수야 어서 커라하고 우는 구나.」 이렇게 일러 주었다. <봉수와 그 가족>

마을의 풍류소리가 다시 들려 올 때 진정 배 고픈 자 하나 없고 헐벗은 자 하나 없고 병들어 약 쓰지 못하는 자 하나 없고 우매한 자 하나 없이 모다 배불리 먹고 뛰어 보지 아느려느냐. 모다 좋은 옷입고 노래부르지 아느려느냐. <風流잡히는 마을>

총각축들은 도야지몰이에 눈을 팔면서도 색씨를 보는 일을 잊어버리지 않는구만요. 오히려 더 극성스럽게 구는 것 같구만요. 이 별스런 이 광경 - 현실 - 을 어째야만합니까. 도모지 주변없는 나로서는 도리가 없어요. 거저 왼천지가 화산(火山)이 되어 타악 터지기나 했으면 시원한 것 같습니다. <우물치는 風景>

아무도 점례의 분홍숙고사 교직치마와 하얀숙고사 교직적삼은 이야기하지 않는다. 그 치마와 적삼이 복어의 다섯달월급을 모은 돈 이천 오백원으로 사온 것이라는 것도 이야기하지 않고 또 점례가 닭을 잘 길러서 팔아서 보선같은 것은 그만두고 작년에 시집간 순이처럼 인조관사적삼을 해입으려 들었다는 것을 이야기하는 자도 없다. <占禮>

위에 인용한 네 작품의 결말이 소설의 끝맺음을 확연히 느끼게 하고 작품구조 전체가 마치 시작·중간·끝 式의 단순구조형식을 취하고 있다. 또한 네 편이 'In Medias Res' 형식을 띠고 있다. 스토리를 사건 중간에서 시작하여 프래쉬백과 발단의 다른 장치를 통해 사건의 시작에 관해 정보를 주고 처음에 제시한 사건을 끝맺는 수법을 획일적으로 사용하고 있으며 특히 바람직한 상황을 기대하며 서둘러서 끝맺음을 하는 화자의 어조는 12편 작품에서 공통적으로 느껴지는 모성애적 목소리와 관련을 맺는다고 보겠다.[23]

나. 순수와 자연에의 복귀

스콜스(Robert Scholes)와 켈로그(Robert Kellogg)는 「서사의 본질」[24]에서 서사형식의 발전을 두 가지 반대명제 즉 경험성과 허구성의 변증법적 상호작용으로 보고 있다. 경험서사는 현실에 충실한 것으로 역사적인 것과 모방적인 것으로 나뉜다. 역사적 요소는 사실의 진실에 충실한 것으로 초자연적 행위보다 자연스런 것과 관련된 인과관계 개념을 요구한다.[25] 모방적 요소는 성실성을 사실성에 두지 않고 감각과 환경에 두며 과거의 연구보다 현재관찰에 의존한다.[26] 또한 서사물의 허구성은 理想에 성실한 미소스로서 로만틱한 요소와 교훈적 성격으로 나눈다. 경험적 서사가 진실을 목표로 하는데 비해서 허구적 서사물은 미나 선을 목표로 한다. 특히 로망스세계는 이상적 세계로 시적 정의가 구현되며 언어예술과 장식이 서사를 꾸민다. 또한 로망스 세계는 미학적 충동의 지배를 받는다.[27] 그래서 쇼올스와 켈로그

---

23) 현실인식과 관련해서 작가는 해방후 사회변화를 술집증가, 미군의 폭력적인 행위, 친일지주 등의 해방후 친미행위 등으로 생각해서 작품의 대화나 사건속에 용해시켜 나타내고 있다.
24) R. Scholes·R. Kellog, *The Nature of Narrative*(Oxford University, 1979). 13 - 14쪽.
25) 헤로도투스와 투키데스 같은 작가로 호머의 서사시와 구별된다.
26) 테오프라테스의 「性格論」을 예롤 들음.
27) 앞의 책, 14쪽.

는 서사의 본질은 로망스의 연장이라고 언급한다. 그것은 프라이(N. Frye)가 산문픽션 개념 밑에 네 부문의 장르종 즉 소설, 로망스, 아나토미, 고백을 설정한 것과도 맥을 같이 한다. 본질적으로 로망스적 요소는 시공을 초월해서 반복적으로 나타나는 원형으로 역사적, 시대적 상황의 변화와 거의 관계없는 욕망의 환상도로서 인간정신의 영원한 본질과 같은 것이다. 구체적으로 언급하면[28] 신비, 꿈, 어린시절, 정열적인 완전한 사랑 등으로 낭만주의의 본질인 감정, 감성, 자연과도 일맥상통한다.

「꽃피는 季節」, 「봄」, 「벼갯모」는 위에서 언급한 로망스적 특성이 드러난 작품이다. 순수한 소녀나 소년을 주인공 또는 부인물로 설정해서 그들의 至純한 의식세계를 통해 선과 미의 세계를 구현한다. 「벼갯모」에서의 소녀 정아가 동성인 승남언니에게 느끼는 순수한 감정은 상대방이 비록 소년일지라도 「꽃피는 季節」에서 순이가 장수에게 느끼는 순수한 감정과도 유사하다. 「벼갯모」에서 소녀의 승남에 대한 감정의 미묘한 유희는 감자굵기시합으로 시작해서 벼갯모에 수를 놓는 내기까지 승남이가 내기에 지는 경우는 괜찮은데 소녀가 지는 경우 골을 내는 패턴을 통해 무엇이든지 소녀보다 잘하는 승남언니에 대한 시샘과 연모가 교차된다. 소녀의 시샘은 벼갯모에 수놓는 시합에서 졌을 때 고조된다. 소녀는 자신보다 훨씬 수를 빨리 잘 놓은 승남이의 벼갯모수를 망가뜨린 후 양심의 가책으로 악몽까지 꾼다. 승남언니가 시집을 가게 되고 승남네 가족 모두가 이사를 가게 되자 벼갯모수를 못쓰게 만든 것을 자책하면서 눈물홀리며 이사대열을 따라가는 결말 부분에서 승남언니에 대한 소녀의 진정한 순수감정이 드러나게 된다. 「벼갯모」의 승남언니역은 「꽃피는 季節」에서 장수란 소년으로 대체된다. 그것은 남자이름같은 느낌을 강하게 주는 승남이란 命名과 또한 승남의 남자같

---

28) 조남현, 「소설원론」(고려원, 1982), 59쪽 재인용.

은 인상묘사를 통해서 더욱 감지된다. 「꽃피는 季節」의 경우, 「벼갯모」와 반대로 소년 장수가 순이를 감정의 유희대상으로 삼는다. 바재너머 핀 강낭 콩의 색이 누구네 집이 더 예쁜가에 대한 시비도 벌인다. 그렇지만 독립되 면 순이에게 장가간다는 장수의 말에 급전되어 순이는 감격해서 시집갈 날 을 고대한다.

위 두 작품의 경우는 주인공설정이 10세가량의 티없이 순수한 소녀로서 낭만적 시적 서정성이 두드러진 세계를 나타내고 있다. 루쏘의 自然思想이 나 헤시오드의 황금시대, 말하자면 인간이 자연을 잃기 이전의 낙원의식 즉 자연에의 복귀, 순수에의 향수, 감정의 서정적 감흥과 관련지을 수가 있다. 「봄」은 위에 예시한 두 편보다 성숙된 여고생을 주인공으로 설정한 작품이 다. 주인공 심미가 다른 두 여학생 차순과 윤동숙 사이의 삼각 동성관계에 서 남성에 대한 눈뜨임의 이니시에이션스토리라고도 볼 수 있다. 지킬박사 란 별명을 갖은 남성같은 윤동숙과 테니스선수로 전교생의 흠모대상인 여 성적인 차순과의 사이에서 주인공 심미의 감정유희가 남학생들의 거울작난 의 눈부신 광선을 통해 방향을 남학생에게 돌리는 단순한 스토리이다.

위의 세 작품에 반영된 작가의식은 최정희가 『부인경향』[29]에서 "여성은 아름답고 참되고 멋지게 삶의 보람이 무엇인가 알아가며 살아야 하며 좋고 아름다운 것을 알고 느끼는 것이 문학"이라고 한 것이 부분적인 표현으로 일종의 레즈비어니즘과도 관련을 지을 수가 있다. 폭력적 래디컬리스트들 은 레즈비언이 사회가 허용하는 것보다 훨씬 더 완전하고 자유로운 인간이 되기 위해서 아주 어린 시기부터 자신의 내적인 충동에 따라 행동하는 여 성[30]이라고 개념을 정의내리기도 하지만, 양성구유의 측면에서 생각하는 풀러(Margaret Fuller)의 견해가 합리적이라고 생각된다. 풀러는 남성적 속

---

29) 1950. 1. 창간호. 『白民』(1948. 3)의 「나의 文學生活 自敍」에서도 유사한 말을 했음.
30) 조세핀 도노번, 앞의 책, 298쪽.

성과 여성적 속성의 심리적 통합을 문화적 양성구유라고 명명하고 두 속성의 심리적 통합은 소우주와 대우주간의 상응으로 완전히 상반된 대립항들의 변증법적인 유기적이고 조화로운 총체를 창조하는데 기여한다고 하였다.31) 결국 풀러는 양성구유를 우주의 중심적인 법칙으로 천부적인 존재는 양성구유적인 존재라고 주장한다. 그런 풀러의 관점은 플라톤의 사랑의 철학을 논한 「심포지엄」에서 희극시인 아리스토파네스의 사랑의 해석과 軌를 같이 한다. 인간은 원래 남녀의 구별이 없었고 남녀가 한 몸의 球體가 되어 살고 있었는데 신이 인간의 힘을 약화시키기 위해서 둘로 갈라 놓았다는 것이다.

위의 세 작품에서 동성사이에 이성애를 가진다거나 남성화된 여성에게 친교를 갖는 것은 풀러가 지적하듯 신이 천부적으로 준 조화롭고 총체적인 세계에의 귀환의식이 표출된 것이라고 심리학적 측면에서 추정할 수 있다. 이런 저의식은 최정희소설에 빈번하게 등장하는 지표단위로도 가늠할 수 있다. 동물과 무생물이 영혼을 소유한다고 생각하는 애니미즘적인 자연친화 즉 자연과 정신의 통일을 주장하는 부루노式의 르네상스철학과도 同軌라고 볼 수 있다. 「봄」에서 차순과의 접촉을 꽃송이 감촉에 비유하거나 「꽃피는 계절」에서 바재넘어 핀 강낭꽃 때문에 두 소년·소녀사이에 시비가 벌어지고, 「봄」에서 달이 인간처럼 생명을 가진 것으로 나타나는 징조, 더 확대해서 꿈에 대한 주술적인 믿음32) 등은 낭만주의의 주요 특성인 유기체설과도 관련을 지을 수 있다. 또한 이런 지표단위의 반복은 인간의 원초적인 형태 즉 원형의식에의 귀환의지로 그것을 갈망하는 잠재의식의 발현이라고 추정할 수 있다.

---

31) 위의 책, 73쪽.
32) 「접례」의 닭과 동일시, 「풍류잡히는 마을」의 닭, 「우물치는 풍경」의 돼지, 「봉수와 그 가족」의 달과 개, 「바람처럼」의 별 등이다.

다. 對自로의 발돋음

시몬느 드 보부아르(Simone de Beauvoir)는 여성은 다른 모든 인간들처럼 자유롭고 자율적인 존재임에도 불구하고, 남성들이 그녀로 하여금 스스로를 어떤 다른 신분의 인간, 타자라고 생각하도록 강요하는 세계 속에 살고 있음을 깨닫게 되는데 이것이 바로 여성이 처한 상황이라고 했다.33) 이것을 실존주의적인 개념에서 본다면 인간은 누구나 남녀성 구별없이 외계에 내던져진 존재이다. 또한 사르트르식으로 말한다면 인간은 누구나 본질이 주워지지 않은 자유로운 존재상태에서 책임있게 무엇인가 선택해야 한다. 「존재와 無」에서의 즉자 아닌 대자로서의 무엇인가 채워지고자 하는 존재는 상황에 따라서 부자유해지기도 한다.

본고에서 대상으로 한 12편 중 초점화자 및 초점화대상이 여성인 경우는 8편이지만34) 여성의 존재가 즉자가 아닌 대자로서의 창조적, 미래지향적, 반성적 자아의식이 미약하게나마 나타나는 작품은 「鳳凰女」단 한 편 뿐이다. 초점화대상인 봉황녀는 황금빛새의 태몽 때문에 붙인 이름으로 어린시절부터 하늘, 넓은 평야, 푸른 바다를 좋아했다.

「봉황녀」의 이야기를 켈러그식으로 외부세계와의 관련되는 모티브와 개념사상과 연결되는 주제와의 관련에서 단락으로 나누어 보기로 한다.

① 강 윗 쪽의 큰마을과 강 아래 쪽 아랫마을이 배경으로 등장함.
② 윗 마을은 아랫 마을을 멸시하는 권태로운 마을인데 비하여 아랫마을은 흥겨운 삶이 느껴지는 곳임.
③ 봉황녀가 윗마을 이참봉의 손녀딸로 태어남.

---

33) 죠세핀 도노번, 앞의 책, 27쪽.
34) 「바람처럼」의 나, 「鳳凰女」의 봉황녀, 「占禮」의 점례, 「淸凉里近處」의 나, 「風流잡히는 마을」의 나, 「벼갯모」의 정아, 「고추」의 점순, 「꽃피는 시절」의 순이 등이다.

④ 대지주 이참봉은 봉황새태몽을 계기로 정참판네와 뱃속 약혼을 재확
　인함.

⑤ 정참판은 아들손주를, 이참봉네는 봉황녀를 낳자 약혼을 함.

⑥ 봉황녀는 6세가 되면서부터 아랫마을의 평야와 바다를 보는 것이 일
　상처럼 됨.

⑦ 이참봉은 그런 봉황녀를 부전여전이라고 꾸짖음.

⑧ 봉황녀가 3세 때 사라진 아버지는 봉황녀의 뱃속약혼 문제로 할아버
　지와 자주다툼.

⑨ 봉황녀 역시 약혼자 율섭을 염오함.

⑩ 5년만에 돌아온 봉황녀아버지는 마을사람들의 개화에 앞장 섬.

⑪ 봉황녀 역시 아래, 윗마을 청소년들과 학교를 다님.

⑫ 설립된지 3년만에 학교가 폐쇄되어 위, 아랫마을의 경계가 다시 생겨
　봉황녀는 견디기가 어려움.

⑬ 다시 서당에서 공부하게 된 봉황녀는 사내아이를 정신차리게 때려주
　라는 훈장말에 정혼한 율섭이를 후려갈긴 후 아랫마을 바다로 내달림.

⑭ 아랫마을에 간 죄로 이참봉에게 호된 꾸지람을 맞고 집나간 아버지를
　기다림.

⑮ 항상 반갑게 기다리던 항아장사의 뒤를 쫓아가며 파랑새가 사는 파란
　나라를 향해 가는 것이라고 생각함.

이상 외적 사건과 그 내용을 서술순서대로 나열해 보았다. 이번에는 초
점화자 봉황녀의 시각에서 사건과 내용을 정리해 보고자 한다.

① 봉황녀가 윗마을 이참봉의 손녀딸로 태어났다.

② 봉황녀는 윗마을 사람들이 멸시하는 아랫마을의 평야와 바다를 바라

보는 것이 낙이다.

③ 봉황녀는 개화에 앞장서는 아버지를 존경하며 양반선호사상 때문에 뱃속 약혼을 정한 할아버지처사를 그르다고 생각한다.

④ 아버지가 주도했던 학교가 폐쇄된 후 아버지는 떠나고 봉황녀는 다시 시작된 위·아랫마을 경계를 못 견뎌한다.

⑤ 산마루턱에서 항상 눈여겨 보던 항아장사를 따라 파랑새가 있는 파란 나라를 향해 드디어 윗마을을 떠난다.

봉황새가 나르는 태몽에서 얻은 봉황녀란 命名자체가 즉자에 머물지 못하는 상황설정을 암시해 주고 있다. 제한된 조건에 복종하지 않고 항상 자유의지로 결단을 내리고 떠나는 아버지처럼 봉황녀 역시 자기의 운명을 가슴이 막힐 정도의 윗마을 상황에서 벗어나 자신의 자유로운 선택에 의해서 결정한다. 그것은 봉황녀의 나이가 여섯 살 때부터 이미 의식되기 시작한다. 아랫마을과 경계를 갖고 폐쇄적인 자기들만의 권태로운 삶을 갖는 윗마을에 소속해 있는 즉자인 자신에 대해 근본적으로 불안과 불만을 갖고 있다. 결국 봉황녀의 불안은 주어진 제한된 조건하에서 대자로서의 의식을 갖고 자신이 선택한 자유에의 길을 떠나는 것으로 해소된다.

3. 母權志向의 목소리

소설텍스트는 이야기와 그것을 이야기하는 화자가 있어야만 존재한다. 이른바 의미영역인 서사공간과 서술자와 서술행위에 관련된 서술공간으로 독자와의 역동적 관계가 중시된다. 그래서 채트만(S. Chatman)은 이야기가 송신자 즉 작가에 의해서 수신자 즉 독자에게 전달되는 소통과정을 도식화하기도 했다. 특히 실제작가를 내포작가 및 화자와 명확히 구별하여 "내포작가는 우리에게 어떤 것도 이야기해 주지 않으며 목소리도, 직접적 의사소통도 없으며 말없는 가운데 독자를 가르친다"고 말하면서 실제작가와 내포작가가 반드시 일치하지 않음을 역설했다.

그런데 최정희 소설 12편은 실제작가의 목소리가 완연히 드러난다. 작가의 목소리와 작중인물의 목소리가 분명히 구별하기가 쉬워 작가의도의 파악이 용이하다. 또한 실제작가의 서술 목소리는 텍스트의 수화자인 독자가 서술 속에 같이 참여하기를 요구한다. 실제작가는 독자에게 직접적으로 설명하고 이야기한다. 초점화가 3인칭이든 1인칭이든 목소리는 거의 변함이 없이 독자에게 서술 속에 같이 참여하기를 요구한다.

쉬탄젤(F.K. Stanzel)의 서술이론에 의해서 12편 작품의 초점화를 분류해보면 작가적 서술은 4편, 1인칭 서술상황이 6편, 인물시각적 서술상황이 2편으로 가장 주관적인 서술형태인 1인칭서술상황이 지배적이다. 쉬탄젤에 의하면 일인칭서술상황은 준전기적형식으로 서술자가 소설의 등장인물들 세계에 속하고 있으며 서술자 자신이 사건을 더불어 체험하고 관찰하거나 그 사건의 실제적 주역들로부터 직접 듣는 서술상황으로 보고적 서술방식이 우위이다. 이 경우 일인칭서술자는 서술자로서의 기능에 너무 몰두한 나머지 작가적 서술자로서 말할 때가 있는데 최정희소설의 경우에도 마찬가지이다. 특히 6편의 작품은 주변적 일인칭서술자 '나'가 목격자, 관찰자로서 등장하며 6편 외의 작가적 서술상황 4편 역시 일인칭 서술상황과 거의 구분이 안 될 만큼 일인칭 서술상황으로 경계가 열려있다.

작품을 예시해보면, 「우물치는 風景」의 경우, 작품의 서두는 동네사람들이 우물고사를 지내기 위해 미리 준비하는 풍경부터 시작된다. 이 작품에서 사건은 우물고사를 지내는 행위와 배고픔에 견디지 못한 어린아이들이 빵한조각 때문에 싸움이 벌어져서 그것이 어른싸움으로 확대되는 장면의 전개 등 이야기시간은 지극히 단순하고 짧으나 서술시간은 무척 길다. 쥬네뜨 (G. Genette)식으로 이야기시간과 서술시간간의 관계에서 작품을 분석하여 보면, 1인칭 서술상황과 작가적 서술상황의 상호넘나듦을 정확히 파악할 수가 있다.

우물고사 지내는 장면제시 후, 바로 우물고사에 대한 설명과 주석이 서술된다. 정자나무아래 모여 고사를 준비하는 동네사람들의 모습이 잠깐 전개되면서 이야기자체는 정지되어 1인칭화자와 동네사람들의 우물고사 지내는 것에 대한 느낌 등 서술이 시작된다. 또 마을의 명물인 정자나무에 대한 주석이 지속되고 사건은 계속 휴지이다. 고사를 시작하라는 징소리가 다시 이야기사건을 지속하고 징소리와 관련된 설명의 시간이 계속되며 40호밖에 안된 마을에 처녀, 총각이 유난히 많은 이유가 사건은 휴지상태에서 제시된다. 다음 동네사람들의 대화가 장면으로 제시되고 고사지낼 때 부정타는 문제, 작년 고사 때 잘 먹던 생각, 마을사람들의 가난한 생활상황이 요약, 설명된다. 다음에 고사지내기 전의 막걸리와 빵을 먹는 장면이 제시됨과 동시에 가난한 동네사람들의 얼굴묘사와 그런 마을사람들에게 연민을 느끼는 작가의 노골적인 목소리가 등장한다. 또 다시 먹는 장면의 계속 등 고사지내기 전의 마을사람들의 심리묘사, 얼굴표정 등이 장면, 묘사, 대화 등으로 교차된다. 비로서 우물고사 전의 우물치는 장면이 제시되며 처녀, 총각이 많은 이유가 반복해서 이야기로 제시된다. 감춰둔 빵이 땅에 떨어진 것을 줏어먹은 어린이 때문에 어른들 싸움으로 비화되는 장면이 오래동안 극적으로 전개된다. 동네사람들의 가난을 간접적으로 설명하는 장치제시와 함께 작가의 목소리가 표면에 나선다.

당신들 입에 거미줄 치게 하는 자는 따루 있읍니다. 그것은 최주사올시다. 당신들을 수십년래로 종과 같이 부려 먹다가 해방이라는 바람에 당신

들이 종전보다 조금 나은 처지에 서게 되고 그자들이 종전보다 약간 못한
자리에 뇌여지게 되니까 고것이 배가 아파서 당신들의 생명줄이 매인 당
신들의 갈아먹는 땅을 팔아가지고 서울가서 정계에서 일하는 즉 다시 말
하면 앞으로 우리 나라를 세우는데 한목 보자고 덤비는 자들에게 돈을 대
여주는 최주사올시다. 그자는 지금 당신들의 피와 눈물이 매치고 매친 돈
을 함부로 막우 써간답니다.

이 작품에 등장하는 작가의 음성은 이것저것 다 요약하는 평면서사라기
보다 독자에게 문제를 던지고 사라졌다가 다시 나타나곤 하는 극화된 직접
전달의 요소가 강하다. 결말은 돼지몰이 장면제시로 암낼내는 숫놈돼지가
우리에서 튀어나와 암낼 맡으러 돌아 다니는 것을 동네사람들이 몽둥이로
쫓는 것으로 작품이 끝난다.

작품전체가 보고적서술과 장면적서술을 교차하며 주로 장면과 관계된
이야기를 소급제시해 가면서 독자의 시선을 화자가 전달하는 내용으로 끌
어 들일려고 독자의 감성에 호소하는 목소리이다. 「우물치는 風景」의 화자
는 단순한 관찰자가 아니라 사건진행에 어느 정도 영향을 주는 화자로 등
장한다. 작가적 서술상황인 다른 작품 역시 1인칭 서술상황과 거의 유사한
느낌을 준다.

「우물치는 風景」에서 1인칭 서술자인 '나'는 물론 등장인물들 세계에 속
해 있다. '나' 역시 마을사람들과 같이 체험하고, 고사치루기 전의 마을사람
들끼리의 싸움이나 돼지몰이 등을 더불어 체험한다. 그러나 이 작품의 경우
장면적 묘사보다 보고적서술이 우위에 있다. 초점은 1인칭 서술상황이면서
도 실제 작가적 서술상황이 위장된 수법이란 느낌이 강하다.

이제 나는 당신에게 이 한 대목을 해설해 디리겠읍니다. 우물고사를 지
내려고 이 우물을 치는 날은요 아이 밴 아낙과 월경하는 아낙과 전날 밤

그 남편과 잠자리를 같이 한 아낙과 (남자는 상관없다고 합니다.) 초상집에
다녀온 자와 부모상을 입은 자와 남편상을 입은 과부와 이런 자 만은 우물
치는데 참가하지 못하게 됩니다. 이르는 바 부정한 몸인 까닭입니다.

당신은 산에 나무가 자꾸만 없어진다고 나무 비여가는 자들을 그냥 나
무램만 하지 말아주십시오. 나무를 비지 않고도 배고프지 않는 세상을 맨
드러 주도록 마음을 써주십시오.

이 사람들은 먹기 위해서 사는 것도 살기 위해서 먹는 것도 다 아닙니다.
거저 원수같은 목숨이 끊어져 주지를 않으니까 하는 수 없이 사는 것이고
살게 되니까 먹는 것 그것 뿐입니다.

는 식의 화자의 어조는 목격자, 관찰자, 동조자로서 작중인물인 마을사람
들의 상황을 중개화시키면서, 마치 가까운 가족같은 시선으로 작중인물 등
의 상황을 이해하고자 하는 서술자의 연민어린 목소리가 마치 여성본능적
인 어머니의 목소리로 일관되어 있는 듯하다.

밥이 되는 쌀을 지어내는 저들이 어찌해서 저렇게 시장해들 한단 말입
니까. 저들이 쌀밥을 배불리 못 먹는 이유가 어디 있읍니까. 쌀밥이 아니드
라도 보리밥이거나 그외의 아뭇거라도 먹기만 하면 설사가 잘나는 호밀이
라는 거라도 항상 먹어벌 수가 있으면 좋겠읍니까. 입은 옷은 꼭 거지와
같습니다. 고의 적삼을 제대로 받쳐 입은 자가 몇 안됩니다.…(中略)…한
사람이 잘 먹고 열 사람이 못 먹는 세상보다 열 사람이 다 똑같이 배고프
지 아니한 세상이 유쾌하다고 당신은 생각하지 않으십니까. 한사람이 춥지
도 않고 덥지도 않은 좋은 세상을 사는 것보다 열 사람이 똑같이 덥지도
않고 춥지도 않은 좋은 세상을 사는 것이 유쾌하다고 당신들은 생각하지
않습니까

마을사람들에 대한 연민과 보살펴 주고 싶은 보호의식 속에 작중인물들

의 고통을 모두 걸머진 듯한 목소리이며 헐벗음과 가난이 영원히 추방되는 이상적인 세계에 대한 갈망의 어조가 모성애적 본능을 표출하고 있다. 「우물치는 風景」을 제외한 다른 작품들 역시 주로 보고적 서술을 위주로 장면적 서술이 종속되는 가운데 작가적 서술상황으로 위장된 1인칭서술상황이 지배적이다. 「봉수와 그 家族」의 경우, 염병 때문에 동네사람들이 모두 피하는 봉수네 가족에게 1인칭서술자는 방도 빌려주고 또한 동네사람들 눈을 피해 몰래 밤에 지게 장사를 지내는 장면을 목격하다가 시체의 발이 1인칭서술자 '나'의 손에 닿아도 두려워하지 않는다. 모두가 피하는 봉수네 가족을 '나'는 능동적인 모성애로 그들에게 용기를 주고 그들을 보살펴 준다. 나아가 건설적인 사회지향애나 이타주의적인 휴머니즘 등이 모성애적 유토피아지향을 띠고 있다. 이런 모성애적 이타주의는 「風流 잡히는 마을」에서도 닭장문을 완성시켜 주지 않아 족제비가 자기집 닭을 물어갔는데도 소작권문제 때문에 진통을 하고 있는 목수영감에게 선심을 베푸는 '나'의 행위로 나타나는데 이것 역시 위에 예시한 작품들과 同軌이다. 최정희의 작품 중 특히 미메틱한 작품에서 작가의 목소리는 쉽게 드러나며 작중인물들의 어려운 상황을 해피앤드로 결말을 내는 方法으로서 유토피아적인 지향의식의 모성애적 목소리가 「A Deus ex Machina」의 효과를 내고 있다.

4. 맺음말

淡人 최정희는 해방기 여류소설가 중 가장 주도적으로 활동했던 작가로 해방기에 발표했던 그의 작품 12편을 분석해 본 결과 아래와 같은 결론을 얻었다.

첫째, 「風流 잡히는 마을」, 「우물치는 風景」, 「점례」, 「봉수와 그 家族」

등은 해방 후 현실을 미메시스적 관점에서 드러내고 있다. 마치 'Roman à Clef' 같은 그의 작품은 조야한 현실 그대로가 意識的인 意識없이 良心的 리얼리즘차원에서 그려지고 있다. 또한 로망스적 결말은 'In Medias Res' 형식과 병행해서 낭만적 진보적 성향을 나타내고 있다.

둘째, 「꽃피는 季節」, 「봄」, 「벼갯모」 등을 통해 이야기의 본질적인 특성 중의 하나인 로맨틱한 순수서정성이 소녀적인 감성을 통해 표출되어 있으며 특히 동성애구현은 심리학적 측면에서 양성구유의 인간의 본래적인 저 의식 즉 신이 천부적으로 인간에게 준 조화있는 우주법칙의 한 양상으로 인간원형에 대한 갈망이 표현된 것이라고 생각된다. 또한 자연친애사상이 인간과 동식물의 동일시란 측면에서 거의 모든 작품에 나타나고 있는 것은 조화로운 우주의 총제성을 갈망하는 의식과 軌를 같이 한다고 보겠다.

셋째, 여성의 자아의식과 관련된 對自의식이 미세하게나마 「鳳凰女」에 나타나 있다. 사르트르식으로 애기한다면, 존재하는 그것으로 만족하는 '卽自意識'에서 창조적, 반성적, 미래지향적으로 도약하려는 '對自意識'이 나타나고 있다.

위의 세가지 소설특성이 최정희 특유의 모성애적 페미니즘으로 감싸안은 분위기, 어조, 초점을 통해 구현되고 있다. 그러나 해방기 혼란과 무질서를 유토피아지향의 모성애적 가치체계의 목소리만으로 해결해 내려고 하는 데는 개연성의 미흡함은 물론 소설장르의 퇴행성을 보여주고 있다.

모성적 이데올로기로의 회귀

- 임옥인의 ≪월남전후≫론

1. 교육 · 문학 · 신앙의 3중주

임옥인은 1930년대 후반, <봉선화>를 처녀작으로 문단에 데뷔, 1940년
대 후반에 왕성한 창작활동을 시작하여 펼치다가 6 · 25 후 본격적으로 창
작활동을 시작, 1995. 1. 4 작고하기까지 장편 13편, 단편 90편, 자서전 2집
을 포함한 수필집 3권, 소설집 8권을 남겨 놓고 있다. 당시 문단에서 활동
을 왕성히 했던 손소희, 한무숙, 최정희, 윤금숙, 강신재 등의 여성작가 중
유일하게 건국대학 가정대학장까지 역임했던 임옥인은 1935년 함흥 永生
여고를 졸업한 후 奈良女子高等師範학교 문과를 졸업, 함흥영생여고보 교
사가 되는 것을 출발점으로 1945년에는 함남 혜산진 大帚川에 가정여학교
를 창설하고 농촌계몽운동에 투신하여 농촌부녀계몽운동에 헌신하는 열의
를 일찍이 보였다. 1946년 월남하자 창덕여고에서 교편을 잡기도 했고
1949년에는 한국문학가협회 중앙위원으로, 미공보원 번역관으로서 활동하
였으며, 평소 일본작가의 작품보다 현대 미국여성작가의 작품에 깊은 관심
을 나타내었다. 임옥인은 크리스찬문협회장도 역임한 바 있는 철저한 기독
교인으로서 문단데뷔초기에는 詩도 발표한 바 있다. 본격적인 작품창작 활

동은 해방이 되면서부터이며 특히 6·25란 시련기를 계기로 문학에 열의를 더해 문학이 '인생의 근원이며 생명의 고향으로 가는 길'임을 느낄 정도였다.

임옥인의 <나의 이력서>1)에 의하면 그의 부친 林熙東은 이상주의자로서 선구적인 교육관을 지니고 있는 댄디스트이며 남자는 물론 여자 역시 가장 큰 힘이나 자산은 배우는 것 뿐이라고 강조했다고 한다. 임옥인이 그 당시 선각적인 문학여성으로서 자립할 수 있었던 것은 부친의 뜻이 기반이 되기 때문이며, 임옥인이 개화여성으로서 여성이 사회발전의 원동력임을 절감하게 된 것은 어린시절에 항상 들었던 교회연설을 통해서였으며2), 신앙은 그의 인생에서 '시발점이며 영원한 종점'이었다.

특히 그가 우리말 계몽에 앞장서서 벽촌에 사설교육기관을 설립하고 문맹여성들의 문맹퇴치에 열중하게 된 영향 중 간과할 수 없는 것은 그의 영생여고시절 은사들이다.3) 그에게 '교육은 윤리적인 지표였고 삶의 활력소였으며 문학은 미의 갈구'였다. 문학, 교육, 신앙은 그의 일생에서 '삼박자의 화음'이라고 할 정도이다. 그의 인생에서 특히 신앙은 교육자생활이나 문학창작생활에서 모태가 되었다.

평소 임옥인은 작품은 나 이상의 것이 될 수 없다고 생각해왔다. 그의 창작노트에 의하면 모든 사건은 작가의 산 소재이며 소설형식으로 가장 믿음직스러운 것은 사소설이다. 그것은 작가의 체험을 재생한 것이기 때문이며 따라서 작중 주인공은 작가의 분신이며 문학은 자신이 즐기기 위한 것

---

1) 『현대문학』27권 11호, 1981. 11월호.
2) 야학에서 문명퇴치강습소를 열어 스승 겸 어머니처럼 여겼던 신애균선생과 그 남편 현원국목사를 평생 은인으로 생각한다고 했다.
3) 늘 머리에 돈을 얹고 기도해주는 김관식목사, 민족애와 우리말에의 사랑에 눈을 뜨게 해준 정태진선생, 김상필선생, 여선교사 교장인 맥수련선생 등이 교육에의 씨를 심어 주었다고 <나의 이력서>에서 밝혔다.

보다 타인에게 힘과 빛을 부어주고 타인의 생활을 아름답고 윤기있게 할
뿐만 아니라 타인의 마음을 높고 깊게 하여 준다고 하였다.[4]

즉 임옥인은 문학을 윤리적, 도덕적 측면에서 종교와의 조화로 생각했으
며 특히 독자에게 끼치는 영향관계에서 높이 평가했다. 그런 의미에서 그의
소설에는 종교문제가 주로 구현되었으며 특히 기독교 소설에 관심을 갖고
효용론적 시각에서 독자의 반응을 중시하였다.

임옥인의 작가적 관점은 춘원과 유사하다. 도산에게서 배운 생활애국에
입각한 민족정신[5], 여고시절부터 눈뜨기 시작한 종교철학[6], 모국어의 아름
다움과 국문학 정수를 통한 민족의 문화의식[7], 奈良女高師의 기숙사에서
익힌 협동자세와 수신교육 등에 그의 작가의식은 뿌리를 두고 있다. 그래서
그의 작가적 목소리와 위치는 제우스적 위치에서 교육적, 계몽적으로 계도
하는 분위기가 지배적이며 작품전반에 걸쳐서 도덕적, 윤리적, 인도주의적,
종교적인 어조를 독자의 시각에서 쉽사리 인지할 수 있다.

임옥인에 대한 기존평가는 대체로 사소설적 경향, 여성의 세밀한 정서,
기독교적 문학에의 충실, 운명론적 결정론 등으로 정리될 수 있으며 1995
년 1월 4일 작고한 이래 지금까지 작가 임옥인에 대한 종합적인 연구는 본
인이 조사한 바에 의하면 이루어지지 않은 것으로 사려된다.

1981. 3. 22일자 조선일보에서 그가 밝힌 것처럼 장편에 의욕을 갖기 시
작한 것은 40대 후반에 들어서이며 전 생애에 걸쳐서 13편[8]이나 썼다. 이

---

4) 「작가의 노트」 중 「문학과 생활의 探求」, 대한기독교서회, 1966. 6. 25. 269쪽.
5) 홍사단 동우회사건이 나기 얼마전 시인 오일도의 소개로 인사한 적이 있음. 務實力行의
   애국철학이 주된 내용이었다고 전한다.
6) 「나의 이력서」의 2장 <永生女高普에서>에 의하면 지리와 박물을 가르친 교사 김교신선
   생으로 방대한 철학에세이 <김교신 선집>을 예시함.
7) 한글학자 정태진선생을 지칭함. 人生에 있어서 문학입문의 둘째 교사라고 함.
8) ①<기다리는 사람들>(『신태양』 1954. 12 - 56. 3) ②<그리운 지대>(『기독공보』) ③<월
   남전후>(『문학예술』, 1956. 7 - 12) ④<젊은 설계도>(1957 조선일보연재물, 1973 선일문
   화사) ⑤<들에 핀 百合花를 보아라>(『새가정』, 1957) ⑥<사랑이 있는 거리>(『새가정』,

중 ≪월남전후≫는 작가 자신이 다시 읽어보고 싶은 대표작9)으로 선정한 소설로 '크고 넓게 애기하고 싶은 내면의 강렬한 욕구'에서 단편의 세계를 떠나 가장 힘들여 쓴 작품이라고 술회한다. ≪월남전후≫는 3部作 중의 1 부작으로 2부 ≪日常의 冒險≫은 1967년 『현대문학』에, 3부 ≪防風林≫은 1973년 『月刊문학』에 각각 연재되었다. 이 3부작은 작가가 "나의 피요, 살이요, 뼈라고" 할 수 있을 만큼 심혈을 기울인 작품으로 ≪월남전후≫는 8·15해방부터 월남하기까지의 작가자신의 체험을 르포형식으로 쓴 작품이다. 작자의 의도로는 기존의 사소설이나 수기체소설의 '낯설게 하기' 시도로서 사회소설적인 수기소설을 지향해 본 것으로 작중화자인 '나'의 행동이나 심정의 움직임이 주조를 이룬다. 2부작, 3부작은 작가가 언급했듯이10) 1부작과 달리 추상소설에 속하며 2부작이 피난 전후의 '나'와 '나'에 얽힌 타인을 구심점으로 내면적인 갈등을 나타낸데 비하여 3부작은 환도전후를 배경으로 신에의 개안이 초점이 된 작품이다. 임옥인은 이 3부작을 교육과 문학과 신앙의 인생 3拍子로 표현했으며 또한 4부작으로 ≪영혼의 아픔과 승리≫를 쓰려고 갈구했으나 이루지 못했다.

　본고는 임옥인연구의 일환으로 그의 대표작으로 자타가 공인하는 ≪월남전후≫를 대상으로 해서 작가자신이 직접 체험한 해방직후의 암울한 상황과 분단의 아픔을 작가가 어떻게 형상화시켰는가에 초점을 두어 구조, 인물의식, 주제면에서 분석해 보고자 한다.

1959. 1) ⑦<당신과 나의 계획>(장편입체소설, 1960) ⑧<힘의 서정>(동아일보, 1961) ⑨<장미의 문>(『자유문학』, 1963. 6 - 9) ⑩<돈도 말도 없을 때>(『새가정』, 1966) ⑪<일상의 모험>(『현대문학』 1968. 1 - 69. 4) ⑫<방풍림>(『月刊문학, 1973. 9 - 75. 9) ⑬<일용의 식량>(1970년)

9) 조선일보, 1981. 3. 22
10) 위와 같음.

2. 화자=글쓴이의 단순 구성시학

≪월남전후≫는 1956. 7 - 12월까지 『문학예술』에 연재된 장편으로 아시아재단 자유문학상을 수상한 작품이기도 하다. 또한 임옥인의 처녀장편으로 고향이 함경북도 길주인 작가가 함경남도 혜산진에서 8 · 15해방을 맞으면서 월남하기까지의 자신이 겪은 체험을 르포르타지형식으로 엮은 것이다. 임옥인은 「나의 이력서」에서 이 작품이 수기소설 또는 사소설형식이긴 하나 그 형식의 통상적인 의미를 깨고 사회소설적인 수기소설을 지향했다고 했지만 독자의 반응비평 시각에서 볼 때 작가자신의 해방혼란기의 분단현실과 피난참상 경험을 충실하게 재현한 것이라고 생각된다. 작중사건이나 인물이 작가의 허구적인 창조에서라기보다 실제 그 당시 현실이나 작가자신의 쓴 경험이 리얼하게 담겨져 있는 기록소설 성격이 강하다. 현상학적 이론에서 독서이론을 창출한 조르주 풀레의 경우11), 문학은 독자의 내적 과정과 정신적 과정을 통해 이해되므로 독자의 의식은 저자의 텍스트의식에 침범당하게 되어 저자의 경험세계에 독자가 빠져들어 가는 것을 의미한다고 했다. 그러나 ≪월남전후≫는 실제 해방혼란기 당시의 민족참상에 대한 작가의 현실인식 태도나 의식을 강력하게 전달해주는 효과는 있을지라도 작가가 의도했다고 말한 사회성과 심미성 양립 효과의 가능성은 열려있지 않다.

보리스 우스펜스키는 예술적 텍스트에 대한 연구를 통사론과 의미론, 그리고 기호론적 측면 즉 화용론적 측면에서 연구할 수 있다고 하였다.12) 첫째는 묘사와 묘사되는 현실 사이의 관계를 살펴보는 의미론적 차원이며, 두번째는 텍스트의 구성을 지배하고 있는 내적 · 구조적 법칙들과 규칙성을

---

11) 김성곤, 「독자반응비평의 문제점과 전망」(『포스트모던소설과 비평』, 열음사), 1993. 178 - 179쪽.
12) 보리스 우스펜스키 · 김경수 옮김, 「소설구성의 시학」, 현대소설사, 1992. 223쪽.

고찰하는 통사적 차원, 구성적 구조의 화용론은 독자측의 어떤 예견되는 반응을 말한다.13)

위의 세가지 측면에서의 소설분석은 현대소설에서 거의 보편화된 필연성을 지닌다. ≪월남전후≫는 6장으로 구성되어 있다. 1장은 주인공이 고향 함북 길주에서 함남 혜산진 고모댁으로 피난 온 후 해방을 맞은 때부터 고향 길주에 있는 가족이 궁금해 길주행 기차를 타기까지이다. 2장은 길주에 도착해서 가족들이 피신한 생가를 찾아가는 길에 소련 폭격기의 무차별한 폭격을 목도하면서 전쟁폐허의 뼈아픔을 주인공이 절감하는 부분이다. 3장은 가족들을 절간으로 옮기고 친척동생인 치안대원 을민에게서 여성동맹 활동에 적극 참여를 권고받으나 소외감을 느껴 주인공이 창설한 가정여학교 교육에 전념한다. 4장 여성회원간의 갈등, 불순분자의 무조건 처단 주장의 을민에 대한 혐오, 치안대원들의 작태와 소련군의 만행에 대한 혐오감의 강도가 높아지면서 강연과 교육사업에 더욱 전념한다. 5장 군인민위원회의 책 압수, 겉핥기식의 행정, 고향에 대한 혐오의식 팽배로 고향을 떠나 함흥이나 평양, 서울로 갈 생각을 한다. 6장 지식인 처단, 토지개혁, 생활해결을 위해 마약장사까지 하는 여인들에 대한 혐오감을 표현한 것에 대해 당간부들로부터 눈총을 받고 숙청당하기 직전 상황에서 결국 한탄강을 넘어 월남을 결행한다.

≪월남전후≫는 작가 자신의 개인적인 체험을 타인과의 관계에서 '나'를 초점화자로 하여 초점의 대상을 해방혼란기의 북한사회 및 북한에서 활동하는 인물들로 설정하고 '나'가 사회적인 시각에서 대상을 인식한 단순한 단일구성으로 되어 있다. 그러므로 이 작품은 작가가 자신을 숨기려는 어떤 의도도 보이지 않는다. 단지 그 당시의 동족참상을 체험적으로 그려서 조그

---

13) 위의 책, 223 - 224쪽 참고.

만 소망도 용납되지 않는 어둡고 잔혹한 북녘을 고발하는 목소리가 강한 호소력을 지녀, 진짜 이야기꾼인 작자가 작중 주인공인 '나'임을 의심할 여지가 없게 한다.

1-6까지 이야기는 시간적인 순서에 따라 단순하게 배열되어 있고 단지 이야기진행 도중 플래시백이 자주 동원되어 사건의 흐름을 일시적으로 차단시키는 경우가 빈번하지만 아나크로니의 정도가 심하지 않은 편이다. 아날렙시스는 주로 지금은 치안대장이 된 고종동생 을민의 소년시절과 곡식을 얻기위해 검정무명 몸빼와 광목 적삼차림으로 길혜선을 타고 다니면서 일경에게 봉변당한 일, 주변사람들의 수차에 걸친 월남권고 등이다. 소급제시는 비정한 인물이 된 치안대원 을민의 과거이력이 환경결정론과의 관계에서 제시되는 것을 제외하고는 전체 작품구성에서 이스투아르의 시간과 레시의 시간이 거의 순차적으로 병행한다. 또한 작가의 생생한 체험을 적나라하게 표현하기 위해 반복되는 모티프가 주제형성에 직접 참여하는 '라이트 모티프'로서 반복 나열되고 있다. 일본패잔병의 행렬과 승자 소련군의 횡포와 탈취, 소련군의 환심을 사기위한 미인계이용, 인텔리 부르조아에 대한 공산당의 증오의식, 여성문맹자 퇴치의지의 계몽적 문화적 페미니즘, 맹목적인 이데올로기의식 비판, 샤마니즘적 운명론 등 이 중 가장 중심적인 모티프는 문화적 여성의식으로서 문맹퇴치를 부르짖는 '나'의 반복되는 목소리이다. 학문에 탐닉하는 집안 환경에서 개화꾼인 '나'의 부친에 의한 문장수업, 3·1운동이후 개화에 앞장섰던 교회의 문맹퇴치열, 생활고 속에서도 좌절하지 않는 공부열과 여성이 사회발전의 원동력이라는 즉 생물학적인 성인 여성으로서가 아니고 사회적 성인 여성으로서의 젠더의식 등이 가정여학교를 설치하고 야학을 실시하는 기쁨 등의 보조적인 배경으로 등장된다.

≪월남전후≫는 춘원류의 계몽적, 문화적인 의식을 기저로 작가의 관념

적 시점이 명확하게 나타난다. 배움만이 여성의식의 부재에서 탈출하는 길임을 반복적으로 역설하는 점이 작품의 일관성을 말해주고 있다. ≪월남전후≫의 '관념적 평가'의 전달자는 작중화자 '나'이며 선조적인 단순구성을 통해 전개되는 '나'의 행위는 아래와 같이 요약해 볼 수 있다.

① 어린 조카들을 데리고 길혜선을 타고 혜산진의 고모댁으로 피난을 오다.
② 해방을 맞자 가족의 안부가 궁금해 대폭격이 자행되는 고향 길주행 기차를 탄다.
③ 소련 비행기의 무모한 대폭격에 전쟁윤리에 대해서 생각한다.
④ 생가가 있는 도화동 마을에서 무사한 가족과 재회하고 소련군인에게 압수된 책과 그릇 등을 찾는다.
⑤ 고종아우 을민의 치안대 행위를 통해 부르조아 인텔리에 대한 맹목적인 적대의식을 절감한다.
⑥ 여성동맹을 통해 문맹퇴치 계몽운동을 벌이는 선구적인 사업으로 가정여학교를 창설하고 국어교육과 교양기술 습득에 심혈을 기울인다.
⑦ 소련 주둔군을 위해 미인계를 물색하는 문화선전공작대 간부의 행태와 여성운동가들의 기계적이고 무계획적인 작태 및 탈취한 골동품 선호의 이중성, 서양책의 무조건 압수 등에 고향혐오증을 느낀다.
⑧ 문맹퇴치 격려를 목표로 부녀연예회 지방순례계획을 세운다.
⑨ 보안대의 기독교인이면서 자유주의자란 비판에 점점 위기의식을 갖는다.
⑩ 조여드는 감시망을 의식하고 한탄강을 건너 월남한다.

①-⑩은 결국 작중화자 내가 문맹퇴치 교육을 수행하다가 북한공산주

의자들의 위협에 월남하게 되는 이야기이다. 위의 ①－⑩ 중 '나'의 가장 주된 행위는 정치, 사회운동과의 마찰이나 갈등이 아니고 오직 문맹퇴치 운동의 매진이다. '나'는 패망한 일본이 재기하게 된 것도 국민철학으로서 의무교육의 철저한 실시라고 강조할 정도이다. 특히 여성층에 문맹이 많음을 개탄하고 고향 산간벽촌의 교육수준이 낮은 부녀계발욕구를 실천에 옮긴다.

⑦과 ⑨는 ⑥과 ⑧에 저해가 되는 보조적 기능으로 특히 단순하고 기계적인 여성동맹원의 여성의식은 보안대장 을민의 비인간성의 징조단위 역할을 하고 있다.

실제로 '나'의 행위는 「나의 이력서」의 '해방 그리고 월남'이란 항목에서 밝힌 것처럼 작가 자신의 사적 경험이 사회와의 관계에서 서술적으로 그려져 있으며 실제 자신이 언급한 바 있는 일본식 자연주의의 자학적 고백의 사소설과는 다르며 작가의 심경에 많은 흥미가 있어서 심미적 개성이 두드러지는 심경소설과도 거리가 있다. '나의 이력서'의 내용이 소설 ≪월남전후≫와 그대로 일치해서 독자의 시각에서는 마치 한편의 해방혼란기의 기록영화를 보는 듯하다. 길주역이 소련군에 의해 폭격당한 것, 만삭 올케와 앉은뱅이 오빠, 고향에서의 가족의 무사함, 산골 도화동으로의 피난, 일본인의 패잔현황, 대오천 가정학교설립, 야학설치, 교재만드는 일, 고종동생 을민과 여맹원의 학교교육간섭, 남하결심으로 한탄강을 건너 월남을 시행한 사실 등이 그대로 소설에 옮겨져 있다.

고향 길주에서 어린 조카들을 데리고 주인공 '나'(김영인)는 고모님댁에서 해방을 맞게 된다. 이남에서만 살아온 사람들에게는 장미빛 색칠로 선전되는 공산세계가 실로 얼마나 미개하고 얼마나 잔혹하고 숨가쁘고 배고프고 춥고 기만의 쓰레기더미였는가, 그 현실을 모를 것이다.
물질의 굶주림에 시달리는 것은 약소민족의 숙명이다. 그러나 정신의 샘

물은 길어 올리자. 그토록 목마르던 우리말 우리글을 청소년들에게 심어주
자. 그래서 「나」는 벽지 삼수갑산에 낮에는 가정여학교를 설립운영하고 밤
에는 야학을 설치해서 그들을 가르쳤다.

　일제시대에 어엿한 여고보의 교사였다는 과거를 헌신짝처럼 내어던지
고 국민학교 교사 이하의 위치에 자족하고 긍지를 느꼈다. 그러나 北의
현실은 「나」의 그토록의 겸허한 소망조차 짓밟고 권총으로 협박하고 감시
하였다. 「나」는 결국 울면서 고향을 떠나게 된 것이다. 자유세계를 찾아서
─ 그런 안일한 소감이 조금은 있었을 것이다. 그러나 그것이 전부였다면
「나」만을 바라보고 살던 가족을 버리지는 못했을 것이다. 어떻게 해서라
도 北의 권력자들과 타협하는 길을 모색했을는지도 모른다. 마음이 설 자
리, 꿈이 필 자리를 찾아 떠났던 것이다. 3 · 8선을 넘어온 「나」에게 이남
은 전혀 다른 세계였다. 하늘은 맑고 공기는 시원했다. 그러나 여기도 「나」
에게는 안일한 장미빛 꿈세계는 아니었다. 굶주림과 추위와 병고가 채찍질
했으며 한겨울에도 불기없는 창고에서 자야했다. 너무 추워서 「걷는 것이
난방」이라면서 햇빛 따라 길을 헤매기도 했다. 직장도 전전했다. 文盲者들
을 깨우쳐 보겠다던 그런 꿈도 허망하게 깨졌다. 그런 일은 독특한 사람들
이 다들 도맡아 하고 있었다. 좌절과 실의와 방황, 그것이 월남후의 실상이
었다.14)

　위의 글은 임옥인이 ≪월남전후≫ 3부작에 나타난 작가의식을 설명한
부분 중 ≪월남전후≫의 요약된 내용을 그대로 옮긴 것이다. 처음 앞부분
에서는 「나」 즉 작중 주인공의 이야기로 시작했지만 중간부분부터 작가 자
신의 심경을 그대로 옮기고 있다. 서술시각에서 볼 때 다른 나레이터를 동
원할 필요도 없이 자신의 실제체험을 자신있게 이야기하기 때문에 전지적
작가처럼 전혀 이중적 시각도 존재하지 않는다. 독자는 텍스트를 읽어가면
서 작중화자이면서 주인공인 '나' 김영인과 작가를 착각하는 상태에 놓이게
된다.

---

14) 조선일보(1981. 3. 22)의 「다시 읽어보는 나의 代表作」에서 인용함.

《월남전후》의 실제사건이 벌어지는 시간은 해방혼란기란 역사적 시간이다. 물론 해방전의 고종아우 을민에 대한 회상이 작은 도막으로 사건진행을 멈추게 하지만 구성방식은 고전적 이야기틀의 선적 시간순서를 유지하고 있다. 그래서 이야기자체의 시간인 허구의 시간과 서술의 시간이 비교적 평행을 유지한다. 또한 시간의 표시가 '막연히, 그때, 언제인가, 하루는, 어느날'식의 미명확한 시간이긴 하지만 객관적으로 측정이 가능한 현실로서 직접 체험한 경험으로서의 시간을 표현하고 있다. 작가의 페르조나가 거의 느껴지지 않고 작가 자신의 의식과 독자의 의식이 일치되는 느낌이다. 이야기의 기법이나 내용은 진부하지만 현 사회상황에서 의미를 지닐 수 있는 재현기능이 중시되는 작품이다. 그것은 아래의 인용에서 더욱 명백하게 나타난다.

> 나는 교단과 문학과 신앙의 길을 나의 「인생 3拍子」로 표현한다.
> 곧 「월남전후」 3부작의 세계이기도 한, 그 길을 살아왔고 가는 길마다에 뿌려지는 단비에 젖으면서, 긍정의 인생을 감사하면서 그러면서도 결코 안일할 수 없는 가슴아픈 나날을 살아가고 있다. 인생은 사랑하는 이의 것이다. 깨달아 얻은 작고도 큰 사랑의 성서를 위하여 햇빛 속에서 기도를 하고 있는 것이다.[15]

위의 인용은 남하한 김영인이 맨주먹이지만 용기를 갖고 결연한 의지를 보이는 결말부분과 마찬가지 맥락을 지니고 있다.

1920, 30년대 우리 한국소설에서 일본식 자연주의의 사소설형식이 풍미했으나 임옥인의 《월남전후》를 실제로 작가가 언급한 것처럼 사회성과 관련을 맺는 사소설형식이라고 말할 수 있는가 하는 장르비평적문제는 자전적 소설, 또는 르포 형식과의 관계에서 좀더 연구해 볼 필요가 있다.

---

15) 위와 같음.

3. 중앙집권적 언어기호의 '나'

전통적 이론에 의하면 소설에서 인물은 배경과 함께 행위에 종속되어 왔다. 인물은 심리적 대상으로서 생동감있는 역할로 행위주체의 인격으로서 존재하기보다 행위자 또는 참여자로서 기능적인 역할이 주요 관심사였다. 그러나 리얼리티를 중시하는 소설이나 심리소설의 경우, 인물은 행동에 종속되기보다 하나의 존재로서 도덕적, 윤리적 견지에서 분석이 가능해진다.

《월남전후》의 인물설정은 위 두 가지 요소를 동시에 지니고 있다. 작가의 주제의식인 여성문맹 퇴치운동이 서사주체 '나' 김영인(金甦人)을 구심점으로 도덕적, 사회운동적 차원에서 전개된다. 심미주체 시각에서 '나'의 평면적인 성격은 주변인물들과 쉽게 구분되어 분류된다. '나'는 해방혼란기에 가정여학교를 창설할 정도로 교육에 대한 사명감을 지닌 인물이다. 특히 부녀를 야학에서 가르치는 일을 지상의 행복으로 생각하여 한글과 가정미화, 생활과학을 가르치는 일에 대해 소명의식을 느낄 정도이다. 부녀자 문맹퇴치가 자신의 꿈이고 이상이며 인생의 목적이므로 청중들에게 배우는 것이 기본임을 역설한다. 그래서 교육목적을 국어교육중점과 교양기술습득에 둔다. 이런 '나'에게 소위 주의자들은 장애가 된다. '나'에게 인식되는 혁명주의자들은 무엇보다 생리에 맞지 않으며 인텔리를 맹목적으로 사갈시하는 주의자들의 생활습관이나 분위기에 혐오증을 지니고 있다. 신변위험을 각오할 정도로 이념문제에서 기독교적 자유주의자입장을 견지한 것이 '내'가 월남한 결정적인 이유가 된다.

이런 '나'와 가장 적대적인 관계로 등장하는 인물은 고종아우인 을민이다. 보통학교 2년을 중퇴하고 노동, 금장사, 좌익지하운동가로 위장하다가 해방 후 읍내치안대장 및 보안대장직책을 맡는다. 이용가치가 있는 누나인 '나'를 여성동맹위원회 활동의 주역으로 기용하려고 시도하기도 한다. 해방

후 혁명투사가 되어 나타난 을민의 이데올로기는 단순논리로 일관되고 있다. 소설가는 모름지기 노동자와 장사꾼을 환영하는 소설을 쓰고 자본주의 폭로소설을 써야 된다는 문학관을 지니고 있으므로 누나가 <봉선화>같은 소설을 쓰는 것을 가장 염오하며 자본주의의 부패상을 여실히 보여주는 이태준류의 소설을 좋은 소설이라고 거론할 만큼 공산이데올로기가 지극히 피상적이다. 이런 을민의 강성이미지가 극단화된 인물이 소련사령부에서 파견된 최순희란 인물이다. 근로대중을 위한 정권수립, 착취계급숙청, 계급타파 등의 선두주자로 인텔리혐오증이 강하고 여성다움은 전혀 없는 기계같은 인물이다. 그 외 구체적으로 이름은 제시되지 않지만 박투사와 그의 아내 김동무, 이투사와 그의 아내 채동무같은 인물 역시 김일성휘하의 직속부하로 일제시대 草根木皮로 연명하면서 일제에 항거하던 투사들로 일본유학까지 한 부르죠아 여성인 '나'에게 적의를 품는 인물들로 등장한다. 이들은 을민을 필두로 보통학교 중퇴이거나 교육을 거의 받지 못한 인물들로 국문을 겨우 해독하는 정도이며 공산주의 신봉도 맹목적인 편벽성을 지닌다.

　이런 극단적인 인물에 대한 '나'의 시각은

> 　내 속에도 투지라고 할까, 무슨 의분이라고 할까, 그런 것이 꿈틀거리고 있는 것만은 속일 수 없는 사실이다. 톡 쏘아 붙이거나 이론으로 따지거나 실정을 이야기하거나, 아니면 이 갑작스러운 무지에 대해서 방법을 강구한다거나, 그러한 염의가 없는 것도 아니었다. 아니, 오히려 내 속에는 치열한 투쟁의식이 자칫하면 폭발할 것만 같았다. 그것은 갑작스레 해방을 빙자해서 달려든 사이비(似而非)자유나 해방을 오히려 역행하려는 이 얄궂은 세력에 비롯된 것만은 아니었다. 저 일제 36년간의 전제 속에서 삼일정신과 광주학생사건은 물론 가지가지의 뼈에 사무치는 민족적 굴욕을 몸소 체험했던 한민족(韓民族)으로서의 상처 때문인지도 몰랐다. 나는 속으로 안되리라는 생각이 들었다.[16]

와 같이 해방을 빙자한 사이비자유주의자, 또는 얄궂은 세력이라고 단정 짓고 있다. 이들에 대한 '나'의 적대와 투쟁의식 역시 상대적이다. '나'의 지기로 유일하게 설정된 인물로는 전도부인 장순희가 있다. 신앙심이 두터운 인물로 남편은 월남하고 친정어머니를 모시고 있는 현명하고 유순한 성격의 소유자이다. 공산주의자들의 무자비한 투쟁에 대하여 자비로써 투쟁하자고 하는 인물이다. 기독교는 '내'가 북한에서 교육활동을 할 수 있게 하는 촉매작용을 한다. 신앙생활은 '나'에게 '정신의 가정'이고 '엄마의 가슴'이다. 그 외 신전도사부처, 순이색시같은 인물들이 '나'를 열렬히 지지하는 자로 '내'가 공산주의자들의 냉혹한 시선에도 견딜 수 있는 힘이 된다. 위에 예시한 인물들은 평면적인 인물들로 소설의 서두부터 결말까지 양쪽 나름대로 단일한 관념이나 특성을 지닌 단순한 인물들이다. 이에 비해 허욱, 윤사령, 원덕화여사, 윤봉선여사같은 인물들은 입체적 인물로 해방 후 혼란기 상황의 애매모호한 리얼리티를 반영하고 있다. 동경유학생 인텔리인 허욱의 경우, 토지개혁 추진위원회의 부재지주와 불로지주에게서 토지를 몰수하는 문제에 대해 개인의 사정을 고려하지 않는 것과 관련시켜 을민에게 의견을 제시할 만큼의 용기는 가지고 있는 인물이다. 회의(懷疑)만 할 뿐 비평할 자유는 없다는 식의 공산주의식 방법에 대한 저항이 그의 외로운 인상묘사에서 나타나며 을민의 시각에서 보면 이론만 앞세우는 인텔리에 대한 분노가 허욱과 누나 김영인을 동류항으로 겨냥하고 있음을 인식할 수 있다. 윤사령 역시 맹목적인 공산주의자가 아니란 점에서 허욱과 유사하다. 서사주체 '나'의 정치, 경제, 문맹퇴치강연회 내용에 분노를 나타내는 최순희에 동조하지 않고 복잡한 표정을 띤다든지 개인생활은 문제삼을 것이 없다는 태도에서 허욱과 공통성을 지니고 있다. 윤사령과 허욱 두 인

---

16) 임옥인, 「월남전후」外, 三省出版社, 1978, 372쪽.

물의 긍정적 이미지는 잘생긴 얼굴과 귀족적인 풍모에서 김일성부하 답지 않은 또는 빨치산 같지 않은 인물로 '나'의 시각에서 인지되고 있으며 더욱 이 두 사람이 교육을 받은 인물이란 점에서 비인간적인 공산주의자가 될 수 없음을 심미적 주체는 텍스트 읽기 과정에서 인식할 수가 있다.

여성인물의 경우도 인텔리일 경우, 최순희처럼 기계적이고 휴매니티가 전혀 없는 공산주의자가 될 수 없음이 나타나 있다. 권덕화여사는 일제때 지하투쟁으로 8년이나 복역했던 유능한 여류투사이다. 투쟁경력을 속죄기 간에 불과한 것으로 볼만큼 겸손하며 인품이 소탈하다. 동무란 호칭을 선생 으로 부를 만큼 인간적인 투사이다. H란 영웅적 인물과의 사랑이 투사가 된 계기가 되었지만, 자기주의 사상이 강하고 신념대로 살기 위한 투쟁을 하며 공산당원의 지지도 받는 인물이다. 투사이면서도 영혼을 불사를 줄 아 는 여성이고 피가 통하는 점에서 최순희와는 전혀 다르게 '나'와 교감이 되 는 인물이다. 권덕화와는 성격이 다르지만, 일제시대 면장을 지낸 남편을 숙청 당하지 않기 위해 수단방법을 가리지 않는 인물로 윤봉선여사의 변신 이 리얼하게 그려지고 있다. 여고보출신의 인텔리이지만 공산주의자들의 비위를 맞추기 위해 소련병에게 젊은 여자들을 제공까지 하는 환경결정론 적인 인물이다.

≪월남전후≫는 위에 예시한 인물 외에도 '나'의 가족 — 앉은뱅이 오빠, 올케와 어머니 — 과 야학생, '나'의 월남을 권고한 목사 등 많은 인물이 등 장하는 인물소설이라고 볼 수 있다. 그러므로 인물들이 세부적, 사실적으로 묘사되지는 않았으나 독자가 인지하기에 인간적인 공산주의자의 인물묘사 는 기골이 건장하거나 귀족적, 흰 얼굴, 큼직한 눈, 코, 입式의 긍정적인 묘 사였고 공산주의자의 풍모는 빨치산같은 인상, 김일성같은 얼굴식의 고정 관념 그대로였다. 양쪽 인물들은 작중화자 '나'와 독자의 정서적인 시각에 서 쉽게 알아볼 수 있는 단일관념을 지닌 인물들이다. 다른 사람이나 주위

환경보다 어느 정도 우월한 영웅적 이미지를 지닌 로망스적 인물로 '나'의
발화는 바흐친식으로 얘기해서 중앙집권적 특성을 지닌 구심적 언어라 볼
수 있다. 서술이 단일시선에 의지한 단순초점화로서의 '나'의 시각에서 다
른 인물의 목소리는 모두 거짓이고 자신의 언어만이 유일하게 진실된 것이
다. 월남을 결심하게 된 것도 '나'의 게마인샤프트적인 의식이 강하게 작용
했기 때문이다. 을민 역시 강압적인 언변이나 거칠은 동작, 화잘내고, 무식
하고, 언어폭력을 지닌 성격으로 실상 ≪월남전후≫의 주동인물은 행위자
체보다 인격을 강조하는 인물설정이다. 예지와 부드러움 대 폭력 과 거칠음
의 패러다임을 지니고 있기 때문에 구성에서 작중화자 '나'와 을민의 경험
에 주로 초점을 맞춘다. 단순화된 이분법적 인물설정은 그레마스식 인물행
위항을 적용해 볼 수 있다. '나'는 주체로서 대모신적 자세를 지니고 있는
영웅적 이미지를 지닌 인물이고 객체는 문맹자를 없애는 교육추구로 추상
적인 것이 목표가 된다. 또 이 목표추구에 도움이 되는 조력자는 장순희나
순이색시 및 야학생들이다 .또한 권목사는 초월적 조력자로 주체인 나의 행
위에 박차를 가하게 한다. 그러나 을민이나 최순희같은 적대자로 인하여 주
체의 목표달성이 더욱 어려워진다. 그래서 결정한 것이 주체의 월남으로 이
경우에도 초월적 조력자는 발송자의 역할을 한다. 허욱, 윤사령은 '나'의 시
각에서 개선의 여지가 있는 긍정적인 인물이며 권덕화와 윤봉선여사는 '나'
에게 연민의 대상이 되면서도 페미니즘 측면에서 비판의 대상이 된다. 특히
권덕화여사의 경우, 공산당원들이 가장 존경하는 여성운동가이지만 접근해
본 결과 여성운동가로서 철저한 사명감을 지닌 인물이 아님을 주체는 인식
한다.

　　"차라리 가정에 묻혀 있을 때가 좋았는데……."
　　이야기가 깊어가자 나는 일단 그를 의심해 보았다. 혹 내 속을 떠보자는

것이나 아닌지?

"왜 저두 일하기가 재미있는데 선생님이야 투쟁이력이 있으신데요. 뭐……."

"그까짓 투쟁 이력이라뇨? 부끄럽습니다. 그건 한갓 속죄의 기간에 불과해요."

"자기주의 사상과 신념대로 사시기 위한 투쟁을 그렇게 생각하셔요?"

내게는 오히려 그의 참회적인 태도가 의아스러웠다.

"사랑때문에…… 한 남성에게 전부를 걸고 덤빈 청춘 게임이었죠!"

"그렇다면 더더구나 후회하실 건 없으시잖아요?"

"그게 그렇지 않거든요. 그렇지 않은데 내 생애의 비극이 있는 겁니다."17)

여성지도자의 내용과 형식분리는 '나'의 일관된 문맹퇴치 신념을 더욱 굳건하게 만드는 자기우위성을 보인다. 여성 스스로의 의식을 중시하는 계몽주의적 관점의 페미니스트인 '나'의 국어교육행위는 절대적이다. '나'의 시각에서 여성운명이 배우자에 대한 욕망에 의존하는 것은 허용되지 않는다. 해방혼란기의 진정한 여성 지도자의 역할은 '나'의 구심적 언어로 기호화된다. 여성이 개성과 의지도 없이 대상화 위치에 있는 것은 '나'에게 용납이 안된다. 작중화자 '나'는 이데올로기에 몰두한 인물에 둘러싸여 있어도 여성문맹자의 깨우침 운동이 반복, 강조되는 중앙집권적 언어로 다른 등장인물들 위에 군림하고 있다.

4. 해방혼란기와 모권회귀

해방은 우리 민족에게 형언할 수 없는 기쁨을 가져다 주었지만 크로포트킨적 카오스적 현상은 식민시대이상의 고통을 체험하게 하였다. 그러나 해

---

17) 위의 책, 405쪽.

방혼란기를 읽는 여성작가 임옥인의 글쓰기는 능동적, 공격적, 지향적, 발전적이며 동시에 혼란을 종식시키고자 하는 조화로운 총체성을 띠고 있다. 북쪽의 살벌한 현실을 포용하는 평화와 자선이 끈질긴 생명애와 책임감 속에 잃어버린 여성문화를 재발견하게 한다. 다시 말해서 해방혼란기 양상을 인지하는 작중화자 '나'는 영구한 사랑과 끊임없는 봉사로 보살핌과 양육, 교육 등의 사회이익에 전념하는 모성적 이데올로기의 시각을 지니고 있다. '나'에게 비친 해방직후의 현실이 전쟁윤리, 일인패잔상황, 로스께의 횡포, 정치문화의 무질서, 아편밀매성행, 주먹구구식의 토지개혁정책 등의 사회혼란에 관련된 모티프들의 반복이기 때문에 더욱 그렇다.

김팔봉은 <戰爭文學의 方向>[18]이란 글에서 대한의 문학방향과의 관련에서 현상과 가능성에 대하여 아래와 같이 말하고 있다.

첫째, 공산주의사상의 비합리성, 허위성을 폭로하고 모순을 지적하여 독자를 그런 기만에서 격리하고 그 사상의 기계적, 공식적 체계를 격파해야 된다.

둘째, 퇴폐적인 경향의 완전 해탈이다. 장기화된 전쟁에서 오는 세기말적 비애, 고민, 절망 등을 초월한 작품을 그려야 한다.

셋째, 光明을 수반하는 희망적인 문학으로 생활고의 온갖 시련을 극복한 강인함을 구현하는 문학이어야 한다.

넷째, 가장 중요한 문제로 인간성의 부활과 개조의 문제를 들고 있다.

다섯째, 조국애, 동포애, 전우애가 골자가 되는 문학이어야 한다.

이상은 김팔봉 개인의 견해로 전쟁을 소재로 했을 때의 바람직한 전쟁문학의 방향을 지적한 것이다. ≪월남전후≫는 전쟁에 직접 참여해서 전쟁을 겪은 소설은 아니지만 위에서 말한 전쟁문학의 특성이 나타나 있어 해방직

---

18) 김팔봉, '戰爭文學의 方向',≪戰線文學≫第3輯, 1953, 59 - 63쪽 참고.

후 제2차대전의 간접체험을 사건전개에서 인지할 수 있다. 반복되는 것은 약소민족의 해방을 구실로 영·미에 가담하여 이미 해방된 함북 전지역을 일본에 대해 발언권을 얻기 위해 폭격을 자행하는 소련의 만행이다. 로스께의 횡포가 미인탈취, 민가습격, 귀금품약탈 등 소련군의 북한지역 진주가 해방 후 혼란을 더욱 가중시키는 요인으로 나타나고 있다.

> 소련병이 탔던 기차 속에서 묘령여자의 시체가 나타나고 신랑·신부가 함께 트럭을 타고 가다가 신부를 빼앗긴 일도 드문 일은 아니었던 것이다. 밤중에 민가를 습격하는 만행과 가축과 귀중품의 약탈 등, 소련병의 만행에 병행하여, 어디서 언제부터의 주의자(主義者)들인지, 김동무 박동무의 급작스런 공산패들의 호송도 가관이었다.[19]

그러나 미군에 대한 작중화자의 이미지는 자못 긍정적이다. 미군이 무지하다고 하는 것은 북한의 잘못된 정보라고 지적할 만큼 미군은 구원자로 비쳐지고 있다.

다음 패망한 일본패잔병 및 일인 가족들의 상황이 반복, 묘사되고 있다.

> 만주로부터, 국경지대의 일인도 합세하고 중간중간에서도 가담해서 끝이 없는 대열을 이루어 지척거리며 남으로 밀려가고들 있었다. 때묻은 옷에 무거운 발걸음, 파리한 얼굴에 생기를 잃은 눈동자들…… 그것은 산 사람의 행렬이 아니라 유령의 그것들이었다.[20]

쓰레기를 뒤져서 밥 찌꺼기를 주워 먹거나 장작을 훔치는 일인 가족들의 모습을 '나'는 전쟁의 부질부질함을 절감하는 연민의 시각에서 보고 있다. 해방직후의 혼란상황이 배경묘사와 작중인물들의 행위에서 리얼하게 나타

---

19) 앞의 책, 348쪽.
20) 위의 책, 346쪽.

나 있다.

> 창자가 터진 소가 네발을 거꾸로 치켜들고 썩어 가고 있었다. 그뿐이 아
> 니었다. 개·돼지·닭들도 수없이 썩고 있었다. 악취가 코를 찔러 더 걸을
> 수 없을 것 같았다. 내 발걸음은 헝클어지고 머리가 어찔어찔해서 먹은 것
> 없이 토할 것만 같았다.[21]

황폐화된 함경북도 고향의 참상이 남한에서는 볼 수 없는 전쟁 파괴상황
으로 묘사되고 있다. 여기에 해방 혼란기의 사회·정치·문화의 무질서 현
상이 일본인 적산가옥의 무단점유[22], 원칙도 없이 서양인 이름의 책이면 무
조건 몰수하는 정책 수행, 문패만 먼저 붙이면 자기의 소유가 되는 상황,
정확한 심문절차와 검증도 없이 즉석재판을 통해 자행되는 총살행위 및 고
문행위 등 일제식민 시대보다 오히려 해방직후가 무질서와 정치부재로 혼
탁한 상황을 그대로 드러내고 있다. 특히 정치, 치안의 부재는 심판자의 느
낌에 따라 인간의 목숨이 경각에 달리는 비극적 상황을 초래한다.

> 짐이 너무 없는데 도리혀 疑心을 냈던지 保安隊員은 손을 내밀라고 했
> 다. 손을 내밀었더니 손바닥을 만져보고는 「日本놈 덕택에 잘 살았구만
> ―」 하고 반말질을 했다. 空氣가 이상스러웠다. 그래서 아모말도 못하고
> 눈치만 차리고 있으려니 「내 손을 봐―農民은 얼마나 고생을 했나―무
> 엇 때문에 滿洲에서 나오는 거야 이 카메라는 뭐구?」 하며 딱딱거리었다.
> 對答할 말이 없었다. 罪人取扱을 받는 자리에 서있다는 것을 깨달았기 때
> 문이었다. 「스파이질하러 나오는 거지?」 이렇게 물을 때, 나는 어이가 없
> 을 뿐이었다. 누구의 스파이 노릇을 한다는 말인가. 「아니오」 無知에는 反
> 抗할 길이 없다. 「잔소리 말아―」 日帝時 警官과 꼭같은 威嚴과 抑壓을

---

21) 위의 책, 336쪽.
22) 金極天의 (≪우리공론≫창간호, 1947. 4) 「日人家屋을 싸고도는 問題」를 보면 동네 치
　　안을 돕는 자위대까지도 이런 일에 한 몫을 했다고 한다.

보이려했다. 아니 口帝때보다도 더 무서웠다. 銃을 멘 조선사람은 法으로
處斷을 하는 것이 아니라 銃으로 處斷하기 때문에 —23)

　위의 인용은 작가 박영준의 실제 체험담으로 해방직후 혼란에서 초래하
는 공포분위기를 그대로 나타내 주고 있다. ≪월남전후≫ 역시 위의 실제
체험기와 유사한 분위기 상황을 나타내고 있으나 여성작가 특유의 모성애
가 작중화자이며 주인공인 '나'를 통해 작품전체를 지배하고 있어서 글 읽
는 사람에게 끈질긴 생명력과 생명애를 느끼게 한다. 그 생명력은 '나'의
어머니를 비롯한 가족에서부터 강렬하게 감지된다.

　　어머니와 올케가 그 폭격당한 빈 터를 향해 걸어가시던 모습은 그대로
　생활 전사의 그것이었다. 몇 달 전 역전에 있는 철도 병원에서, 한쪽만 남
　은 다리를 마저 잘라버린 오빠 앞에서도 눈물을 안 보이시던 어머니였다.
　그때 병원에서는 내가 간호하고 있었는데, 무릎아래 겨우 십센티만 남기고
　자른 오빠의 무거운 다리를 종이에 싼 것을 붙안고 집으로 가시던 어머니
　의 뒷모양을 또한 상기하고, 나는 그 자리에 선 채, 하염없이 시야가 흐렸
　다. 어머니는 어떠한 경우에든지 일손을 놓지 않으셨다. 아무리 못 참을 경
　우라도 그야말로 몸을 가루로 만들다시피 움직이시는 것이었다. 그것이 어
　머니의 인생철학이요, 신념이었다.24)

　위에 예시한 어머니의 의연한 모습은 두 다리를 잃고 앉은뱅이가 되었어
도 제이의 서술자라 할 수 있는 독자의 입장에서 처참하게 느껴지지 않는
오빠의 모습과 맥을 같이 한다. 황무지에서 폐허를 딛고 서는 가족들의 모
습에서 '나'는 살아야 한다는 강한 생명력과 생존의식을 더욱 절감한다. 혼
란의 와중에서 어린 생명을 잉태한 올케의 산실을 떠나고 싶지 않은 '나'의

---

23) 박영준, 「두 國境과 두 死線」,≪國民文學≫22輯, 5月號, 1950, 157쪽.
24) 임옥인, 앞의 책, 341 - 342쪽.

마음이 바로 모든 역경과 고비를 넘길 수 있는 원동력이다. 모성은 생명부여 원리이며 여성의 본질이며 신성한 것이다. 죠세핀 도노번이 여성을 생명부여력과 관련되며 생명긍정 평화주의, 창조적인 세계관으로 인도하는 특수한 체험과 능력을 소유하고 있다고 주장한 것처럼[25] '나'의 생존의식은 폐허화된 빈 벌판에서도 삶의 의욕을 견지하는 어머니의 생긍정의식과 궤를 같이 하는 것이다. 어머니와 '나' 두 인물의 모성적, 원초적, 이타적, 협동적 유연성이 해방직후의 무질서와 대혼란을 삶에 대한 본능적 에네르기로 감싸고 있는 분위기이다. 이것은 가부장제도하의 남성지배의식에 대한 남성우위성의 해체라는 의도적인 시각이 아니다. 이것을 크리스테바식으로 얘기한다면 아버지의 법이 지배하는 상징계 이전의 원초적인 어머니의 것 '코라'(Chora) 바로 그것이다. ≪월남전후≫의 '나'의 현상태는 비록 월남하여 밀려난 상황에 놓여 있으나 북쪽에서의 '나'의 담화는 변두리 밖에 존재하는 것이 아니라 중심으로 이동하는 상태이다. 시대의 카오스는 오히려 모성적 이데올로기에 의해 지배되는 선사시대의 모권중심 세계로 회귀하는 계기가 된다. 여기에 보살핌과 양육, 교육행위가 매개체가 되어 모권체적 유토피아로 회귀하게 되는 것이다.

5. '자매텍스트'로서의 의미

≪월남전후≫는 ≪日常의 冒險≫, ≪防風林≫의 3부작 중 1부작으로 작가 자신이 언급한 것처럼 임옥인의 최초의 장편이며 대표작이다. 임옥인은 「문학과 신앙의 생애」[26]에서 ≪월남전후≫를 민족분단의 피바람 속에서 작

---

25) 죠세핀 도노번/김익두·이월영 옮김, 페미니즘이론, 文藝出版社, 1993. 80 - 81쪽.
26) ≪현대문학≫27권 11호, 1981. 11.

가이며 교사였던 한 젊은 여성이 어떻게 시달리고 울고 살아 왔는가를 수기체로 엮은 것으로 사소설적 요소를 지니지만 작가의 체험이나 심경을 한정된 시야에서 파악하고 표현하는 한계성을 극복하고 자기 혼자만의 심상이 아닌 타인들의 행동도 흡수해서 폭넓은 고향시를 이룬 사회소설적 수기소설을 지향해 본 것이라고 명시하였다. 실제로 임옥인의 「나의 이력서」[27] 중 제 4장 「해방 그리고 월남」 항목을 보면 길주역전의 어머니와 앉은뱅이 오빠, 만삭올케, 야학학생 갑산색시, 치안대장이 된 고종동생, 임옥인을 감시했던 여맹원들, 월남결심을 도와준 여고선배 현옥숙여사와 정신적 지주였던 길주교회 권성호목사 등이 소설 속의 작중인물과 그대로 일치한다. 해방직후부터 월남하기까지의 북쪽 상황이 소련군의 만행, 일본패잔병 상황, 길주역전과 도화동 시골집의 피난생활 실상, 大퓸川가정여학교 설립과 야학열기 등의 작자의 직접체험으로 소설에 반영되어 있어서 마치 르포르타주의 논픽션을 읽고 있는 것 같다.

사소설이란 용어는 비교문학적인 시각에서 볼 때 일본의 明治期부터 낭만적 개인의 발견에서 자전적 문학인 工노벨이 등장하면서부터였다. 사소설은 사전적인 관점에서 자연주의와 낭만주의의 병존현상 속에 진정한 자아를 발견한 자아가 자기표현에 만족하는 하나의 형식으로 수필적 요소도 가미한 즉 작가의 내면과 신변사건묘사의 수기적 소설로 알려져 있다. 본격적으로 작가의 신변잡기적 소설이 유행하기 시작한 것은 大正期인 1920년 무렵부터로 유럽문학의 '나'가 19세기 부르죠아 사회와 결연하게 대립하는 사회화한 나인데 비하여 일본의 사소설은 작가의 내면이나 신변사건을 묘사하는 수기적 소설에 가깝다.

임옥인의 ≪월남전후≫는 작가가 앞에서 언급한 것처럼 기존의 사소설

---

27) 임옥인, 나의 이력서, 앞의 책, 86 - 99쪽 참고.

통례를 깨는 의미에서 시도한 작품으로 오히려 유럽쪽에 가까우며 그것은 19세기 부르죠아 사회와 대결하는 '나'라기보다 反마르크스주의자로서의 사회적인 '나'를 표현하고 있다.

에보트[28]는 자서전이 문학적인 다큐멘터리 중 형식에서 가장 포착하기 어려운 장르라고 전제하고 자서전의 근본성격을 자아확대, 변호행위, 자아 방어행위 등 자아를 위한 어떤 행위로 보았다. 또한 자서전은 독자에게 자전적 반응을 불러 일으키며 작가에게는 픽션에서 자유롭게 형식의 다양성을 추구하게 하는 것이라고 하였다. 또한 자서전을 소설과 비교해 볼 때 소설은 필연성있는 완성된 결말을 중시하며 시간이나 역사, 작가 생애에서 자유로울 수 있으나 자서전은 픽션이나 역사처럼 결말을 맺는 것이 아니라 담화행위를 목적으로 하고 작가와 주체의 아이덴티티의 추구이므로 담화를 허구행위보다 시간이나 인생에 접맥시켜야 한다고 하였다.

≪월남전후≫는 실상 작가가 명시했듯이 자전적, 사소설적, 사회수기소설이라고 했으나 해방직후의 북쪽 참상이 마치 기록영화식 다큐멘터리 성격을 강하게 지니기 때문에 독자가 텍스트를 읽어 가면서 작가와 이야기 인식을 같이하게 되어 독자 나름의 창조적 비판이 떨어지는 텍스트라 볼 수 있다. 또한 주체의 정체성추구 문제나 사회적인 '나'의 현실대응인식, 형식의 특성면에서 장르비평적 부담을 지니게 되는 작품이다.

임옥인은 문학을 윤리, 도덕, 종교와의 조화로 생각하고 문학의 기능을 효용론적 관점에서 독자에게 계몽적·교육적 차원의 영향을 줄 수 있어야 한다고 생각했다. 또한 작품은 작가 자신의 자전적 체험이 산 소재가 된 사

---

28) H.Porter Abbott, *Autobiography, Autography, Fiction : Ground Work for a Taxonomy of Textual Categories*(New Literary History, (N.3, Spring, 1988), 597 - 613쪽 참고. 프라이는 자서전을 소설의 세분화의 하위장르로, J. 멘델은 다른 문학과 변별력을 갖는 문학으로, P.de 만은 장르나 모드가 아닌 읽기 글자로, G.메이는 장르, 형식, 스타일, 언어도 아닌 문학적 태도라고 예시할만큼 자서전은 사전적 정의를 내리기가 어렵다고 하였다.

소설 형식이 가장 바람직스럽다고 그의 창작노트에서 밝힌 바 있다. 그런 의미에서 ≪월남전후≫는 그의 문학창작 생활에 모태가 되어 온 '교육·문학·신앙의 3박자'를 그대로 보여준 장편이다. 화자이며 작중 주인공인 '나'를 정점으로 구성이 더욱 단일하게 전개된 이유도 작가가 계몽의식 고취에 우위성을 두었기 때문이다. 함경북도 고향이란 한정된 공간에 비하여 인물이 많이 등장하면서도 시점이 다각적으로 분산되지 않고 '나'의 제우스적 시점으로 일관되어 '나'란 인물이 작가 임옥인의 가면이라는 것을 쉽게 인식할 수 있다. 인물 역시 민주주의자, 공산주의자가 긍정, 부정의 양극단으로 쉽게 나뉘어질 수 있는 것도 관념적 시점과의 관련에서 설명될 수 있다. 특히 글쓴이의 위치와 읽는이의 위치가 일치되는 분위기를 작품의 서두에서 결말까지 느끼게 되는 것은 '나'의 모권체적 어조 때문이다. 그러나 끈질긴 생명력과 생명애, 이타적 유연성, 그러면서도 정신적 투쟁의식이 해방혼란기의 불모를 풍요롭게 한다. 대모신적 이미지가 폐허 속에서도 생존의식을 상실하지 않는 '나'의 어머니와 '나'에게 그대로 투영된다. 모권은 폐허화된 삶의 근원적 원동력이며 에네르기이다. 해방의 혼란과 무질서는 작가 임옥인에게 잠재적인 모권으로의 회귀 또는 발현의 계기를 주었다. 이런 성격은 여성작가 특유의 어조로 해방기에 같이 활발하게 활동을 했던 최정희의 작품29)과도 '자매텍스트'의 면모를 보인다. 해방기에 활동한 여류문인 즉 장덕조, 손소희 등과 함께 일반문학적 관점에서 해방기의 대표작품을 대상으로 비교, 분석해 보는 연구를 다음의 과제로 넘긴다.

---

29) 전혜자, 母權에의 유토피아 지향 - 해방기 최정희 소설연구, 淑大語文論集, 第4輯, 1994.8.

고구려기질과 로만적 정념의 하모니

- 손소희의 ≪南風≫연구 -

1. 대륙성과 낭만성의 也堂

손소희는 임옥인, 한무숙, 최정희, 윤금숙, 강신재 등과 함께 1940년대 후반기부터 왕성한 작품활동을 시작하여 1987년 작고하기까지 소설집 19, 장편 18편, 단편 78편, 수필집 3, 평론집 8, 그 외『한국문단 인간사』란 산문집을 남겼다.[1] 也堂손소희는 '여성문학의 대모'[2]로서 1917년 함북 경성군 어랑면 소북리 마을에서 대지주 손명주와 이직단여사의 6남매 중 막내로 태어나 양친에게서 기독교정신과 진취적 개화인 기질 및 적극적이고 활동적인 성격을 이어 받았다. 동화작가 김요섭은[3] 손소희를 '대고구려주의자로 굵은 성격과 폭발적 감정의 불꽃'으로 '여걸마매'[4]란 소리를 들을 정도라고 말했는데 그것은 곧 홍윤숙이[5] 손소희를 대범하고 두령기질이 농후하다고 말한 것과 일맥상통한다고 보겠다.

손소희는 약관 19세에 일본유학을 할 만큼 진취적인 개성을 지녔으며 22

---

1) 아세아문화사의 「한국현대문인대사전」(1991, 권영민편)에 의한 것임.
2) 『현대문학』 1987.2. 작가손소희 추모특집, 「也堂素描」, 53쪽.
3) 손소희문학전집11권, 나남, 1989, 399 - 401쪽.
4) 여걸할머니란 뜻임.
5) 손소희문학전집2권, 앞의 책, 422쪽.

세의 어린 나이로 만선일보 문화부에 근무해서 만주 조선인 문단의 일원으로서 맹활약을 하였다. 손소희를 말하는 대다수의 평론가들이 也堂을 스케일이 큰 작가로 말하는 것도 주로 북만주대륙을 소설의 배경으로 활용하기 때문이다. 그래서 그를 여성적 柔弱性을 초극한 작가[6]라고도 한다. 특히 야당의 그런 면은 어머니와의 관계를 보면 더욱 확연해 진다. 손소희의 제2 수필집인 <太陽의 分身들>에 의하면[7] 어머니의 별명은 영웅으로 대범하고 도량이 넓으며 정의감이 강해서 시비를 가리는데 주저하지 않았다는 것이다. 또한 글읽기를 무척 좋아했고 기억력이 출중해서 시나 시인이름을 손쉽게 외웠으며 보통 남자가 할 수 있는 일을 잘 해내어 국회의원감이라는 애기를 들으면서도 정에 약해서 남에게 후한 인정을 베푸는데 인색하지 않았다.[8]

홍윤숙은 손소희에 대해서 이렇게 말한다.[9]

> 선생은 매우 강한 개성의 소유자이다. 내가 선생에게 작품다음으로 관심을 갖게 된 것도 그 강한 개성 때문이다. 특히 중년 이후의 선생은 이른바 여성적인 부드러움이나 상냥함, 매끄럽고 세련되고 은근함과는 거리가 먼 분이었다. 거리낌없이 담대하고 희쾌하며 남성적으로 선이 굵다. 누구앞에서나 직언을 서슴치 않으며 천성적으로 교언영색을 못하는 직선적인 성격이다. 때로 천진난만하고 때로 천의무봉한 천심의 자연인이다.

북방적기질과 후천적으로 강한 자부심, 저돌적 천성, 정의감 등은 특히 모친에게서 물려받은 것이며 불타는 문학열은 현실의 부조리를 직시하는

---

6) 이인복, 「죽음을 해명하는 발돋음」, 『문학과 구원의 문제』, 숙명여자대학교출판부, 1982, 133쪽.
7) 손소희수필집, <太陽의 分身들>, 문예창작사, 1978, 236쪽.
8) 앞의 책, 236쪽.
9) 『동서문학』, 통권151호, 1987.2. 57쪽.

사회의식을 도출시켰을 뿐만 아니라 로맨티스트로서의 정념을 표출하는데 원동력이 되었다. 오학영이 손소희를 '여성취향의 문학적 주제와 용어 등에서 벗어난 작가'[10]라고 한 것도 바로 야당을 이런 시각에서 보기 때문이라고 생각된다.

손소희의 작가의식은 한마디로 비판적 사회의식과 대륙적 기질에서 오는 낭만적 정념이라고 볼 수 있다. 그러나 그의 중년기 대표적 장편인 ≪남풍≫은 식민시대를 배경으로 하면서도 시대풍속을 그림에는 세밀한데 비하여 현실고발이나 비판의식은 결여되어 있다. 그것은 ≪남풍≫이 주인공 진세영과 최남희의 사랑의 결실에 초점을 두었기 때문이다. 두 남녀의 만남과 헤어짐이 반복되어서 남희의 단식과 정신병이란 통과의례를 거쳐서 이루어지는 사랑이 초점화가 되므로 역사의식이나 비판의식은 글을 읽는 이들에게 주변적으로 읽혀진다. 그러므로 ≪남풍≫의 주제의식이라고 할 수 있는 기존전통에 대한 저항 역시 스토리의 표층적 구조에서 주변적 요소로 읽혀진다. 또한 진취적 진보적·문학관을 지닌 야당이 여성인물설정에 있어서도 두드러진 개성을 지닌 여성인물을 설정하지 않은 것 역시 독자의 시선을 두 남녀의 로맨스 자체에 고착시키기 위한 것이라고 생각된다.

소설의 본질은 이야기내용 그 자체이며 또한 이야기하는 방법 즉 기술에 있기 때문에 소설이 모더니즘적인 전위기교를 의식적으로 원용하지 않는다면 독자들의 관심은 소설의 내용 이야기에 집중될 수밖에 없다. 최근 소설 연구가 구조시학적 방법에서 행해지고 있는 것을 요약해서 말한다면 형식을 내용의 결과로 파악하고 형식의 형상화가 주제의식과 일맥상통한다는 관점이라 볼 수 있다.

레나드 다비드는 소설을 이야기와 관련해서 세 그룹으로 나눈다.[11]

---

10)『월간문학』 216호, 1987.2. 36쪽.
11) Lennard David, *Novels and Fiction*(Methuen, 1987), 197쪽.

첫째, 실제 실용적인 목적에서 텍스트를 개연성, 사건, 인지, 무지, 선과 惡 式의 씨리즈로 보는 관점으로 소위 아리스토틀적인 시각을 지칭한다. R. S. 크레인, N. 프리드맨, 쉬카고대학 영문학부그룹이 이에 속한다.

둘째, 러시안 포말리스트 그룹으로 V. 프로프, A. J. 그리마스, C. 브레몽, T. 토도로프같은 시각이다. 아리스토틀파가 구성의 유니티를 강조하고 개별적 요소의 조화있는 상호작용을 중시하는데 비하여 실제 모든 서사에 보편적으로 적용될 수 있는 구성요소의 문법을 만들려고 노력한다. 즉 언어학자가 문장을 기술하는 것처럼 스토리를 기술하는 방법을 발견하려고 시도하는 것이다.

셋째, 텍스트보다 독자의 반응에 접근하는 방향이다. R. 바르트, W.이저, S. 피쉬같은 방법을 말한다. 이야기단위나 표현양식에 중점을 두는 것이 아니고 독자가 읽는 과정에서 독자의 변화하는 기대에 초점을 두는 것이다. 모든 독서는 마치 독자가 소설의 주인공인 것처럼 다른 이야기를 창조하기 때문이다.

위의 세 그룹 중 둘째와 셋째의 경우가 최근 소설연구에서 핵심적인 방법으로 대두되는 바, 스토리로서의 서사와 담론으로서의 서사분석이 스토리와 서술하기, 읽기와의 관계에서 연구되고 있다. 장편소설의 경우, 구조시학적 측면에서의 소설분석이 단편소설보다 난해할 것 같지만 실제 서사적 형식과 사건, 인물, 배경적 요소들을 전체 구조 속에서 분석, 파악하는데는 바람직한 방법이라고 생각된다.

본고는 이미 발표한 바 있는 최정희[12], 임옥인[13] 장편소설연구의 후속연구로 손소희의 초기장편 《남풍》을 대상으로 해서 표층구조를 심층구조와의 관계에서 살펴보고 이야기속도의 가속과 감속, 단일한 스토리에 대한 빈

---

12) 숙대어문논총 제4집(1994.8)에 실린 「모권에의 유토피아지향」.
13) 현대소설연구 제7호(1997.12)에 실린 「'코라'로의 회귀 - <월남전후론>」.

도 및 초점화, 그 외 인물과 배경의 서사적 특성에 대해서 논하는데 그 의
미를 두고자 한다.

　평소 장편소설 연구방법론에 대해서 무척 회의적이었기 때문에 본고의
방법 역시 장편소설연구에 얼마나 적합할 지 불투명하지만 소설의 서사형
식을 통해서 의미론적 특성도 얻을 수 있다는 예상하에 본 연구를 시도해
보고자 한다. 본 논문에서 종합적으로 참고한 이론서는 S. 채트먼의 「이야
기와 談論」[14], B. 우스펜스키의 「소설구성의 시학」[15], S. R. 케넌의 「소설
의 시학」[16], G, 프랭스의 「서사학」[17], G. 즈네뜨의 「서사담론」[18], M. 발의
「소설이란 무엇인가」[19] 등임을 밝혀 두는 바이다.

2. 로고스중심주의적 엮어가기

　《남풍》은 작가 자신이 '나의 것', '나의 대표작'[20]이라고 언급할 만큼
손소희의 중년기 대표적 장편으로 1963년 당시 을유문화사 기획물로 석 달
만에 걸쳐 쓴 전작이다. 또한 이 작품은 1964년 5월 문예상을 수상할 정도
로 출판계와 비평계에서도 손소희의 대표작으로 거론된 소설이다. 일제시
대부터 해방, 6·25동란, 1·4후퇴 남하에 이르기까지 시대인식이나 역사
의식이 충분히 나타날 수 있는 배경을 취하고 있으나 실제 서사구조 속에
나타나는 진정한 의미소는 리얼리즘에 근거한 역사의식 구현보다 두 남녀

---

14) 김경수옮김, 현대소설사, 1992.
15) 한용환 옮김, 고려원, 1991.
16) 최상규 역, 문학과 지성사, 1987.
17) 최상규 역, 문학과 지성사, 1988.
18) 권택영 옮김, 교보문고, 1992.
19) 성충훈·송병선 옮김, 울산대출판부, 1998.
20) 손소희수필집, <太陽의 분신들>, 문예창작사, 1978, 307쪽.

주인공 진세영과 최남희의 사랑의 운명적인 좌절과 성취의 역정으로 정념적인 사랑에 초점을 둔 소설이라고 보겠다. 작가에 의하면[21] "≪남풍≫은 구한말의 인습이 지배하는 마을에서 背德者의 손에 제물이 된 어머니의 屍身이 억울하게 태형을 당했듯이 억울하게 일제에 태형을 당하는 사람을 목격한 김세영을 그들에 의해 다시 사랑을 잃아야 했고, 최치만씨 일가는 해방을 맞아 인습대로 살아온 죄값을 치르게 되고 6·25를 겪는, 대충 그러한 이야기다"라고 했는데 말하자면 인습고수와 인습에 희생된 여인과 그것에 고통받는 자식들의 사랑의 이야기라는 것이다. 그러나 ≪남풍≫은 이야기의 엮음에서 여주인공 최남희의 고통보다 진세영이 사랑을 얻기까지의 고난과정에 초점이 주어져 있으므로 구성방식에서 진세영이 초점화자가 되어 가부장적 가치체계하의 인습고수가 절대권력으로 존재하는 맥락을 보여주고 있다.[22]

≪남풍≫은 5장으로 구성되어 있으며 1장은 8단락, 2장은 7, 3장은 6, 4장은 6, 5장은 9단락으로 총 5장 36단락으로 짜여져 있다. 표층구조는 의사가 되어 고향에 돌아온 진세영이 소꿉친구였던 최남희를 역 앞에서 만나는 장면부터 시작하여 숙명적인 시련 끝에 십 여 년 후 결합하여 남하하는 것으로 결말을 내리지만, 실제 이야기시간은 어린 소년시절에 대한 향수와 충격이 외적 소급제시로 반복적으로 회상되어 삼십 여년 간의 시간이 대상이 된다.

1장부터 5장까지 핵기능적 요소를 정리해 보는 것이 순서일 것 같다.

1장 10년 만에 귀향한 세영이 남희와의 결혼요청을 남희 부친 최치만에게 거부당하고 남희는 부친이 정혼한 이상준과 결혼함.

---

21) 손소희수필집, 앞의 책, 307쪽.
22) 팸 모리스 지음·강희원 옮김, 『문학과 페미니즘』 문예출판사, 1997, 197쪽. 이런 경우를 자끄 라깡은 '가부장적 언어 펠러스중심주의'라고 한다.

2장 페스트가 창궐하는 신경역에서 세영은 밀수혐의로 헌병대로 끌려간 남편의 뒷바라지를 위해 온 남희를 우연히 만남.

3장 주을 온천에 휴양 간 세영이 남편 따라 휴양 온 남희를 다시 만남.

4장 남희의 실성과 이혼, 상준의 재혼 그리고 세영의 주변사람으로부터의 결혼권유.

5장 세영과 남희가 결혼한 후 남하 중 남희는 폭격으로 정상을 되찾고 세영은 청각장애자가 됨.

다음 1장부터 5장까지 서사적 진로를 정상적으로 진행하는 주변사건들을 통해 좀 더 구체적으로 정리해 보자.

1장 ① 10년 만에 귀향한 진세영이 최남희에게 구혼함.

② 세영이 남희 부친 최치만에게 열악한 가문 문제로 청혼을 거부당함.

③ 최치만이 종가종손 상준과의 혼사를 남희에게 일방적으로 통고함.

④ 세영이 남희에게 상준과의 결혼예정 파기 권유.

⑤ 세영 신경 병원으로 떠남.

⑥ 세영의 남희와의 청혼 허락청탁편지를 보고 최치만이 격분하여 남희의 결혼강요.

⑦ 남희 단식 실패, 결혼 후 동경에서 신접살림.

⑧ 상준의 병으로 남희 상준과 같이 귀국.

위 ① - ⑧에 걸쳐서 세영의 집터인 돌각담의 원귀와 세영의 생모의 정과 숫댁의 자살 및 최치만이 그 시체를 태형한 사건 그리고 세영과 남희의 아름다운 소꿉시절의 회상이 서로 얽혀 반복해서 외적소급제시되며 5장까지 라이트 모티프로 등장하여 세영과 남희의 결합의 장애요인으로 스토리진행을 정지시키면서 반복된다. 장편임에도 불구하고 ① - ⑧이 씬으로 처리되고 어린시절의 회상 역시 장면으로 처리되어 서술단위와 허구단위의 일치를 보여주는 효과를 낸다. 또한 식민시대의 반일감정이 주로 조선인과 일본인의 가족관계 결연 결과를 통해서 제시되는데 이는 어디까지나 곁가지로서 보조기능을 띨 뿐이다.

2장 ① 간호원 미다 아끼꼬의 세영에로의 접근
     ② 환자 조카 김옥숙과의 만남
     ③ 오까 유리꼬의 세영에게로의 사랑고백
     ④ 아끼꼬의 생모가 한국인임을 세영에게 고백
     ⑤ 세영 페스트방역팀 근무 중 남희 만남
     ⑥ 유리꼬 세영에게 청혼
     ⑦ 세영 남희가 기거하는 집에 찾아 감
     ⑧ 유리꼬 장질부사로 사망
     ⑨ 남희 서울로 떠남
     ⑩ 세영 아끼꼬가 생모를 만나도록 종용
     ⑪ 환자 황인애의 조카딸 김옥숙과 세영의 연결 노력

2장은 주로 세영과 여인들의 만남이 순차적 시간대로 씬을 통해 전개되며 1장처럼 세영의 생모 정과숫댁 태형사건에 대한 회상이 반복되며 또한 반일의식과 병행해서 일본인의 우월의식과 엽전의식 콤플렉쓰가 화자의 목소리를 통해 감지된다.

3장 ① 세영이 주을 온천장에서 선장 주인 딸 미사꼬를 알게 됨
     ② 미사꼬가 세영에게 선장 집터의 원한과 그것을 이용한 안마쟁이

비행 호소

③ 세영이 주을 역에서 남희를 만남

④ 세영이 남희 남편 이상준을 남희로부터 소개를 받음

⑤ 세영이 소경 안마쟁이에게 시달리는 미사꼬를 숨겨 줌

⑥ 남희 오빠 동준이 세영에게 결혼권고

①-⑥의 진행 속에 촉매작용을 하는 모티프는 안마쟁이 접근이 선장 집터의 저주와 관련된 것이라 생각하는데 이것은 세영의 고향집의 돌각담원귀로 인한 저주를 강조하는 것으로 읽혀진다. 또한 어린시절의 소꿉동무 남희와 생모 장례식현장에 대한 외적 소급제시가 반복된다.

4장 ① 남희 실성을 정과수 혼령이 씌운 것이라고 생각하고 최치만은 굿을 함

② 황여사 세영에게 김옥숙과 약혼하길 부탁

③ 남희 큰오빠 동호 집에 기거

④ 상준재혼

⑤ 정과수시체 태형사건으로 죄의식을 느낀 최치만이 남희를 맡아돌봄

4장은 주로 정과수망령의 원귀와 남희의 실성, 태형사건의 충격에서 온동호의 자폐증이 반복모티프로 제시된다.

5장 ① 미다 아끼꼬 폭탄에 맞아 사망

② 세영이 주을에서 외과개원

③ 세영이 남희치료를 신청 그러나 최치만에게 거부 당함

④ 인민재판으로 정과수문제가 폭로되어 세영의 육촌 진우영과 최
  치만이 정과수와의 불륜과 관계됐음이 알려지면서 최치만은 자살함
⑤ 세영 남희와 결혼
⑥ 피난길 폭탄으로 남희는 정상을 되찾고 세영은 청각장애 그러나
  트럭 동승의 희망을 걸고 남풍을 찾아 남하

　결국 ≪남풍≫은 1장에서 5장까지 298페이지에 걸쳐 무대를 만주 대륙
까지 펼친 스케일이 장대한 장편이지만 핵사건은 두 주인공의 만남과 헤어
짐의 반복교차[23]에서 영원한 결합을 맺고 평화로운 남풍을 찾아 길을 떠나
는 스토리라고 볼 수 있다. 핵기능을 두 연인의 결합이 간난을 거쳐서 이루
어지는 정념적인 사랑이라고 보는 것도 바로 이런 이유에서이다. 또한 ≪남
풍≫은 대개의 장편소설이 그렇듯이 3인칭 외적 초점화이지만 1장부터 5장
까지 초점화자가 진세영이 되어 남희를 위시해서 주변인물을 보고 있다는
느낌을 강하게 받는다. 그만큼 텍스트자체가 세영을 주축으로 해서 사건이
전개되기 때문이다. 세영과 최치만일가와의 관계와 주변을 둘러싼 여인들
과의 접촉 등이 두 주인공의 어린시절 회상과 정과숫댁의 태형사건의 회상
만 제외하고는 스토리에서 나타난 시간순서를 건너 뛰면서 텍스트시간의
흐름에 일치한다. 세영의 생모 정과숫댁 시체태형사건은 기본서사 밖의 사
건이지만 두 주인공의 사랑이 위기에 처하게 되는 결정적인 기능으로 반복
되면서 독자의 궁금증을 유발시킨다.
　정과수사건은 1장에서 남희가 부친의 방을 청소하다가 우연히 발견한 제
문에서 남희가 어렸을 때 불륜사건으로 비상먹고 자살한 정과수댁의 장례

---

23) 方英仲는 「남풍의 모티프구성론」(국어국문학110,1993.12) 에서 두 주인공의 만남과 헤
　　어짐의 모티프구성을 춘향전과 비슷한 전개과정이란 측면에서 연구한 바 있으나 소설에
　　서 사랑을 주제로 만나고 헤어짐이 춘향전 뿐이겠는가 하는 일반문학적인 관점에서 합리
　　성 문제를 고려해야 된다고 생각한다.

식을 연상하는 장면에서부터 등장되기 시작한다. 2장에서 세영은 자신의
주변에 모여드는 여성들을 볼 적 마다 어머니사건을 반복해서 떠올린다. 3
장의 경우, 죽은 혼령과 관련해서 터귀신이야기에 시달리는 선장 딸 미사꼬
의 등장이 정과수 혼령문제와 병행한다. 그러나 미사꼬의 터귀신문제는 주
술적인 요소와 관계없이 해결됨으로써 혼령이 남희에게 씌웠다는 이야기와
대조를 보여준다. 4장에서 최치만은 남희의 실성을 정과수혼령의 원망이라
생각하고 시체에 태형을 하게 한 자신의 죄값을 치르기 위해 남희를 돌본
다. 또한 부친의 잘못된 행위에 대한 저항에서 반벙어리가 된 큰아들 동호
에게도 심한 죄의식을 갖는다. 5장에서 인민재판을 통해 정과수사건이 명
백하게 드러난다. 그 불륜이 최치만과 세영의 육촌형과의 관계임이 드러나
기까지 독자와 서술자의 인내가 의식되고 특히 독자를 놀라게 하려는 작자
의 음모(?)가 비교적 어설프지 않다.

　또한 《남풍》은 전개과정에서 반일감정과 엽전의식이 교차해서 남녀관
계나 국제결혼을 한 부부관계를 통해 계속 나타나고 있다. 조선인 신병환과
일본여자 후찌꼬, 조선여자 황인애와 미다, 세영과 미다 아끼꼬 및 오까 유
리꼬와의 관계가 장면보여주기에서 주로 대화를 통해 나타난다. 일본인을
부친으로 두고 조선인 생모를 둔 미다 아끼꼬의 경우, 조선인의 피가 섞인
것에 대한 열등의식이 세영과의 대화 속에서 반복하여 드러나고 있다.

　　"아버지가 못견디게 미웠어요.그것은 아버지만 알고 있을 비밀이어야
　했어요. 죽었다고 생각한 어머니를, 만날 수 있다는 기쁨은 고사하고 죄인
　이 되어 현재 앉아 있는 우월한 자리에서 끌려 내려가는 듯한 비참한 감정
　을 아버지가 강요하는 것이라고 생각할 수 밖에 없었어요. 저의 몸속에 조
　선사람의 피가 섞여 있다고는 죽어도 생각하기가 싫었어요. 저는 일본인이
　라는 것을 그렇게 자랑으로 생각하고 있었으니까요. 구주(九州)에서도 길
　림에서도 저는 그러한 우월감을 가지고 커왔어요. 현재의 어머니, 저의 계

모가 황씨에 대한 질투 때문에 저에게 그러한 영향을 끼쳐 주었는지는 몰
라요. 그녀는 아버지의 과거를 알고 있었을 테니까"[24]

아끼꼬의 조선인 모멸의식은 작가의 두 번 째 수필집인 <태양의 분신
들>[25]에서 밝힌 것처럼 엽전의식과 겨레수난의 열등의식의 목소리가 작중
인물 미다 아끼꼬를 통해 독자에게 수용된다. 손소희에 의하면 "처진 어깨
와 느린 걸음거리의 한국인의 면모"는 엽전의식의 설음 그대로를 표현하고
있다는 것이다. 인물을 통한 작가의 음성은 앞에서 언급한 바 주로 대화장
치를 이용한다. S. 채트먼은 텍스트상의 의미분석과 관련해 모리스 블랑쇼
의 대화유형의 세가지 구분법을 제안하였다.[26]

첫째, 말로형 대화로 전통적인 소크라테스적의미에서 대화가 순수한 토
론의 기능을 제공하는 것이다. 이 경우, 인물은 이념의 목소리를 높이며 진
리발견을 위해 토론한다.

둘째, 제임스형대화로 한가로운 마음의 담소로 대화를 수행한다. 은밀한
분위기와 숨겨진 비밀을 인물 서로가 이해하고 있는 듯한 대화이다.

셋째, 카프카적 대화로 인물의 대화가 서로 현실성을 지니지 못하고 도
피와 기만의 말로 인물의 상호역할에서 벗어나 실제 대화자들이 아닌 경우
를 말한다.

≪남풍≫의 경우, 반일감정과 조선인 모멸의식이 서로 국적이 다른 남녀
의 인물설정을 통한 열띤 대화를 통해 반복되며 이것은 블랑쇼가 말하는
말로형에 근사하다고 볼 수 있다. 서술자를 대신하는 두 인물의 대화는 쥬
네뜨가 말하는 '이데올로기적 기능'[27]의 의미를 띠고 있으며 작품을 사실

---

24) 孫素熙文學全集1,나남, 1989, 100쪽.
25) 손소희, 위의 책, 80 - 83쪽.
26) S. 채트먼, 앞의 책, 202 - 203쪽.
27) 앞의 책, 「서사담론」, 247쪽.

적으로 만드는 동기를 부여할 뿐 아니라 인물을 통한 간접적인 담론형태이 긴 하지만 서술자의 설명을 사실적으로 정당화시키는 효과적인 담론형식이라고 볼 수 있다. 세영과 아끼꼬의 팽팽한 대립은 서술자 즉 작가의 조선인으로서의 열등의식과 반일의식의 복합적인 갈등양상을 독자들에게 눈치채게 한다.

≪남풍≫은 일제시대부터 6·25동란으로 인한 피난의 역사적 시대를 배경으로 했으나 실상 1장부터 5장까지 서사구조를 분석해 보면 서술자의 역사인식보다 세영과 남희의 숙명적인 사랑의 결실에 초점이 주어져 있음을 알 수 있다. 세영의 모친 정과수댁과 남희의 부친 최치만과의 불륜관계에도 불구하고 두 인물의 정념적인 사랑을 성취시킨 서술행위가 더욱 그것을 입증하고 있다. 또한 소년시절 고향을 떠났다가 의사가 되어 귀향하는 즉시 남희에게 청혼하는 성급함을 정념과 연결시키면 그런대로 합목적성을 가질 수 있으나 어린시절의 기억만을 갖고 있다가 우연히 만난 남희에게 청혼을 하는 것은 필연성이 부족하다. 무작정 떠난 소년이 그 과정의 시간은 넘어 뛴 채 수술외과의로 성공해서 돌아온 허구성은 식민시대를 배경으로 하는 역사의식의 의미를 상실하게 한다. 더욱이 ≪남풍≫은 작가가 8·15 해방 이후 1963년도에 쓴 작품이기 때문에 더욱 그렇다.

A. 크레니는 낭만소설을 두가지 주요목적으로 구성된다고 하였다.[28]

첫째, 강한 이미지를 지닌 남성주인공의 인물설정 즉 남녀주인공의 로맨스와 결혼이 주된 테마로 이 경우, 결혼제도같은 것이 개혁적 플로트로 제시되지는 않으며 사회적 교양, 충실한 성격 등의 문제가 논의의 초점이 된다.

둘째, 로만스구성의 숭배로 현대 로만스에서 로만스 구성 그 자체가 텍

---

28) Anne Cranny‐Francis, *Feminist Fiction*, Polity Press, 1990., 178쪽.

스트의 초점이 되는 것이다.

《남풍》은 그 제목 자체가 개혁적인 구성을 예시하기보다 시련 끝에 바람직한 결말을 독자에게 예상하게 하는 프라이식 로만스 구성으로 내용상 전통파괴라는 느낌은 들지만 실제로 부가장적 결혼관의 해체라는 개혁성을 띠고 있지 않다. 크레니가 언급한 것처럼 두 주인공관계 그 자체가 이야기의 초점이 되었으나 실제 이야기의 엮어가기에서 남성주인공 진세영이 주된 초점화자가 되어 가부장적 가치체계를 일관되게 보여주는 가장 단순한 장편소설의 형태를 지니고 있다.

3. 영웅설정과 '레스보스'의 시작

인물은 소설에서 배경과 같이 경시되어 왔다. 시학 역시 인물은 하나의 행위자 기능으로 취급되었고 구조주의자들 역시 인물을 행위주로서의 기능 측면에서 해석하고 있다. 그러나 소설에서 인물의 존재는 독자들에게 '창조적인 공범자가 되는 하나의 환상'[29]으로 성격화라는 용어 자체가 의미하듯 구조주의적인 요소보다 심리학적 접근이 더 필요한 요소라고 생각된다. 독자는 작중인물을 개성을 지닌 개인으로 생각하기 때문에 프롭이나 그레마스식의 인물기능 역할분류는 현대소설에서 작중인물과 독자와의 감정이입을 파괴한다고 볼 수 있다.

인물에 대한 구조주의적 접근과 심리적인 접근 사이의 갈등을 해소하기 위해서 툴란이 말하는 인물의 의미론적 자질분석[30]을 원용한다면 행위자이면서도 동시에 한 작중인물이란 의미가 되겠다. 미키 발의 경우[31], 행위자

---

29) 마이클 J. 툴란, 앞의 책, 134쪽.
30) 툴란에 의하면 인물에 대한 자질분석방법은 파울러, 미키 발 역시 같은 생각을 갖고 있다
   고 한다.

를 인물의 효과를 야기시키는 변별적 특성을 지닌 행위자로 이해할 때는 행위자란 용어 대신 인물이란 단어를 사용한다. 독자는 독서하는 과정에서 작중인물을 행위자라고 생각하기보다 인물의 자질 즉 인물들의 변별적 특징을 비교, 분석하는데에 초점을 둔다고 생각한다.[32]

≪남풍≫에 등장하는 인물들은 비교적 많지만 주요인물들만 나열해 보면 남자 주인공 진세영, 여자주인공 최남희, 남희의 부친 최치만과 모친 계모 현씨부인, 남희 큰오빠 동호, 둘째오빠 동준, 진세영의 모친 정과수댁, 세영의 육촌형 진우영, 일본인 간호원 미다 아끼꼬와 오까 유리꼬, 미다의 한국인 생모 황인애, 남희의 남편 이상준, 황인애조카 김옥숙, 기무라고등계형사, 동준의 부인 주금련여사, 선장 딸 미사꼬, 신병한과 일인부인 등으로 텍스트상 의미소를 발견할 수 있는 인물들을 중심으로 그 특성을 나열해 보겠다.

1. 진세영 : 고아, K대학 의학부졸업, 외과의사, 관념적, 迷兒형, 침착, 거만, 귀족적, 맑고 결백한, 고독을 혼자 씹는, 플라토닉한 사랑, 모성콤플랙스, 신비론자, 휴매니티, 의지굳건

2. 최남희 : 佳人, 맑고 부드럽고, 서울 유학생, 신비한 광채를 내는 환한 눈과 두꺼운 속눈썹, 그림과 붓글씨가 일품, 플라토닉러브, 석류같은 순정녀

3. 최치만 : 북촌마을과 집안의 어른, 향교장의, 대지주, 기골이 늠름, 긴 수염, 풍채 좋고, 문중족보 중시, 뜨내기꾼천시, 엄벌주의자, 인망있는 인물

4. 최동준 : 교사, 교장, 의협심이 강하고, 현실적응론자, 낙관주의자, 신

---

31) 미키 발, 앞의 책, 136-7쪽.
32) 위의 책, 137쪽에서 참고함.

비론자, 한때 도자기공장을 경영

5. 이상준 : 명치대에서 수학, 일확천금을 꿈꾸는 형, 깡마르고 꼬챙이 같은 몸, 긴 얼굴, 뾰족한 턱, 하얀 빛의 얼굴, 괴짜, 이상한 성격의 소유자

6. 현씨부인 : 어질고 성실, 남편을 상전처럼 섬기고, 소작인들에게 후의를 베풀고 전실자식을 진심으로 돌봄.

7. 최동호 : 지방사범졸업, 말을 잃음, 내성적, 정의감 강하고, 두문불출, 친구도 없고, 한시를 짓고 읊는 것이 취미, 문패와 立春榜 써 주기로 소일, 나막신도 팜.

8. 진우영 : 검고 얇은 입술, 세모눈, 최치만의 소작인, 거무스럽고 음흉한 얼굴

9. 미다 아끼꼬 : 일본인간호원, 플라토닉한 사랑갈구, 납인형스타일, 곧고 결백, 위선과 위세, 고독형, 우월과 오만.

10. 오까 유리꼬 : 일인 간호원, 명랑, 교태, 관능적 사랑추구, 얄팍한 인상.

11. 김옥숙 : 약대졸업, 도립병원 약제사경력, 뾰죽한 턱, 나온 입술, 세모꼴눈, 들어간 미간, 길쭉한 코허리, 굳고 냉정한 표정.

12. 미사꼬 : 깡마른 몸집, 화색없는 조그만 얼굴, 일본여자대가정과 졸업, 터귀신에 시달림.

13. 주금련 : 트레머리신여성, 사상가, 맑은 인상, 긴얼굴, 환각병, 해방 후 부녀동맹에서 일함.

14. 상준시모 : 깡마른 여자, 약한 몸, 공부한 며느리 남희를 달가워하지 않음. 상준의 병을 며느리의 살이 센 것에 이유를 둠.

15. 기무라형사 : 매눈, 간악, 파충류, 자만심, 독소, 일본인 위신대변.

　이상 주인공 진세영을 중심으로 주요 작중인물들의 기본적 자질을 명시
해 본 바, 이들 인물들의 두드러진 특징을 몇가지 특성으로 아래와 같이 요
약해 볼 수 있다.[33]

특성 \ 인물	1	2	3	4	5	6	7	8	9	10	11	12	13	14	15
남성	+	-	+	+	+	-	+	+	-	-	-	-	-	-	+
결혼여부	-	+	+	-	+	+	+	?	-	-	-	-	+	+	?
맑고 곧은	+	+	△	+	-	+	+	-	+	△	-	△	+	-	-
의협심 있는	+	?	+	+	-	+	+	-	△	-	-	△	△	-	-
휴매니티가 있는	+	△	-	+	-	+	+	-	△	?	-	△	△	-	-
깡마르고 뾰족한	-	-	-	-	+	-	-	-	-	-	+	△	-	+	?
내성적	+	+	-	+	△	△	+	-	△	-	-	△	-	△	-
인습적	-	△	+	-	+	+	-	+	+	-	-	+	-	+	?
주술적, 신비적	+	+	+	+	-	+	+	△	△	-	-	+	△	+	-
플라토닉	+	+	-	+	-	△	+	?	+	+	?	?	△	?	?
낙관적	+	-	△	+	-	△	-	-	-	△	△	+	+	△	-
엄격한	+	△	+	-	-	△	-	-	+	-	+	△	△	△	+

* △은 중간상태를 가리킴.

　위의 도표를 통해 독자가 인지되는 점을 여섯가지로 말할 수 있다.
　첫째, 대부분이 긍정적인 가치관을 지닌 인물이란 점이다. 이상준, 진우
영, 기무라형사만 제외하고는 등장인물 대부분이 맑고 곧은 외모 묘사를 시
작으로 순수한 영혼을 지닌 인물들이다.
　둘째, 외관상 깡마르고 뾰족한 턱, 세모눈을 가진 인물은 이상한 성격의
악의가 있는 인물로 묘사되고 있다. 특히 일인형사의 인상묘사는 파충류,
독소를 뿜는 매눈식으로 전형화되어 있다.

---

33) 마이클 J. 툴란의 「서사론」을 참고. (앞의 책, 138쪽)

셋째, 주인공 세영을 비롯해서 남희, 최치만, 최동호, 최동준, 현씨부인, 미사꼬 등 주술적인 몽환에 강한 집착을 보이고 있다는 점이다. 남희의 실성을 시체태형에 원한을 품은 정과수댁의 억울한 혼령이 작용한 것이라고 생각하는 인물의식이 1장부터 5장에 걸쳐서 두 주인공이 결혼할 때까지 계속 반복해서 제시된다. 또한 곁가지로 등장되는 미사꼬집안의 원한 품은 터줏대감 귀신으로 인한 불행한 사건연속이 핵심적인 사건을 더욱 뒷받침해 주는 역할을 한다.

넷째, 여성선각자로서의 활동적이고 사상이 뚜렷한 주금련과 김옥숙에 대한 서술자의 음성이 독자들에게 비판적으로 인식된다.

> 그의 부인은 트레머리를 한 신여성이었다. 엷은 분홍빛 옥양목 저고리에 검정 세루 치마를 입고 있었다. 옷차림 때문인지 그녀에게서는 무슨 주의, 무슨 사상, 무슨 운동하는 체취 같은 것이 풍겨오고 있었다.[34]

무슨 주의, 무슨 사상, 무슨 운동이란 서술자의 어조는 독자들에게도 달갑지 않은 인상을 심어주기에 충분한 효과를 발한다.

> "해방이 마치 집을 비우고 남편과 아이들에게 밥 줄 것도 잊고 나돌아 다니라고 온 것 같구려."
> "당신은 요즘 왜 비딱하믄 트집만 부리세요. 그래도 다른 사람보다는 이해가 있을 줄 알았는데 영 이해와는 외면하려고 드니 일이 정말 딱하단 말이에요." 내일이 무슨 날인지 알기나 하오?"
> "음력 섣달 그믐날이지요."
> "아버지한테 세배나 하구 오겠소."
> "세배요? 온지 며칠 됐는데 또 가야 할까요? 구정도 없어졌는데."
> "우리집에서는 아마 차례도 지내고 세배객도 접대할거야."

---

34) 손소희전집, 앞의 책, 180 - 81쪽.

"그런 격식도 금년뿐이죠. 명년에야 무얼로 지내요?"
주여사는 냉정하고 침착한 목소리로 이렇게 말했다.
"그렇다면 더욱 가봐야겠소."
동준은 아이를 아내에게 남겨두고 혼자서 집에 돌아왔다. 사실 그의 아
내가 지금 그가 성을 내고 있는 정도로 잘못했는지는 그도 모른다. 그러나
해방과 함께 아내가 집안일을 제쳐놓고 부녀 동맹 일에 열중하고 있는 것
만은 확실했다.35)

위의 인용은 주금련의 남편인 최동준을 통해서 인지되는 대화이지만 날
이 갈수록 부녀동맹 일에 집을 비우는 아내에게 집안 일이 더 소중함을 역
설하는 장면이다. 그것은 현씨부인이나 남희를 통해서 더욱 드러난다. 남편
을 상전처럼 섬기는 성실한 부인으로 묘사되는 현씨부인이나 새처럼 사랑
스런 남희의 이미지는 서술자식으로 말해서 사상이니 주의에 매달린 여성
에 비해 바람직한 여성상으로 제시되고 있다. 소위 진보주의적인 미국식 페
미니즘보다 여성성을 강조하는 불란서식 페미니즘시각을 감지할 수 있다.
김양수는 손소희의 소설을 읽을 때 여성작가의 글을 읽는다는 느낌이 전혀
들지 않는다고 하였으며36) 홍윤숙은 "인품이 매우 대범하고 통이 큰 이른
바 두령의 기질을 천성으로 타고난 분으로 보통여성들처럼 자신의 생활공
간을 정리정돈하는 일에 거의 관심이 없는 듯 싶었다"라고 했다.37) 또한 김
요섭은 손소희를 앞에서 언급한 것처럼 "굵은 성격과 폭발적 감정의 불꽃
을 지닌 여걸"38)로 말하는 등 활달한 여장부란 평판이 문단에서 지배적인
것 같다. 작품 속의 여성인물설정을 자신이 내재적으로 갈망하는 여성상으
로 구현한 것이 아닐까 추정해 보는 것도 이런 인식에 근거해서이다.

---

35) 손소희전집, 위의 책, 277 - 8쪽.
36) 김양수, 「大陸의 情念과 現實價値」, ≪월간문학≫191호, 1985, 1월호, 169 - 185쪽 참고.
37) 孫素熙文學全集2, 나남, 1989, 421쪽.
38) 孫素熙文學全集11, 나남, 1989, 399 - 403쪽.

다섯째 진세영의 상대인물로 등장하는 최남희는 표면구조에서 거의 목소리가 들리지 않는다. 그는 이야기 전체구조에서 당대 관습에 복종하는 삶을 살아 불행을 겪는 인물로 등장하고 있다. 남희는 부재적 존재이며 진세영의 강인함에 조종되는 인형처럼 느껴져서 세영의 주변인물로 존재한다는 느낌을 읽는 이에게 준다. 세영의 시각에서 남희는 완벽한 여성상으로 지그문트 프로이트의 소위 여성성 즉 '생물학적 본질주의'(Biological Essentialism)[39]를 구현하며 여성으로서의 자아추구나 이데올로기가 전혀 드러나지 않는다. 세희의 목소리는 수동적 목소리로 어머니 이미지의 고착성을 보인다. 즉 양육과 보호기능 그리고 세영의 타자로서의 여성성만이 표면적으로 감지된다. 말하자면 자아가 부재한 결핍의 논리를 띠고 있다. 그러나 남희의 정신이상 증세징후는 '레스보스'[40]의 시작이라고 볼 수 있다.

여섯째 주인공 진세영은 모든 면에서 우수한 현대판 영웅이라 볼 수 있다. 외모가 우선 귀족적이고 여성들 누구나가 믿음을 갖고 접근할 수 있는 인상으로 묘사되어 있다. 데이비드에 의하면 고전소설에서 인물의 미에 근거를 두는 이유는 먼저 심리적, 도덕적인 면과 외모사이의 상응관계를 암시한다는 것이다. 항상 미는 존경의 싸인이며 모방할 가치가 있는 것이고 문화적 본보기라는 것이다. 남자는 낭만적이고 용감하며 법에 거슬리지 않는 범위 내에서 반항적이고 여자는 덕이 있고 역시 반항적이되 한계를 지킬 줄 알고 바람직해야 된다는 것이다. 즉 외적인 용모의 미는 사회적 신분의 싸인이며 특히 하위층 여인의 경우는 미래의 사회적 신분의 기호로 계급을 초월할 수 있는 기호이다.[41]

---

39) 팸 모리스·강희원, 앞의 책, 348쪽. 남성적 편견에서 벗어나지 못한 채 여성과 남성의 신체적 차이에서 비롯되는 심리적 차이를 주장하는 것을 말함.
40) 이정호편저, 『페미니즘과 영미문학읽기』, 서울대출판부, 1996. 276 - 8쪽. 포스트모던 페미니스트인 식수, 이리가레이, 크리스테바는 광기를 억압된 존재 즉 여성경험 속에 잠재된 해방적 가능성이라고 보았다.

≪남풍≫에서 세영의 준수한 외모묘사는 소작인 계층에서 높은 사회계
층으로 상승할 수 있는 징표로서 소설에서 의미체계의 중요한 요소로 정신
의 아름다움과 동일시된다. 남희의 맑고 아름다운 미모 역시 독자들이 읽는
과정으로 들어가는데 있어서 욕망을 고무시키는 요소가 된다. 데이비드는
이것을 마치 광고주가 소비자를 매력적 모델로 끌어 들이듯이 작가 역시
독자를 유혹하는 징표라는 것에 비유했다.[42] ≪남풍≫에서 진세영 한 인물
에 접근하는 여성은 모두 다섯이나 된다. 광활한 대륙에서 홀로 살면서 여
성들의 본능적인 유혹을 억제할 정도로 이성이 강한 인물로 등장하는 것은
영웅성과 함께 남희에 대한 사랑이 운명이라는 결말과 일치한다.

　영웅의 개념은 고대로부터 현대에 이르기까지 그 의미가 변천해 왔으나
미키 발의 현대소설에서의 영웅의 의미를 인용해 보면 진세영의 영웅 성격
규정에 도움이 될 것 같다.[43]

　　평가 : 겉모습에 대한 외적 정보, 심리, 동기와 과거.
　　분배 : 영웅은 스토리 속에 자주 등장하며, 그의 출현은 파블라의 중요
　　　　　한 순간에 위치한다.
　　독립성 : 영웅은 혼자 나타날 수 있으며 독백을 할 수 있다.
　　기능 : 특정행동은 단지 영웅에게 속한 행동이다. 가령 의견 일치에 도
　　　　　달하거나, 상대방을 물리치고 반역자들의 가면을 벗기는 행동
　　　　　등이 그것이다.
　　관계 : 영웅은 다른 인물들과 가장 많은 관계를 맺는 사람이다.

　진세영의 겉모습은 우선 맑고 수려하고 장신에 여성들에게 편안함을 주
는 인상이며 뛰여난 외과수술의사란 점에서 다른 인물에 비해 높이 평가된

---

41) Lennard David, 앞의 책, 123 - 4쪽.
42) 위의 책, 127쪽.
43) 미키 발, 앞의 책, 157 - 8쪽.

다. 또한 1장부터 5장까지 진세영이 주도적으로 등장하며 작중인물의 사건은 모두 진세영과 관련을 맺고 있다. 일본인 의사들과의 경쟁을 물리치고 뛰어난 외과의로서 인정을 받는 점이나 실성한 남희와 결혼식을 올리는 점 등은 영웅만이 할 수 있는 특정행동이라 볼 수 있다. 다른 인물들과의 관계에서도 진세영은 가장 많은 관계를 맺는 사람이다. 그러나 남희가 정상인으로 되돌아 오는 대신 진세영의 청각에 이상을 가져오는 희생을 치르는 결말이 주인공의 완전성공을 거두는 영웅설정이 아니라는 점에서 현대성을 구현하고 있다.

4. 통과제의의 공간 '대륙'

소설에서 배경은 인물과 함께 소홀하게 취급되어 왔으나 19세기 사실주의소설에 이르면서부터 본격적인 의미를 띠기 시작한다. 인물의 물리적 외적환경과 사회적 심리적환경은 '환유'[44], 또는 비유, 상징, 인과관계로써 구성이나 인물의 성격설정에 중요한 역할을 하며 "독자들에게는 강력한 심리적 동인이 된다."[45]

《남풍》의 경우, 이야기가 전개되는 공간은 무척 광대하다. 고향 북촌에서 북만주에 이르기까지 진세영의 활동무대는 주로 만주, 신경, 장춘이지만 고향 북촌이 주인공의 뇌리에 반복적으로 떠올라 진세영의 마음 속의 진정한 배경으로 등장되어 고향 북촌은 그에게 곧 남희를 의미하기도 한다.

로버트 리들은 플롯과 인물과의 관련에서 배경의 유형을 다섯가지로 언급했다.[46]

---

44) S. 리몬 케넌, 앞의 책 102쪽.
45) 마이클 J. 툴란, 앞의 책, 150쪽.
46) S. 채트먼, 앞의 책, 재인용, 168 - 9쪽.

첫째, 공리적, 실용적 배경으로 단순하고 인물이 행동에 별로 영향을 끼치지 않는 배경이다.

둘째, 상징적 배경으로 행위와 밀접한 결합을 강조한다.

셋째, 무관계한 배경으로 인물이 특별히 인식하지 않는다.

넷째, 마음 속의 배경이다.

다섯째, 만화경적 배경으로 외적세계에서 상상의 세계로 움직이는 것이다.

위 다섯 유형 중 ≪남풍≫의 배경은 상징적 배경으로 북만주 대륙광야와 북촌이 인물의 행위와 적극적인 관계를 맺는다. 대륙과 북촌 두 공간이 인물의 행위나 활동에 영향을 주고 있다. 세영이 어린 시절을 보낸 고향 북촌은 조그만 역으로 가까이 용천이란 시내가 흐르고 시내 사이에 서촌과 용담이 있는 긴 분지에 자리잡고 있다. 마치 "장수바위를 머리로 한 태백산맥의 어느 지맥 밑에 마을은 암탉이 새끼를 품은 형국으로 포근히 둘러 앉아" 있는 장소이다. 또한 북촌의 북쪽에는 동촌이 있고 북촌과 동촌 사이에는 넓은 연못이 있다.

> 산과 들과 냇가는 물론이요, 다리·모래불·버들방축·길·우물·잠자리·눈사람·썰매·고드름·천지꽃·술종대·옻나무·가얌나무·질그배·머루·다래·꽈리…이루 꼽을 수 없는 많은 것들이 모두 하나같이 이야기를 가지고 있더라는 것이다. 47)

위의 인용은 세영에게 반복적으로 떠오르는 고향의 이미지이다. 맑고 신비한 빛깔을 지닌 생물과 유현한 향기구름의 심상은 곧 남희와 남풍의 이미지와 동일시된다. 반복해서 고향의 묘사는 디테일하게 제시된다.

---

47) 손소희문학전집1, 앞의 책, 52 - 3쪽.

역에서 멀리 바라다보이는 맞은편 산허리에는 부연 띠같이 뻗어 있는
한 줄기 길이 고개마르 너머로 뻗어 있다. 길 위는 산이요, 길 아래는 과
수원이다. 길과 과수원을 사이한 아까시아 숲은 과수원의 울타리가 되어
있다.
　과수원 아래에는 논이 있고 다음에는 돌각담이 있고 마을이 있고, 밭이
있고, - 용이 대가리를 쳐들고 꽁지를 치며 승천을 위해 몸뚱이를 비비꼬왔
으나 바른편 지느러미를 깔아버린 채였으므로 끝내는 뜻을 이루지 못한
형국인 장년 분지(盆地)의 지세를 따라, 기차도 몸을 비비꼬며 어둠 속을
달리고 있는 것이다.[48)

　그러나 이런 고향은 정신적인 고향일 뿐 실제의 고향은 진정으로 안주할
수 있는 공간이 아니다. 족보과시와 관습이 무엇보다 중요한 곳이므로 불륜
이란 굴레를 쓰고 자살한 어머니를 가진 세영으로서는 고향을 떠날 수 밖
에 없는 필연성을 갖는다. 그런 세영이 주로 활동하는 무대는 장춘으로 남
희와의 완전한 만남을 위해 내적 투쟁을 하는 장소로 제시된다. 여기에 소
도구로 등장하는 것이 페스트와 장질부사로 남희와의 결합을 위한 시련의
통과제의라고 해석할 수 있다.

　그는 일년 반 이상이나 장춘병원에 있으면서도 늘 그로서는 단지 자신
이 객원같은 기분으로 있었고 어느 의미에선 기계적으로 움직였다고 할
수도 있었다. 마음도 그러했지만 모든 면에서 외딴 섬같이 사람들하고 떨
어져 있었다. 책하고 씨름을 하다가 간혹 일본인 동료들하고 어울려서 빠
나 다방같은 데 가기라도 하면 이런 세상도 있었던가 하고 놀라기 일쑤였
다. 섬이 뭍을 바라보는 심정이라고나 할까.[49)

　장춘에서의 세영의 상황은 기계, 소외, 무감각, 외딴섬이란 언어와 인접

---

48) 앞의 책, 157쪽.
49) 위의 책, 92 - 3쪽.

한다. 그것은 격리되고 감시받아야 하는 페스트나 장질부사란 전염병의 이미지와 동일시된다. 그러나 장춘은 남희를 다시 만날 수 있는 공간이 되기도 한다. 휴식을 위해 찾아가는 주을 온천 역시 이중적인 의미를 지니고 있다. 주을은 휴식과 자유를 찾아 온 공간이지만 집 터 귀신에 쫓기는 일본여인을 만남으로 인해 다시 세영 모친의 원혼에 사로잡히기도 한다. 그러나 남편의 휴양을 시중들기 위해 따라 온 세희와 만날 수 있는 긍정적인 공간으로 변이된다. 소설 전체에 걸쳐서 북만주대륙은 진정한 고향을 찾지 못하는 세영이 진정한 고향 즉 남희와 완전히 결합될 때까지 훌륭한 조선인 의사로서 숭고한 인내정신과 자신을 되돌아 보게 한 긍정적인 공간으로 등장되고 있다.

또한 ≪남풍≫에서 간과할 수 없는 점은 사회적 시대적 배경을 나타내는 지표들이다.

첫째, 일본인에 대한 적개심이다. 일본인의 독사같은 인상묘사부터 시작해서 새까만 마음까지 일인에 대한 적대의식이 조선인 남편과 일인여성, 일인남편과 조선여성의 부부관계상황을 통해서 제시되고 있다.

둘째, 8·15해방 혼란기상황이 리얼하게 나타나 있다. 북만주에서 조선으로 들어오는 과정에서의 조선인 남편을 둔 일인처에 대한 무분별하고 기준없는 무차별학대, 좌익주의자들의 살벌한 획일의식, 일제때 친일형사가 해방 후에도 형사노릇을 하는 아이러니, 그외 소련군의 만행 등이 다루어져 있다.

셋째, 해방 후의 북조선 현황이 인민재판이란 이름으로 지주를 처단하는 만행으로 미시적이나마 구현되어 있다. 그러나 이런 요소들이 지배적인 로만스적 구조에 압도당해 문제의식으로서의 빛을 발하지 못하고 있다.

5. ≪남풍≫ - 현대판 로만스

≪남풍≫은 야당 손소희 자신이 '나의 대표작'이라고 말한 바 있는 그의 중년기 대표적 장편소설이다. 북촌이란 마을에서 광활한 북만주대륙에 걸친 공간설정이 장편소설로서의 스케일을 나타내고 일제식민시대와 8·15 해방, 6·25를 시대배경으로 한 작자 나름의 역사관과 시대인식이 문제의식으로 대두되지는 않아도 그런대로 그것을 읽을 수 있는 소설이다. 심층적인 서사구조는 주인공 진세영과 최남희의 어린소년시절부터 역경의 30여 년을 거쳐 두 남녀가 완전히 결합하기까지의 스토리이지만 실제 표면서사구조는 20대 초반의 진세영이 남희의 부친 최치만에게 청혼을 거절당하고 북촌을 떠나 8·15, 6·25를 거쳐 월남하기까지이다. 스토리시간은 30여 년에 걸친 데 비하여 담론시간은 어림잡아 20년 가량에 걸쳐있어 광활한 대륙의 공간과 대조되는 시간의 폭을 보여주고 있다.

대개의 장편소설이 그렇듯이 외적초점화가 지배적이지만 ≪남풍≫은 외적초점화로 시작해서 내적초점화로 변화하여 초점화자가 주인공 진세영으로 옮겨지는 느낌이 강하다. 독자들의 입장에서는 초점화자인 진세영이 초점의 대상인 주변인물들을 관찰하고 있는 것을 읽어내고 있는 느낌이 든다. 특히 어릴적 고향인 북촌의 정취와 세영모친의 시신태형사건이 시간의 흐름과 독립해서 반복적으로 묘사, 설명되거나 장면으로 소급제시되는데 이것은 일종의 촉매역할로서 두 주인공의 사랑에 방해가 되는 핵사건과 긴밀한 인과관계를 갖는다. 또한 구인습에 사로잡혀 시신에 태형을 내린 최치만이 죄값을 치르기위해 자살한 후 세영과 남희의 사랑이 결실을 맺는 것이 뼈대를 이루고 있기 때문에 일제식민시대란 배경이 서사구조에서 적극적인 역할을 하지 못한다. 그것은 장춘병원에서 외과의활동을 하고 있는 진세영의 현실의식과는 전혀 상관없는 평범한 생활인으로서의 의료행위나 소위

항일독립투사란 별명이 붙은 최동준의 행위를 통해서도 감지된다.[50]

북만주 장춘에서의 천시받는 조선인 상황이 미세하게나마 묘사되어 있고 일본인의 우월의식이 세영의 의식 속에서 일본인 간호원을 통해 제시되어 있으나 라이트모티프로서 자리잡지 못하고 있다. 또한 서술자의 목소리를 대변한다고 볼 수 있는 주인공 세영의 이중적인 목소리 말하자면 일본인에 대한 적대의식과 조선인 열등의식이 《남풍》을 더욱 운명적인 사랑의 서사시적 구조란 평가를 하게 한다. 본 소설에서 두드러지게 호소력을 발휘하는 요소는 광활한 북만주대륙으로 시대인식으로는 고통의 장소인 대륙이 사랑의 정념에 불타는 세영에게는 참고 기다리게 하는 긍정적인 공간으로 설정된 아이러니를 발견할 수 있다. 대륙은 일제말의 문제의식을 나타내기보다 뜨내기인생인 세영을 절망의 심연에서 이겨내게 하는 역할을 하고 있다. 또한 소도구로 제시되는 장질부사나 페스트는 역경의 과정을 암시하는 암묵적 지표라고 볼 수 있다. 등장인물들 역시 현실인식보다 세영의 사랑에 초점을 나타내는 인물구성을 보여주고 있다. 플라토닉러브에 대한 숭고의식이 세영과 아끼꼬, 동호, 동준, 남희 등의 인물에서 공통적으로 나타난다. 그만큼 등장인물의 초점이 세영의 사랑에 집중되고 있으며 사랑에 관한 한 흑·백관점에서 처리되는 단순하고 평판적인 인물형들을 제시하고 있다. 그러나 남희의 광증은 여성경험 속에 잠재된 해방의식을 시사하는 여성담론의 공간을 여는 가능성이라 볼 수 있다.

《남풍》은 서사구조상 정념적인 사랑의 역경과 달성에 집중되었기 때문에 배경으로 설정된 8·15해방, 6·25동란이란 거대한 역사의식은 서사구조 속에서 별로 제 기능을 발휘하지 못하고 있다. 또한 여성인물설정을

---

50) 1장에서 동준이 달구지에 앉아가는 것이 불법이라고 노인을 몽둥이로 구타하는 기무라 형사를 말리는 장면의 경우, 그의 굳건한 항일정신에서보다 교사로서 모여있는 학생아이들의 시선을 먼저 자주 의식해서 한 행위임이 지문을 통해 감지된다.

통해 독자가 두드러지게 읽어낼 수 있는 점은 진정한 페미니즘은 개혁적, 진보적인 여성의식이기보다 여성적인 여성형 말하자면 남희나 한국인 남편을 둔 후지꼬, 최치만의 후처인 현씨부인을 통해 제시되고 있는 점이다. 이것은 마치 셰익스피어가 <리어왕>에서 코딜리어에 대하여 리어왕을 통해 "그녀의 목소리는 언제나 부드럽고 다감하며 나지막하였다. 이것이야말로 바로 여성이 지녀야 할 미덕이 아니던가"[51]라고 했듯이 손소희 역시 평소 남성적인 여장부란 평을 들었던 것에 대한 잠재적인 반작용이 구현된 것은 아닌가 생각되기도 한다.

《남풍》은 현대판 로만스로 19세기식 소설이라고 말할 수 있다. 주인공의 외모가 美와 동일시되는 말하자면 정신의 아름다움이 용모의 미와 일치되는 원형적 낭만적 인물설정에서 시작하여 두 남녀 주인공이 미치거나 귀가 먹는 과정을 거쳐 행복하게 되는 전형적인 낭만적 구성의 구조를 가지고 있다. 이것은 마치 C. 브론테의 《제인 에어》에서 제인과 로체스터의 결혼이 로체스터가 장님이 되고 상처 받는 상징적인 거세 후 이루어지는 것과도 유사하다. 또한 세영과 남희의 결합은 결과적으로 관습전통의 파괴를 구현하지만 세영은 외모나 경제력에서 힘과 능력을 지닌 인물로 비쳐지는데 비하여 남희의 사회적 지위는 세영의 지위와 동일시되고 있지 않은 여성의식이 소설 전체를 지배하고 있는 점에서라도 《남풍》을 20세기식 소설이 아닌 19세기 스타일의 낭만소설이라고 결론을 내린다.

---

51) 김욱동,『문학의 위기』,文藝出版社, 1993, 88쪽.

현대소설의 도시 생태적 독법에 대한 연구
- 손장순의 ≪한국인≫을 중심으로 -

1. 손장순 - '서울'의 메신저

손장순은 1935년 서울출신 작가로서 발작의 파리, 딕킨슨의 런던, 도스토예프스키의 페테레스부르그, 도스 패소스의 뉴욕, 제임스 죠이스하면 더블린을 연상하듯이 손장순에게 서울은 손장순의 서울이다. 손장순은 서울이란 도시성이 몸에 베어·있는 작가로 1984년 창작집『都市日記』를 출간할 만큼 서울은 그에게 압도적으로 중요한 공간이다. 그는 서울을 병든 도시로 생각하면서도 체질적으로 사랑하고 있다. 그의 소설을 읽고 있으면 그가 가장 서울을 잘 아는 작가란 생각이 들만큼 그의 서울에서의 도시경험은 그의 소설을 읽는 이들에게 리얼하게 전달된다. ≪한국인≫은[1] 1966년 1월호부터 1967년 7월호까지『현대문학』에 연재된 손장순의 최초의 장편으로 한국전쟁 후 급속하게 미국화되어 몸살을 앓고 있는 서울이란 도시의 아노미현상을 당시의 정치적, 사회적, 경제적 문제와의 관련에서 사실적으로 서사화한 작품이다. 주로 미국에 유학갔다 온 인물을 중심으로 미국화와 한국적 전통의 이중 갈등 속에 고뇌하는 젊은이들의 모습이 자연주의적 결

---

1) <한국인>은 1967년 제4회 한국여류문학상 수상을 했으며 1985년 여동찬의 번역으로 프랑스 출판사 La Pensee Universelee에서 <Les Coreens>로 현지 간행된 바 있다.

정론과 허버트 스펜서식의 적자생존이론을 기저로 적나라하게 구현되어 있다.

리차드 레한[2]은 신도시를 개념화하는 도시역사가들의 관점을 세 가지 측면에서 언급한다. 첫째, 현대도시의 기원을 강조하며 도시와 농촌을 대척적인 차원에서 인간생활의 뿌리는 땅에 있음을 주장한다. 도시는 닫힌 체계가 되고 엔트로픽하며 문명의 몰락을 초래하는 곳으로 결국 본능은 이성에, 신화는 과학이론에 희생이 된다는 관점이다.[3]

둘째, 현대도시의 외적, 형태적 법칙에 관심을 집중시키는 경우이다. 도시는 표면적으로 그 자체의 법칙에 의해 외형적으로 환상형(環狀)으로 발달되며 조직되었다고 주장하는 것이다.[4]

셋째, 주민에 대한 도시의 영향이다. 이 문제에 관해서는 스펭글러가 특히 관심을 가졌으며 이것에 체계를 세운 학자는 뒤르켕, 짐멜을 들 수 있다. 뒤르켕은 도시마다 각각 도시나름의 정신상태를 창조하며 각 도시문화는 행위를 조절할 규범을 세우고 이런 규범은 개인 개성의 주요 요소로 내면화된다고 하였다. 짐멜 역시 현대도시 휴머니티의 유형학을 창조했는데[5] 베버가 경제적인 요소를 강조하는데 비하여 짐멜은 심리학적인 것을 강조하여 현대 도시인은 과대한 스트레스에 놓여 있으며 불필요한 존재가 되고 무개성이 되는 것을 두려워하는 것이 공통적인 신념이라는 것이다.

이렇게 도시역사가들은 개념적인 체계를 통해서 도시를 표현하는데 비하여 작가들은 상상력체계를 통해서 도시를 표현한다고 레한은 말한다. 특

---

2) Richard Lehan, *The City in Literature -An Intellectual and Cultural History*, University of California Press, 1998. 6 - 9쪽에서 참고함.
3) 대표적인 학자로 Osward Spengler와 Lewis Mumford를 들 수 있다.
4) Robert E. Park와 Emest W. Burgess를 들고 있다.
5) Richard Lehan, 앞의 책, 7쪽 참고. 인간관계는 중요한 것이 아니고 이차적이며 유용성과 능률을 유도했으며 타인과의 유대관계나 혈족관계는 희생하는 것을 골자로 하고 있다.

히 레한은 계몽시대부터 포스트모던시대에 걸쳐 도시통으로 알려진 작가들6)의 문학적 상상력을 통해 도시문명의 역사를 조감한다. 또한 도시의 역사는 문명의 역사를 포함하므로 텍스트를 읽는 것은 마치 도시를 읽는 것과 같으며 지적, 문화적 역사와 관련있는 도시읽기라고 생각한다.7) 말하자면 도시를 문학적 상상력의 부산물로 보고 도시의 생태를 텍스트로 고찰하는 관점이다.

《한국인》의 '서울'은 해방 후, 6·25전쟁, 제1공화국시절, 장면정권, 4·19혁명, 5·16을 거치면서 과도기 정권하에서의 혼란된 경제, 사회, 정치 그 자체이다. 전쟁 후의 서울은 부정과 부패로 오염되고 추(醜)로 얼룩진 중심도시로서 권력과 돈, 탐욕과 사기, 모함이 만연하여 순수와 미덕이라고는 찾아볼 수 없는 공간으로 나타나고 있다. 외형적으로는 텍스트상의 서울이 중심가인 회현동, 무교동, 가회동, 조선호텔, 반도호텔을 중심으로 모더니즘적인 낭만주의적 분위기가 지배적으로 읽혀져서 손장순의 도시비젼이 번성하고 성장하는 분위기와 불가분리의 관계망을 구성하고 있는 것 같다. 그러나 미국문화와 한국유교문화와의 갈림길에서 방황하는 인물들의 일탈행위 서술에서 환경결정론과 사회구조적 결정론에 책임을 돌리고 있는 화자의 음성을 단일적으로 읽어낼 수 있다.

《한국인》의 허구적 서울은 실상 허구가 아닌 60년대 초반의 있는 그대로의 서울이다. 특히 해방과 6·25전쟁 후의 부작용으로 혼란하고 피폐화된 사회·정치 현실의 서울은 '도너스 컴플렉스'8)라는 용어로 명명하기에

---

6) 딕킨슨, 보드레르, 엘리오트, 만, 울프, 도스 패소스, 죠이스 등을 주로 예로 든다.

7) Richard Lehan, 앞의 책, 289쪽.

8) William Sharpe and Leonard Wallock, Visions of the Modern City - Essays in History, Art and Literature, the Johns Hopkins University Press, 1987. 38쪽. 전쟁 후의 미국도 시를 특성화하는 말로 George Sternlieb와 James W. Hughes에 의하면 도너스의 구멍은 부패된 중심도시이고 주변의 원은 번성하고 성장하는 근교도시와 지역을 말하는 용어이다.

적절하다.

도시에 관한 기존연구가 대부분 시골과 도시와의 대척적인 이분법의 입
장에서 연구되어 온 것에 비하여 ≪한국인≫은 서울이란 도시를 문학적 상
상력으로 정치적, 산업적, 경제적, 문화적, 개인의식과의 관계에서 텍스트화
한 것이라 생각한다. 또한 ≪한국인≫은 리얼리티의식이 명백하기 때문에
읽는이들의 도시경험을 확인시켜 주는 기능도 갖고 있다. 이런 관점에서
≪한국인≫을 읽는 것은 도시를 읽는 것이라 볼 수 있다. 위에 언급한 레한
의 이론에 근거해서 ≪한국인≫이란 텍스트에서 서울이란 도시를 읽어내는
작업을 시도하고자 한다.

2. 도너스 콤플렉스의 '서울'

스턴리에브와 휴즈는 전쟁 후의 미국도시 모양을 '도너스 콤플렉스'라고
부른다고 했다. 도너스의 구멍은 부패한 중심도시이고 도너스 주위의 둥근
원은 번영하고 성장하는 지역을 의미한다. ≪한국인≫은 상·하 1, 2권으로
1권은 5장 46절, 2권은 6장부터 10장까지 54절로 모두 10장 100도막으로
구성되어 있다.9) 스토리시간은 8·15해방 후부터 6·25전쟁, 4·19, 5·16
을 거쳐 제3공화국, 군부권위체제, 1964년 6, 3 대일굴복 외교 반대데모 시
기에 이르기까지이나 실제 서사담론시간은 제2공화국 시작부터 제3공화국
대일외교 반대데모가 절정인 1964년까지이다.

≪한국인≫의 서울은 우리 현대사에서 가장 중요한 1960년대 초반의 카
오스적 의미를 대변하고 있다. 스턴리에브와 휴즈식으로 얘기한다면 통상

---

9) 1장은 7절, 2장 8, 3장 8, 4장 11, 5장 12, 6장 10, 7장 12, 8장 11, 9장 11, 10장은 10절로
　 구성되어 있다.

적인 의미에서의 '도너스 콤플렉스'라고 이름붙일 수 있다. 서울의 외면적 모습은 도너스의 둥근'원처럼 달콤한 도시풍물 그 자체이다. 희, 수, 청자, 상록수, 진, 초원다방 등의 다방문화를 중심으로 반도, 조선, 국제, 사보이, 스카이라운지 등의 호텔문화와 또한 을지로, 소공동, 회현동, 관훈동 등의 순 서울거리가 인물들이 항상 배회하는 활동무대로 서울은 도시무드의 찬란한 크로노토프로 비쳐진다. 주인공 희연의 언어를 빌어 온다면 서울은 장미빛 인생이고 서울생활은 아름다움과 희열이 넘치는 핑크 빛 앙상블이다. 또한 화자와 작중인물들이 반복해서 사용하는 도시언어적 외래어의 난무는[10] 도시를 개념화할 수 있는 기호가 된다.[11] 그러나 논평적 화자의 음성이나 미국에서 유학하고 돌아온 미국화된 작중인물들의 반복된 목소리는 60년대 초반의 정치, 사회, 경제 등의 부패 성토에 집중되어 있다. 도시는 지적인 자극과 도전의 근본이 되는 공간으로 청년들이 그들의 운을 추구하는 절대적인 무대이다.[12] 《한국인》에서 서울은 전쟁후유증과 연속된 역사적 사건 속에 경제위기, 정치혼란 상태에서 대중의 생존이 위협을 받는 공간으로 등장한다. 특히 미국에서 유학을 하고 돌아 온 인물들의 이런 한국사회에서의 정신적, 심리적, 소외의식과 이상과 현실의 괴리에서 오는 체념이 텍스트 전체에 걸쳐서 리얼하게 구사되고 있다. 마치 엘리어트가 <황무지>에서 런던을 지옥의 도시라고 수사한 것처럼 서울 역시 술수와 음모가 뒤끓는 아비규환의 도시로 전지적 화자는 후진국, 불운한 시대란 언표로 서슴없이 반복한다.

---

10) 나이트클럽, 웨이터, 라운지, 스카치, 샹송, 선글라스, 아프레, 팝콘, 트위스트, 하이웨이, 세단, 기프트, 숍, 스카이라운지, 그릴, 파티, 하이볼, 코미션, 아르바이트, 레스토랑, 룸펜, 프린세스룸, 밍크오버 등등이다.
11) 레한에 의하면 도시연구방법을 유용하게 하는 방법 중 하나가 도시풍경을 문학작품의 풍경과 유사한 형식으로 상상하는 것이라고 했다.
12) Richard Lehan, 앞의 책, 128 - 130쪽 참고.

겉은 윤기가 나고 풍성하나 속은 빈곤과 적자의 지속. 그나마 AID원조
자금을 도로 몽땅 뺏어가려고 벌떼같이 모여든 숱한 외국인 상사들, 계획
성 없는 경제행정, 자급 자족이 안 되는 원자재(原資材), 산업 부진.
　　이래저래 딸리고 몰려서 떳떳치 못한 증원만을 외친다. 그래도 전세계의
관심이 집중하던 동란시에는 반공 투쟁이란 명분 아래 모든 것이 여유있
고 풍부하게 돌아갔으나. 오히려 이것이 한국 경제의 균형을 파괴하고 자
활의 능력을 잃게 한 요소가 아니었을까.[13]

위의 인용은 한국전쟁 후 소비성 생활수준과 비교적 발전했다고 보는 화
려한 실내장식의 건축분야의 겉치레를 비판하는 목소리로서 이것은 전후의
미국원조를 물적 기반으로 시대적 혼란 속에서도 민생안정과 산업부흥이라
는 정책기조하에 소비재의 수입대체 산업화가 진행된 것과 무관하지 않
다.[14] 사회부패는 모두가 공범이라고 지적할 만큼 사회불안정과 상업에 대
한 불신이 극도에 달한 분위기이다. 특히 음성수입을 조달하기 위해 자선사
업 미명하에 구호물자부정이 고아원 경영자와 목사, 민간구호단체의 물자
부 직원간에 공공연히 이루어지는 것이 대표적 예라 볼 수 있다.

　　상탁 하부정(上濁下不淨)인가 하면 계장은 과장의 입을 틀어막고, 과장
은 국장의 눈을 감기기 위해 음성 수입을 골고루 할당한다. 이런 공모는
이미 상식에 속하고, 이것은 급기야 음성 거래의 범람을 가져온다. 이런 부
수입이 없이는 살아갈 길이 막연한 하급 관리의 생태, 부조리한 사회상. 그
것만 해도 벌써 자유당 말기 때의 일이다. 민주당 집권의 지금은 어떠한
가.[15]

이런 사회부정은 특히 정치에 대한 불신과 상응하고 있다. 정치가 모든

---

13) ≪한국인≫, 45 - 46쪽.
14) 한국정신문화연구원, 현대사연구소편, 『한국 현대사의 재인식 4』, 오름, 1989, 224쪽.
15) ≪한국인1≫, 47쪽.

것을 지배하고 영향력을 발휘하는 풍토를 권위적 화자는 후진성이라고 지적한다. 사업도 정치적 배경이 있어야 하고 권력은 출세의 미끼가 되는 상황을 한국의 아득하고 불운한 시대의 장래라고 개탄하는 화자의 드러난 외침은 손장순의 작가 현실의식을 여과하지 않은 채 그대로 보여주고 있다.

거기에다 군소정당의 난립. 수백만 환으로 흥정되는 매관매직. 일주일마다 교체되는 내각. 신임한 지 일주일이 되어도 정책담화문 하나 발표 못하는 불발탄 장관. 권력의 대립으로 갈라진 구파. 신파에다 신파의 노장파 소장파. 그런가 하면 남북협상론의 대두. S당 중립국 제안. 이 혼란과 무질서를 타고 책동하는 간첩. 느는 것은 실직자 뿐이고 데모만 연속될 뿐이다.16)

정치무용론을 들고 나올 정도로 경제, 사회위기가 맞물리는 현실묘사가 김우창이 지적한 것처럼17) 소박한 시사해설로 작가가 제재를 이해하는데 경제, 정치에 대한 지식으로서 도움은 줄수 있으나 소설을 현실 그대로가 아닌 허구라는 차원에서 볼 때 작가의 프리즘을 통한 형상화에 미숙성을 드러내고 있다.

역사가 칼 스콜스크(Karl Schorske)는 광범위한 문화영역에서 도시자아 인식을 세 가지 측면에서 언급했다.18) 즉 계몽주의시대는 미덕의 도시로 인간의 완전성을 상징하는 신예루살렘에, 빅토리아시대는 악의 도시로서 부(富)와 물질욕으로 형벌을 받는 바빌론으로 또한 현대도시는 연대의식의 상실인 바벨에 비유했다. ≪한국인≫에서의 1960년대 초반의 서울이란 도시는 정치, 경제, 사회위기구조의 피폐된 상황하에서 정신적, 심리적 소외의식에 방황하는 인물들로 가득찬 공간으로 스콜스크식으로 얘기한다면 바빌론과 바벨의 이미지를 띠고 있다고 보겠다.

---

16) 위의 책, 175 - 176쪽.
17) 김우창, 「探求된 사랑」, 『경향신문』, 1967, 7. 17.
18) William Sharpe and Leonard Wallock, 앞의 책, 7쪽.

3. 미유학생 인텔리의 욕망과 갈등

근대문학의 개념을 한마디로 얘기한다면 서구화라고 말할 수 있고 서구
화는 곧 미국화라는 통념적인 의식이 지배적임을 사실상 부인하기가 어렵
다. 해방 후부터 6·25전쟁에 이르기까지 자유세계 방위를 위한 미국의 십
자군적(?) 행위와 경제원조는 경제적으로 최후진국이었고 정치적으로 미숙
했던 한국의 입장에서 구세주나 다름없었다. 특히 월슨대통령의 식민지민
족의 질곡과 독립염원에 대한 지원정책은 전쟁으로 황폐화된 한국인들에게
미국이 표면적으로는 진정한 휴머니즘국가라는 인식을 심어주기에 부족함
이 없었다.[19] 이런 왜곡된 인식하에서 '양키문화'의 무비판적인 수용은 오
늘날의 시각에서 볼 때 과도할 정도로 심각한 상황이었다고 볼 수 있다. 특
히 정치, 경제, 문화, 사회 등의 모든 면에 걸친 미군정 하에서의 영향은 현
재까지 지대하다고 볼 수 있다.

> 문화면에서는 저급한 양키문화와 물질적 향락추구의 문화양식이 한국사
> 회의 전통성은 물론이고 전통적 가치관과 윤리의식을 침식시키고 말았다.
> - 이러한 이질문화 자체가 당시의 정치적 상황, 즉 미군정의 통치라는 성
> 격을 통해서 우세문화로서 기능하게 되었다. 그 결과 한국인에게 있어서
> 문화가치나 윤리면에서 심한 갈등과 혼돈을 가져옴과 동시에 정신적 아노
> 미 상태로까지 몰고 갔다.
> 또한 교육면에서는 제도나 이념, 방법 등에서 무조건 미국식의 도입을
> 시도했기 때문에 건전한 인격이나 자기 수련보다는, 이른바 지극히 계산적
> 인 인간관계 - 이것을 합리적 인간관계라는 말로 미화했다. - 나 기능위주
> 의 교육, 경쟁중심의 교육이라는 상황과 조건, 그리고 민족의 전체적 목표
> 를 상실한 교육의 비민족주의적 성격이 나타나게 되었다.[20]

---

19) 한국정신문화연구원, 현대사연구편, 『한국현대사의 재인식1』, 오름, 1998. 35 - 36쪽.
20) 陳德奎, 「美軍政의 政治史的 인식」, 『解放前後史의 認識』, 오늘의 思想新書 11, 한실
　　사, 1980. 62쪽.

무엇보다 미국문화의 영향은 한국 전통문화와의 관계에서 심한 갈등을 초래했으며 위에 예시한 것처럼 그것은 정신적 아노미상태로까지 전이되었다. 인간관계에 있어서도 에고센트리즘 바로 그 자체였다.

≪한국인≫은 1960년대 초반 미국에 유학 갔다온 인물들을 중심으로 유학생의 애환, 정신적 튀기의식, 이상과 현실의 괴리, 미국유학의 불구성, 국적부재의 이방인으로서 동포에게조차 따돌림당하는 유학생의 소외의식, 인재소화 불량증의 60년대 초반의 사회상황 등이 비교적 신랄하게 파헤쳐져 있다. 그 이유를 사회, 정치 등의 구조적인 문제에 초점을 두면서도 미국문화와 한국 전통문화와의 차이가 주요한 요인으로 지적되고 있다. 서울은 이런 미국 유학생들이 활동하는 주요 중심 무대로 서울거리의 배회와 호텔지하 바와 다방 등의 폐쇄적 공간 속에 스스로 감금된 인물들이 몸부림치는 도시로 시종일관 그려져 있다. 주요 등장인물들은 희연, 문휘부부; 관희, 혜미부부, 한성, 소라부부 등이며 그외 주변적인 인물들로 혜림, 쑤한, 도수, 경숙 등으로 각 인물들의 행위가 병렬적 구성으로 짜여져 있다. 텍스트 전체는 10장 100도막으로 이들 중 희연과 문휘에 관련된 것이 54도막이고 관희, 혜미는 24도막, 소라·한선이 11도막, 경숙·도수가 10도막, 쑤한이 1도막으로 화자가 집중적으로 관찰하고 포인트를 둔 인물들은 희연과 문휘부부라고 말할 수 있다. 이들 가운데서 미국에 유학을 다녀 온 인물들은 문휘, 관희, 한선, 쑤한이며 혜미나 혜림이는 유학을 실천에 옮기지 못했어도 미국유학이 꿈인 인물이다. 이들은 출세지향적인 젊은 인텔리 즉 여피(Yuppie)[21]로 이들의 공통되는 상황을 몇가지로 집약시켜 볼 수 있다.

첫째, 이들은 직장이 없거나 혹시 직장이 있어도 기반이 채 잡히지 않는 불안한 상태에 놓여 있다.

---

21) William Sharpe and L. Leonard, 앞의 책. 28쪽.

둘째, 미국유학의 불구성이다. 미국학문이 한국의 현실과 거리가 먼 무용지물이란 점이다. 기대수준이 높고 현실은 빈약한 상황에서 우월의식만 내세우는 유학생들이 한국현실에 아무 쓸모가 없는 초라한 존재인 것을 인식하면서 그 욕구불만이 최절정에 오르게 된다.

셋째, 이들의 입장은 미국에서도 마찬가지이다. 미국, 한국 어느쪽에서도 그 나라 사정에 어두울 뿐만 아니라 따돌림을 받는다. 결국 이들은 국적이 부재한 이방인으로 소위 '정신적 튀기'로서 어느 곳에도 안주할 곳이 없다.

넷째, 유학생들이 공통적으로 가진 에고센트리즘과 독존의식이다.

다섯째, 저개발국가에 대한 미국인의 무시와 경멸, 그들의 교활한 행위에 대한 들끓는 분노의식을 유학생들에게서 읽을 수 있다. 그것은 미국의 주거공간이었던 아파트에서의 단절감과 홈식크, 불면증, 노이로제 등의 강박관념과 맞물려 있다.

유학생 인텔리들의 삶은 마치 도시 건축물의 장식처럼 외관으로는 화려하면서도 내적으로는 소화불량증에 시달리고 있다. 그러나 무엇보다 텍스트 전체를 관통하는 유학생인텔리들의 문제점은 암담한 현실이며 또한 서구문화와 보수와의 힘겨운 갈등이다. 이것의 결과는 부부파경으로 나타나며 그것의 원인이 전통과 반전통의 대립에서 오는 것이기도 하나 무엇보다 시대현실이 결정론적인 원인이 된다.

《한국인》의 기본적 술부는 문휘와 희연, 관희와 혜미, 한선과 소라 세 쌍의 인물들의 비정상적인 애정관계를 중심으로 부부행위자들 상호간의 사랑과 증오, 대립, 마음의 변화, 그리고 파경사건 등이다. 가장 주된 인물들이라고 볼 수 있는 문휘부부의 경우, 아내 희연과 시모, 남편 문휘 세 인물사이의 대립이 심리적인 차원에서 디테일하게 그려져 있다. 하버드 대학에서 대학원을 중퇴했지만 상경학을 전공하고 귀국한 문휘는 외무부 사무관으로 근무하면서 사업도 하는 인물이다. 문휘는 미국식 실용주의 사고와 사회제도에 익숙해 있으며 정도 이외에는 어떤 것과도 타협하지 않을 만큼 조직적이고 체계화된 인물이다. 그러면서도 향토적인 것에 향수를 느껴 유학을 중도에 포기할 만큼 한국적인 인물이기도 하다. 특히 가족관계에서 정신적 자세나 사고방식은 완전히 전근대적이다. 아내는 모름지기 그의 의식구조에 맞는 부속품이어야 하고 아내 및 어머니로서의 자리만 강요한다. 지배욕과 에고, 아집으로서의 남성특권의식을 지닌 남편에 대한 희연의 염오와 환멸이 결국 부부를 파경에까지 이르는 결말을 초래하지만 문휘가 타협을 모르는 폭군으로까지 변모하게 되는 중요한 요인은 컴플렉스에 있다. 혜미에 대한 관희의 아내에 대한 자세 역시 폭력적인 지배자는 아니래도 전근대적인 사고의식은 관휘와 다를 바 없다. 문휘와 희연, 관희와 혜미, 한선과 소라 세 부부관계는 미국유학생활에 끝까지 잘 적응하지 못한 좌절과 열등의식, 고국에 돌아와서의 이방인취급과 유학생이란 프라이드에서 온 자만심, 그리고 에고센트리즘, 또한 유교이데올로기에서 온 가부장적 지배의식 등에서 파경의 비정상적 상황이 될 수밖에 없는 필연성을 지닌다.

근대의 전환기를 거친 현대사회시점에서 그것도 1960년 전반기를 배경으로 서울문화가 중심이 되어 서사담론이 전개되는데도 남녀이분법 원칙하에 남녀의 수직적 관계가 그대로 존속되고 경제 생산 면에서 남성은 가정의 공적 영역을 여성은 가정의 사적 영역에 고정화되는 가부장적 가족현상[22] 고수는 아이러니칼하다. 더욱이 지성을 갖춘 희연, 소라, 혜미의 경우, 이런 새로운 형태의 가부장적 가족제도에 안주함은 이들의 성격이나 인생관에서 잘 드러나고 있다. 희연에게 결혼은 여자로서 인생을 사는 수단이요 방법에 불과하고 감상이나 환상보다는 현실 그대로를 수용하는 것이 중요하다. 희연에게 결혼은 드라이한 사무이다. 이런 계산적인 성격은 ≪한국

---

22) 국제 한국학회 지음, 『한국문화와 한국인』, 사계절, 1999. 279 - 278쪽 참고..

인≫에서 서울여자의 근성으로 설정되고 있다. 혜미 역시 자기중심적인 사고가 부부관계를 파경으로 몰고 가게 하는 원인이 된다. 시집식구와의 관계에서 자신이 중심이 되지 못하는 것에 대한 자존심 싸움은 사실 깨어난 여성의식이라고 보기가 어렵다.

외면상으로는 아메리카니즘에 익숙해 있으면서도 내부적으로는 유교적 가부장제의 핵심이데올로기를 견지하면서 여성을 종속적인 보조자로만 인정하려고 하는 남성인물과 1960년 고도경제 성장기에 경제생산은 남성이 맡고 가정은 사적 영역으로 주부가 중심이 되는 성별분업상황 하에서 핵가족화를[23] 갈망하는 여성인물들의 대립이 전쟁 후 혼란된 상황과 맞물려 부부관계가 파국을 맞게되는데 특히 대가족중심의 기능이 약화되는 서울이란 도시공간이기 때문에 더욱 그렇다. 그런데 여성인물의 경우, 남편과 동등함을 내세우면서도 남편을 상징적 권위로서 부계혈통 중심주의로 생각하는 여성의식이 텍스트 전체를 지배하고 있어 지적이고 현대적인 여성의 이미지가 오히려 남성우월주의에 예속되는 모순을 보이고 있다.

4. 내면화된 타자의식의 부재

도시가 긍정적인 면에서는 생명에너지를 생성하고 분출하지만 도시가 도덕적으로 고갈될 때에는 무질서가 광포한 유아론적 개인주의를 낳으며 폭발을 기다린다.[24] 개화기소설에서 경성은 이상향으로 문명과 생명의 소리가 들리는 미래 지향적인 도시로 출발을 했으나 일제 강점기 시대의 서울은 가난과 절망의 공간, 빈부의 차이, ID발현의 인물등장 등 긍정적인 이

---

23) 위의 책, 173쪽.
24) W. Sharpe & L. Wallock, 앞의 책. 132쪽.

미지보다 부정적인 이미지가 지배적이었다.[25] 특히 1960년대 소설부터 본격화된 도시는 전쟁 후의 상흔과 경제, 사회, 정치 면에서의 오르기(Orgy) 현상이 결정론적 요인이 되어 더욱 부정적인 이미지를 지닌다. 60년대의 도시는 인구집중현상과 빌딩건축, 호텔, 그릴, 스카이 라운지, 하이웨이, 네온싸인 등의 도시 풍물로 외관상 번성해 보이지만 정작 사회의 발전변천과정에서 오는 발전현상과는 거리가 멀다. 서울은 진실된 사랑과 우정의 부재 공간으로서 물질화된 가치가 난무하는 말하자면 데카당스의 종말분위기가 지배적이다. ≪한국인≫은 인물설정에서 등장인물 대부분이 에고 메니아이며 자신에 대한 강박관념과 결정적 사고 및 의지의 박약, 열등의식 등에서 헤어나지 못하고 있다. 이들 주요 인물들의 성격에 지배적으로 나타나는 특징을 몇 가지로 유형화할 수 있다. 첫째, 컴플레스를 지닌 인물들의 나열이다 둘째, 소위 모성고착이나 부성고착을 지닌 인물의 등장으로 외디푸스 컴플렉스와 엘렉트라 컴플렉스형 인물들의 등장이다. 셋째, 사디스트적이고 매죠키즘적인 호모행위이다. 넷째, 나르시시즘적인 인물의 자기애 편집증이다.

　개인심리학의 가장 중요한 발견의 하나라고 보는 열등의식은 아들러에 의하면 개인이 그것에 대해 잘 적응하지 못하거나 준비되어 있지 않아서 그것을 해결할 수 없다는 자기의 확신을 언행으로 표현하게 되는 하나의 문제가 닥쳤을 경우에 나타난다고 한다.[26] 그리고 열등감은 기관성열등, 응석받이, 무시의 세 가지 근원으로부터 비롯된다는 것을 밝혀 냈다.[27]

---

25) 전혜자, 「현대소설사연구」, 새문사, 1987. 304 - 306쪽 참고.
26) A. 아들러, H. 오글러 지음, 설영환 옮김, 「아들러심리학해설」, 선영사, 1992. 85쪽.
27) 위의 책, 346 - 351쪽 참고. 기관성열등은 인간기관의 손상이 기능적인 장애를 일으켜 비정상적인 과정을 초래한다고 생각, 그런 손상이나 결함 전체를 말한다. 또 응석받이는 오로지 자신에게 관심을 집중시키며 사회성이 결핍하며 어려움에 부딪혔을 때 적응력의 결여로 야기되는 열등감이다. 무시열등감은 무시받으며 자란 어린이들이 삶을 자연스럽게 잘 헤쳐가는 사람의 모습을 통해 자신의 열등감을 키워가는 것이다.

문휘의 경우는 응석받이와의 관련에서 말할 수 있다. 하버드대학을 나온 수재로 외모도 출중하고 유학생이란 자존심이 대단히 높은 인물이다. 그는 오남매 중에서도 어머니로부터 과도한 편애를 받고 자랐다. 6·25때 인민군 지원을 강요받았을 때 어머니가 동생을 대신 내보낼 정도로 유난히 떠받들어졌던 인물이다. 이런데서 형성된 문휘의 우월감과 독존의식은 사회에서 난관에 봉착했을 때 사회성 결핍으로 적응력이 결여되어 열등감이 더욱 야기된다. 소년시절부터 골수에 박힌 열등감은 지적인 아내에 대한 의처증야기는 물론 세계에 대한 증오와 욕구불만으로 열등의식이 극에 달해 있다. 관희와 혜미 역시 상호 열등의식을 지니고 있다. 혜미는 관희가 언니의 옛 약혼자였다는 점에서이고 관희는 혜림과의 사랑의 실패에 대한 기억을 지우지 못하는데서 오는 열등의식이다. 한선과 소라 역시 마찬가지이다. 한선은 유학생 대열에서 낙오된 패배감과 이기적이고 타산적인 생각이 실현되지 못하는 데서 강한 열등감을 제어하지 못한다. 소라는 자기 모녀를 돌보지 않는 아버지 때문에 남자에 대한 근본적인 멸시와 피해의식이 뿌리박혀 있는 인물이다. 이들은 모두 야망과 열등의식 사이에서 방황하는 고독한 지성인으로 소외와 외로움으로 외부세계에 잘 적응하지 못하는 인물들이다.

다음 《한국인》은 외디푸스 복합 갈등을 지닌 이상심리적 인물설정이 지배적이다. 문휘와 관희의 경우는 시모와 며느리와의 관계가 부부의 파경을 맞게 되는 동인이 된다. 두 인물에게 공통적으로 나타나는 현상은 부친부재현상이다. 관희는 홀어머니에게 보람의 대상이며 관희가 사업체를 가질 수 있었던 것은 어머니의 결단력과 굳은 의지력이 밑받침이 된다. 특히 유아기때 유모의 젖을 결코 빨지 않고 어머니의 품을 떠나지 않은 관희가 결혼을 했다고 해서 어머니에 대한 효도가 달라질리 없다. 관희에게 모성고착은 절대적 의무로 아내는 어머니에게 며느리를 마련해 주기 위한 하나의 수단으로 비쳐질 정도이다. 문휘의 모성고착 역시 이상심리적 관점에서 고찰할 수 있다. 유년기의 문휘는 타인과 격리된 고독 속에 강한 모성의 보호 아래에서 금기와 부자유를 강요당하면서 성장해 왔다. 오남매 중 유일하게 편애를 받아 온데서 초래한 독존의식은 나르시시즘적인 아내와 불협화음을 일으킬 수밖에 없는 필연성을 갖는다. 또한 문휘 모친은 아들에 대한 독점욕에서 아들내외의 결혼생활을 간섭하고 구속하는 지배적인 자세로 며느리한테서 아들을 빼앗으려는 무서운 집념을 갖는다. 문휘 모친에게 남편은 객지를 방랑하는 무의미한 존재이기 때문에 아들을 통해 인생의 젊음을 갈구하려는 욕망을 더욱 야기시키는 요인이 된다. 이런 모친이 문휘에게는 한국적 향수이며 향토적 정서 그 자체이다.

여성작중인물의 경우도 외디푸스 정황에서 헤어나오지 못하는 것은 마찬가지이다. 혜미 자매는 부성고착적인 인물이란 점에서 남성인물과 유사하다. 두 자매는 부친의 말에 무조건 복종한다. 또한 부친 백의사에게 두 딸은 딸이면서 친구이고 애인이기도 하다. 혜림을 관희와 파혼시킨 것도 여성으로 성숙해져서 아버지의 보호를 떠나는 것이 두렵기 때문이었다. 관희와 문휘의 모친들에게 각각 그 아들들이 전보람이듯이 백의사 역시 두 딸이 인생의 전부이다. 두 자매도 예외가 아니다. 아버지의 사랑과 보호 아래서만 행복해질 수 있다고 생각한다. 소라와 모친 홍교장 역시 엘렉트라 정황에서 설명될 수 있다. 남편의 가출과 딸을 사위 한선에게 빼앗겼다는 피해의식이 딸 소라를 냉대하고 오히려 딸의 친구인 쑤한에게 호의를 베푸는 행위로 나타난다. 이 행위는 '안채문화'[28] 또는 바깥문화란 차원과는 별개의 문제이다. 이런 작중인물들의 일관된 이상심리는 '정적인 외디푸스복합'[29]으로 들뢰즈와 가따리식으로 얘기하면 일종의 편집병증세라고 볼 수

---

28) 국제한국학회지음, 앞의 책, 268쪽.
29) 원호택, 『이상심리학』, 法文社, 2000. 52쪽.

있으며,30) 유아기때의 외디푸스정황에서 벗어 나지 못한 미성숙된 인물들의 나열이라 볼 수 있다.

다음 문휘와 한선의 동성애는 '자아 - 이질적 동성애'로31) 이성간의 관계를 원하면서도 어쩔 수 없이 동성애 때문에 주관적인 괴로움을 경험하는 경우이다 즉 자신들의 의지와는 상반되게 문휘는 미소년 영규에, 한선은 미스터 킥스를 대상으로 동성애에 집착하는 것이다. 그것은 아내에 대한 불안정과 소외당하는 것에 대한 자신의 결핍의 보강을 위해서이다. 문휘에게 영규는 희연에게서 위축된 자아를 찾는 탈출구가 된다. 지적인 면에서 아내를 정복해 보지 못하는 공허를 쉽게 독점할 수 있다고 생각하는 영규를 통해 도착된 애욕을 일으킨다. 그러나 결말에 가서 문휘는 우울증, 불안의식, 수치심, 죄책감 등의 괴로움 때문에 정신병원에 입원하게 된다.

마지막으로 나르시시즘은 긍정적으로 생각되기보다 부정적인 차원에서 더욱 많이 거론되어 왔다. ≪한국인≫의 인물들은 자아가 제대로 형성된 인물이 거의 없다. 미드(M.H. Mead)는32) 자아를 'I'와 'Me'라고 하는 분석적으로 구별될 수 있는 두 측면 사이의 내면적 사회과정으로 보고 있다. 자아 속의 'I'의 측면은 개인의 충동적이고 즉각적이며 비조직적인 생활경험으로 표현되는 것이다. 반면에 'Me'는 그 개인 속의 내면화된 타자(Internalized Other)로서 자기가 소속되어 있는 일반화된 타자에 의해 만들어진 의미 일반인 것이다. 미드는 인간의 행위가 'I'의 형태에서 출발하여 'Me'의 형태에서 끝난다고 말했는데 ≪한국인≫에 등장하는 대부분의 인물들은 'I'만 있을 뿐이지 'Me'는 결여되어 있다. 미드는 인간에게 자아가 있다는 말은 다음 세 가지 점을 암시한다고 말했다.33)

---

30) 질르 들뢰즈, 펠릭스 가따리, 최명관 역, 『앙띠 오이디프스』, 1994, 406쪽.

31) 원호택, 앞의 책, 337쪽.

32) 전병자, 『社會心理學』, 經文社, 1995. 181 - 182쪽에서 재인용함.

33) 위의 책, 182쪽.

첫째, 인간이 자아를 가지고 있다는 말은 곧 개인은 그 자체가 사회의 하나의 축소판이라는 것을 의미한다. 즉 개인이 남들과 상호작용을 하는 것과 마찬가지로 개인은 그 자신의 자아 속에 있는 'I'와 'Me'를 통해서 부단한 내면적 대화를 함으로써 자신의 마음 속에 자기 나름대로의 세계를 이루고 있다는 말이다. 둘째, 인간이 자기자신을 대상으로 행동할 수 있다는 말은 곧 인간에게는 정신적인 생활이 가능하다는 말이기도 하다. 셋째, 인간이 자아를 가지고 있다는 말은 인간은 내적인 충동이나 외적인 자극에 맹목적으로 반응을 보임으로써 행동하는 것이 아니라 끊임없는 의식의 흐름 속에서 자기의 행동을 구축하는 것이기 때문이다. ≪한국인≫에서 문휘나 관희는 미드식의 자아가 아니다. 이들은 강한 아집과 자의식, 독선이 강하며 즉각적이고 충동의식이 강한 인물이다. 한선과 소라 역시 타협을 모르는 오만과 이기주의로 부부간의 불행을 자초했고 혜미 또한 자기애에 도취된 인물이다. 희연은 자기애가 강하면서도 지성을 갖고 비교적 문휘와 융화를 도모하려는 인물로 그려있으나 남자의 가치는 여자의 욕망을 충족시켜 줄 수 있는 능력에 좌우될 뿐 그 이상의 가치도 없으며 결혼은 여자에게 인생의 수단 방법에 불과하다고 생각하는 기계론적 결정론이 문제가 된다.

위에 예시한 인물들의 열등복합심리는 1960년대 초반의 아노미현상을 형상화한 것이라 볼 수 있다. 이들은 파르마코스적인 인물들로 60년대 초반의 시대적 불행이 낳은 스케이프고트이다.

5. 맺음말

본고는 레한의 이론을 원용해서 손장순의 최초의 장편인 ≪한국인≫에 나타난 '서울'이란 도시생태읽기를 시도해 본 것이다. 레한은 역사적, 문화적, 사회적 변화 속에서 도시 텍스트의 개념화가 어떻게 설정되는가를 고찰했다. 이 관점은 문화적 텍스트와 도시텍스트 사이의 공조현상에서 도시를 문학적 상상력의 부산물로 보고 도시의 생태를 텍스트읽기로 분석한 것이다.

≪한국인≫에서 서울은 해방정국과 6·25전쟁을 겪은 후의 아노미현상에서 출발해서 1960년대초반 제3공화국시절에는 그 오르기(Orgy)현상이 극치였음을 읽어 낼 수 있다. 특히 미국에 유학갔다 돌아온 인물들을 중심으로 60년대 초반을 풍미했던 아메리카니즘과 한국전통문화와의 괴리에 초점을 맞추고 '바(Bar)'문화에 젖은 인물들이 역사적, 사회적, 경제적, 정치적 불행의 상황 속에서 얼마나 몸부림치고 있는가를 작가 특유의 적나라한 이데올로기 외침으로 나타내고 있다.

첫째, 서울은 외관상 성장하고 번영하는 도시로 보이지만 내면적으로는 마치 도너스 가운데의 구멍처럼 부패와 부정으로 인한 위기의식이 팽배한 공간으로 글쓴이의 사회구조적, 환경결정론적인 시각이 두드러진다.

둘째, 미국에 유학 갔다온 인물들의 실용적 합리주의사고가 걸림돌이 되는 한국사회와의 충돌에서 오는 유피들의 방황, 좌절과 남성문화가 지배적인 가정 안에서의 전통과 반전통의 갈등 속에서의 그들의 몸부림을 읽어 낼 수 있다.

셋째, 이런 아노미현상에서 왜곡된 의식을 지닌 인물들의 콤플렉스현상은 외디푸스, 엘렉트라, 동성애, 나르시시즘적인 편집증징후 속에 부부관계의 파경과 정신병원에 입원하는 데뉴망 등 60년대 초반 피폐한 사회현상에서 불가피하게 초래된 병리학적 인물설정의 열등의식이 텍스트전체를 지배하고 있다.

무릇 글쓰기란 메시지를 산출하고 의미를 확대시키는 것이며 글읽기란 글쓴이가 창조한 담론에 반응을 다양하게 나타내어 읽는 이의 흥미와 관심

에 따라 재편집하고 개념작용을 겪는 과정을 말한다. 이런 의미에서 알콘
(H.W. Alcorn Jr.)은 텍스트를 기본적으로 작가의 나르시시즘과 독자의 나
르시시즘을 연결시키는 공간이라고 했다.[34] 손장순의 나르시시즘적인 글쓰
기는 작중인물들의 갈등과 욕망촉구 좌절을 통해 작가자신의 현실인식을
사회적, 문화적, 심리학적으로 구조화시킨 것이라 볼 수 있다.

서울이란 도시는 여성의 현실참여 활동은 부재하는 공간이며 여성인물
스스로가 여성의 잠재력은 생명잉태와 양육이라는 19세기식 사고의 틀에서
벗어나지 못하고 있다. 여성은 지성과 오만한 자존심만을 내세우면서 주변
적 존재 또는 배제된 존재의 틀을 아직도 벗어 나지 못하고 있다. 그것은
희연, 혜미, 소라의 의식과 행위에서 감지할 수 있다. 남성인물의 경우, 서
울은 그들의 이상실현 추구의 활동무대로서 활용되고 있으나 서울은 닫힌
체계로서의 의미만 주어질 뿐 생명력을 상실하고 있다. 그런 의미에서 손장
순의 나르시시즘적인 글쓰기는 라깡식으로 말하면 상상계에 머무르고 있는
단계일 뿐이다.

《한국인》은 기록자적 서술과 인물적 시각의 서술을 기조로 글쓰는 이
의 주장에 대해 글을 읽는 사람에게 강력하게 동의를 구하고자 하는 분위
기가 지배적이다. 그러나 결말에 가서 정신병원에 입원한 문휘가 학생 데모
대의 아우성이 생방송으로 중계되는 것을 들으면서 힘이 불끈 솟으며 새로
운 의욕이 솟아오름을 확인하는 장면으로 대단원의 막을 내린 것은 리얼리
즘적 관점에서 개연성이 부족하다. 또한 환경적 결정론과 관료제도나 가부
장제도 등의 사회구조적 결정론적 관점론들이 수사적 장치를 여과하지 않
고 조야한 언어 그대로 표현하고 있는 점이 한계로 보여진다.

---

34) H.W. Alcorn Jr., *Narcissism and the Literary Libido*, New York University Press. 1994. 12 -
   19쪽.

게젤 샤프트 속의 가족공동주의
- 이순의 ≪우리들의 아이≫를 중심으로

1. 머리말

1960, 70년대만 해도 서구의 경우는 탈근대의식 속에 근대의 계몽주의적 합리주의와 확신이 여지없이 와해된 시대라고 볼 수 있다. 독일 과학자 베르너 하이젠 베르크의 불확정의 원리를 비롯해서 스페인의 철학자 호세 오르테가 이 가세트의 관점주의이론과 법칙의 기호학에 열중하는 탈근대의 시대로서 미국의 사회비평가인 제러미 리프킨[1]에 의하면 이 새로운 세계는 비객관적이며 우발적이고 진리로 이루어진 것이 아니라 선택과 시나리오로 엮어 있어서 아이러니, 역설, 회의가 득세한다고 한다. 말하자면 하이퍼현실로 현대인간의 의식구조를 달라지게 만든다는 것이다. 그래서 인간의 활동은 가속화되고 인간의식은 유동적이며 역사적 시간감각은 소멸하고 순간을 위해서 살아가려는 열정이 인간을 지배한다.

그러나 1960, 70년대의 한국사회는 그래도 역사적 연속성에 대한 감각에서 과거의 세대와 미래의 세대를 이어가고 있었다. 20세기 중반이래 세계는 접속의 시대 속에 소유의 종말을 코드화하고 있으나 한국사회는 소유

---

1) 제러미 리프킨, 이희재 옮김, 『소유의 종말』, 민음사, 2001. 281쪽 - 292쪽 참고.

의 시작이라고 볼 수 있다. 1960년대부터 본격적으로 추진되어 온 산업화
는 1970년대 초반부터 공업화에 진입하는 종사자가 과반수를 넘기 시작했
다. 산업화에 따른 사회적 변화를 살펴보면[2] 근대화와 테일러리즘의 확산[3],
합리화, 생산성의 증대와 특히 1980년대 이후는 서비스산업과 정보화의 발
달 그리고 포스트모더니즘의 징후 발견 및 도시화, 상업화, 가족의 이동증
가에 따른 삶의 질 향상과 소비문화 증대와 편의주의. 상품화증대를 들 수
가 있다. 결국 산업화에 따른 사회구조적 특성은 무엇보다 대규모공장제 생
산에 따른 자본주의 및 경제우선적 사회[4]의 등장으로 산업화는 근대성을
의미한다고 볼 수 있다.

또한 산업화는 중산계층의 형성에 준거가 되는 것으로 하류층에서 중산
층으로, 중산층에서 상류층으로의 욕구를 촉진시키는 동력이 되기도 한다.
앙리 르페브르식으로 얘기한다면[5] 산업화, 공업화는 근대성이며 근대성은
일상성이고 또한 일상성은 도시성과 등식을 이룬다. 르페브르에게 일상성
은 욕망의 시간이며 소멸이며 동시에 부활이다.[6] 일상성은 생산관계의 산
물로 자본주의의 경제지배하에서는 일상성을 벗어날 수가 없다. 교환가치
경제체제의 일상성의 지배하에서 카프카의 그레고리 잠자적 아이러니를 지
니고 있는 현대인의 양상이 1970년대 후반부터 나타나고 있다.

위와 같은 의미에서 이순의 연작소설 ≪우리들의 아이 - 아들 · 1 - 아
들 · 8≫은 1970년대 후반기의 산업화에 따른 근대성, 일상성, 도시성에 대

---

2) 변화순, 『한국가족의 변화와 여성의 역할 및 지위에 관한 연구』, 한국여성개발원, 2001,
   27쪽.
3) 위의 책, 재인용, 생산활동의 정신적, 구조적 합리화를 의도하는 것으로 과학적 관리법의
   시조라고 일컫는 테일러가 실무에서 겪은 체험적 연구에 의해 발전, 확립시킨 경영관리상
   의 합리적 사상 내지 이념을 말한다.
4) 조혜정, 『한국의 여성과 남성』, 문지사, 1988, 109쪽 참고.
5) 앙리 르페브르, 박정자 역, 『현대세계의 일상성』, 主流 · 一念, 1995, 참고
6) 위의 책, 246 - 247쪽

한 양가성을 선명하게 나타내고 있다. ≪우리들의 아이≫에 반복되는 모티프는 산업화와 맞물려 가족이 하류층에서 중산층으로 또한 중산층에서 상류층으로 상승하고 싶은 욕망이 주조를 이룬다. 그런데 문제는 근대의 자본주의가 가부장적 전통의식과의 상관관계에서 별반의 갈등없이 화해하고 있다는 점이다. 그래서 이순소설을 마치 봉건시대의 내간문학에 근사하다[7]고도 하며 "도시적인 것, 현대적인 것이 토속적인 것, 전통적인 것과 한데 얽혀있으면서, 그 어깃장을 놓으며 투박스럽게, 그러니까 갈등으로 작용하는 것이 아니라, 서로 기능적으로 마땅한 자리에 설켜 있음으로 해서 두 개의 다른 면모가 보기좋게 모양짓고 있는 것이다"[8]라는 비평도 있다.

이순의 이런 글쓰기는 리타 펠스키의[9] 근대성의 양가성이론이 그런대로 합리성을 갖는다. ≪우리들의 아이≫에 나타난 1970, 80년대 한국사회의 경제구조 변화 속에 중산층으로의 상승욕망이 전통적 가부장제란 생활체계와의 관계에서 어떻게 작용해 나갔는지 르페브르와 펠스키의 이론 등을 참고로 해서 연구해 보고자 한다.

2. 소유의 시작 - 중산층으로의 상승욕구

이순의 연작소설 ≪우리들의 아이≫는 아들①에서 아들⑧까지 총 8편으로 텍스트의 작중인물명이나 사건, 상황설정이 동일하지는 않으나 이야기 내용이 서로 유기적인 관계에 놓여 있다. 8편 중 초점화자가 인칭구분 없이 대가족의 맏며느리인 텍스트가 5편이고[10] 초점화자가 미혼의 대학원 조교

---

7) 최원식, 「성장소설의 가능성」, ≪이순소설집≫, 1983, 234쪽
8) 김병익, 「소시민의 소박한 꿈 : 가정소설의 의미」, ≪우리들의 아이≫, 위의 책, 237쪽
9) 리타 펠스키지음/김영찬·심진경옮김, 『근대성과 페미니즘』, 거름, 1998
10) <그물> - 아들·2, <병어회> - 아들·3, <우리들의 아이> - 아들·④, <아들> - 아들·5, <못난 여편네는> - 아들·8

인 '나'가 1편[11], 시동생이 초점화자가 된 텍스트가 2편[12]으로 8편 중 5편이 대가족의 장자부가 초점의 화자가 된다. 맏며느리를 중심으로 설정된 주변인물들은 사회생활에서 시행착오를 자주하는 남편과 힘겹게 학비를 대주어야 하는 시누이와 시동생, 중풍에 걸려 대소변을 돌봐 주어야 하는 조모, 허욕으로 가산을 거덜내 경제권 실종의 문제아 취급을 받는 시부, 맹목적인 아들선호도의식의 시모, 고자이면서도 양아들의식에서 깨어 나지 못하는 작은 아버지 등으로 줄기차게 반복되는 공통화소는 중풍에 걸린 조모까지도 기품있게 주장하는 가부장의식이다. 가장중심주의적 사고에서 가장인 남편은 군주이고 곧 경제라는 의식과 가족들 사이에 팽배해 있는 아들선호사상, 이 속에서 불평 한 마디 없는 장자부는 남편의 승진 실패와 실직 등에도 좌절하지 않는다. 그러나 이 가운데에서 무엇보다 두드러지는 화소는 하류층에서 중산층으로 중산층에서 상류층으로의 상승하고 싶은 욕망에 가족들이 다 공동으로 담합하고 있다는 점이다. 그래서 텍스트의 결말은 전진과 희망이다.[13]

우리 한국사회의 경우, 본격적인 산업화는 1960년대 이후에 시작되었다. 현대인들은 강제된 시간 속에서[14] 삶을 산다. 일상성 속에는 객체로서의 '나'만 있을 뿐 주관은 없으며 소유와 욕망이 실제와 상상사이에서 복합적 관계를 갖는다. 예를 들어 집, 아파아트, 가구, 요리, 휴가여행 등에 사람들의 욕망이 투사되며 욕망의 자기소유를 끝없이 유동적으로 시도한다.

≪우리들의 아이≫는 앞에서 지적한 것처럼 하류층에서 중산층, 중산층

---

11) <개나리울타리> - 아들·1
12) <아가 天使> - 아들·6, <모르는 事情> - 아들·7
13) 초점화자가 시동생인 <아들·6>, <아들·7>이나 초점화자가 조교인 <아들·1> 역시 주변배경설정은 동일하다.
14) 앙리 르페브르, 앞의 책, 92쪽, 르페브르는 시간의 활용을 비교의 방법으로 세 개의 카테고리로 분석했다. 1.직업적 일을 하는 의무의 시간 2. 여가의 시간인 자유의 시간 3. 일 이외에 잡다하게 필요한 강제된 시간이다.

에서 상류층으로 진입하려는 가족공동의 일상적 욕망이 가족전원의 의기투
합하에 전개되는 것이 핵기능을 하며 아래와 같은 서사적 상황을 동반한다.
　첫째, 초점화자의 위치라 볼 수 있는 장자부의 중산층으로의 상승욕망이
텍스트전체를 지배한다. <아들·4>에서 초점화자는 사회과 교사 신정혜
이다. 그가 교직원실에서 동료교사들에게 자랑하고 싶은 것은 오로지 근검
절약과 저축을 꾸준히 실행해서 번화가에 일금 삼천만원 상당의 자택을 구
입한 일이다. 그가 셋방신세를 면하고 집을 샀다는 사실은 남편의 승진보다
더 기쁜 일이었다.

> 　글세 벌써 삼년 전에 그 아들 몫으로루다 사두었다대지 뭐니. 그런 시부
> 모 흔치 않다. 잘 모셔라, 그랬더니 혜진이란 년 말하는 것 좀 봐라 글세.
> 겨우 스무평짜릴 갖고 뭘 그래. 내 친구 아무개는 삼십육평에서 살고 또
> 아무개는 오십이평에서 사는데, 이러지 않겠니? 그래서 내가 막 야단쳤지.
> 이년아, 위만 쳐다보면 한이 있는 줄 아니? 아래도 좀 내려다 보거라. 당장
> 정혜언닐 좀 봐라. 단칸 셋방에서 벌써 몇 년째 사는지 아니? 그것도 쎄가
> 빠지게 나가 벌면서 하구 말이지[15]

　위의 말은 집 한 칸 없는 남자와 결혼한 정혜를 '깐죽거려'대는 고모의
말이다.

> 　아직 모른다. 두고 봐라. 두고 봐도 한참 두고 봐야 알지. 그까짓 스무평
> 이 별거냐? 김서방 그거 부럽게 할 사람 아니다. 아니고 말고. 우선 혜진이
> 남편은 겨우 2차 k대 출신인데 김서방은 서울대가 아니냐? 허우대도 혜진
> 이 남편은 김서방 발뒤꿈치에도 못 미치지, 아암, 뒤꿈치에도 못 미치고 말
> 고[16]

---

15) <우리들의 아이> - 아들·4, 앞의 책, 199쪽
16) 위의 책, 199쪽

라고 딸을 위로하는 정혜모친의 반응은 결혼초기부터 셋집을 떠나 더 좋은 집으로 이사를 가기위해 피임을 한 딸의 마음과 동일하다.

<병어회> - 아들·3의 초점화자 '나'역시 <아들·4>와 별다르지 않다. '내'가 결혼해서 바라는 것은 적어도 "명색이 미니이층집들이 손바닥만큼씩한 면적으로 닥지닥지 달라 붙어 있고 아래채들은 하나같이 세를 놓아 솜틀집, 만화가게, 구멍가게, 미장원, 봉구완제공장들로 울긋불긋한 동네"[17]에서 자란 남편을 내가 자란 환경 즉 "경제개발 5개년 계획과 함께 60년도 초반부 텔레비바람이 거세게 불었을 때 월부일망정 빠지지 않고 안테나를 기와지붕에 꽂았으며 전화신청을 해서 문명의 위기를 머리맡에 놓았고 대망의 70년대로 들어서면서 투 도어 냉장고를 시속따라 들여 놓았던"[18] 것으로의 자리바꿈이다. 그것은 하류층인 남편가족의 환경을 상류층도 아닌 중류층까지만이래도 올리려는 안까님이다. <아들·3>처럼 "시아버지 될 분은 S상사 상무이사셔…여의도에 아파트를 사났대. 뭐니뭐니해도 젊은 사람은 젊은 사람들끼리 살아야 된다는 게 시아버지 될 분의 의견이셔. 날 얼마나 귀여워하시는지 몰라. 이 반지도 날 직접 데리구나가서 골라주신거야. 어때, 디자인이 세련됐지? 이거 이래뵈도 한 카라트다."[19] 라는 초급대출신의 고등학교 동창생 말에 대한 자기 합리화도 <아들·4>와 같은 상황이다. 이것은 '나'에게 욕망이 아니라 소박한 욕구이다.

'나'에게 욕구는 시부의 욕심과 다른 것이다. 욕망은 불교에서 의식의 맨 밑바탕 즉 12因緣 중 가장 첫 번째 것인 無明으로[20] 空이나 虛 즉 온갖 만상을 만들어 내는 그래서 꺼버려 깨달음의 경지인 三昧에 들어야 하는 촛불로 여기는 것이다. 그러나 '나'의 경우, 대기업 엘리트사원인 남편이 퇴

---

17) 위의 책, <아들·3>, 201쪽
18) 위의 책, 201쪽
19) 위의 책, 202쪽
20) 강영계 저, 『정신분석이야기』, 건대출판부, 2001, 22쪽

근 후 과외지도까지 하면서 돈을 벌거나 '나' 역시 여중영어교사로 취직해
있으면서 남편의 과외지도까지 떠맡는 것은 오로지 중산층을 향한 소박한
소망이다. 이것에 대한 집념은 자신이 과외지도를 하는 학생의 집에 갔을
때 더욱 확연해지며 동시에 자신이 하류층집안의 며느리란 점을 확실히 알
게 된다.

> 개별지도를 받는 학생의 집은 하나같이 부자여서 겨울엔 온실처럼 따뜻
> 하고 여름엔 에어컨으로 가을날씨같이 서늘했다. 화장실에 들어가보면 우
> 리 부부가 쓰는 방만큼 큰 면적에 거기에 앉아 용변을 본다는 것이 황송스
> 런 번쩍이는 흰색의 양변기가 있었다. 목욕통은 멋진 무늬의 고무커튼으로
> 가려져있고 유리창 속엔 외제샴프며 외제 로션, 화장수병들과 두텁고 색깔
> 화사한 타월들이 차곡차곡 넣어져 있었으며 무엇보다 거울이 크고 두꺼웠
> 다. 거기에 얼굴을 비추어볼라치면 어느새 눈가장자리에 거뭇거뭇 기미가
> 앉아있고 볼따구니는 움쑥 들어가 있는 것이었다.[21]

과외만은 그만 두고 싶어도 이미 타서 써버린 계 두개와 두 개의 적금
그리고 무엇보다 중요한 것은 보다 큰 집으로 이사가는 꿈 때문이다.

> 때때로 나는 수세식변소와 입식 부엌이 있는 깔끔한 양옥집 볕바른 뜨
> 락에 서서 그네타는 내 아이를 내려다보고 섰는 꿈을 밤에 꾸는 일이 있었
> 다. …내 모습은 한결 같아서 핑크색 홈드레스를 입은 화사한 모습으로 잔
> 디가 시원한 집 앞에 서서 솜사탕보다 더 부풀은 웃음을 웃고 있곤 하였
> 다.[22]

중산층으로의 편입이란 꿈을 위한 투지 앞에서는 친정동생의 비꼬는 말
도 관심 밖이다. 드디어 '내'가 원하던 입식부엌과 방 세 칸짜리 미니이층

---

21) 앞의 책, 209 - 210쪽
22) 앞의 책, 210쪽

집을 마련하고 적어도 자식을 대학에 보낼 수 있는 중산층으로서의 요건 다시 말해서 큰 집과 냉장고와 전화를 장만하는 것 그리고 병어같이 싼 생선보다 광어를 먹을 수 있는 환경을 갖췄을 때 그 만족감에 가족 모두가 희희낙락한다. 결국 '나'에게 있어서 중산층으로의 상승이란 큰집과 냉장고와 전화를 장만하는 것과 병어같이 싼 생선보다 광어를 먹는 것이다.

둘째 ≪우리들의 아이≫의 가족에게 경제는 돈이고 돈은 곧 권력이며 신적인 힘을 가지고 있다. 그래서 대기업의 엘리트 사원인 가부장 남편은 고전주의식 절대군주나 마찬가지이다. 가부장의 권위는 재력과 관련되며 재력에 따라 호칭도 바뀌지고 대접도 달라진다.

> 숙부는 점점 윤기를 잃어 가고 아버지와 어머니는 나날이 윤기가 기름독에서 막 빠져나온 사람처럼 번들번들해 갔다. 어머니는 시동생이 집대문을 들어서는 기색이기만 하면 「아이구 서방님 어서 오세요.」하고 고꾸라질듯이 뛰어나가던 일을 어느새 집어치웠고 그러기는커녕 혹시 돈이나 뭐 그런 어려운 부탁을 들고 온 건 아닌가 하는 표정이 완연해져 가지고 떨떠름히 「삼촌 오세요.」하고 부엌이든지 안방에서 고개를 삐주룩이 내밀었다. …고모, 숙모들도 더 이상 어머니를 추궁하는 빛을 띠지 않았고 경전에 다닌다고 회사 오라버니, 회사 서방님이니 하고 부르던 호칭도 양자 간 오빠 또는 아저씨 등으로 어느틈에 바뀌었다.[23]

재산가였던 숙부가 경제상황의 좋고 나쁨에 따라 호칭이 바뀌면서 경멸의 대상으로 된 것은 가족의 다양한 기능 중[24] 경제적 기능만을 중시하는 근대적 가족경제학 관점이라고 볼 수 있다. 그래서 <아들·2>에서의 혜옥의 시부나 <아들·3>의 '나'의 시부는 가족경제에 보탬이 안된다는 이유

---

23) <모르는 事情> - 아들·7, 위의 책, 198쪽
24) 문숙재 외, 『가족경제학』, 교문사, 2000, 20쪽, 사회적 기능, 문화적 기능, 애정적, 생물학적 기능, 경제적 기능 등이 있다.

로 자격 잃은 가부장으로서 가족들에게 문제아 취급을 받는다. <아들·2>
에서 초점화자 혜옥의 남편 위치는 부모와 형제의 의식주 및 복지를 한 몸
에 맡은 선의의 독재 군주이다. 남편의 호령소리에 온 식구가 쩔쩔 매며 불
안해 하기도 하며 생기를 되찾는 역설을 초래하기도 한다.

> 남편은 부모형제의 기본 의식주는 물론이고 복지제반을 한몸에 책임지
> 고 있는 사람답게 대단한, 말하자면 선의의 독재군주였고, 남편의 신민(臣
> 民)들은 자연자원이란 전혀 없고 인구는 엄청난 그들 약소국 백성에게 있
> 어 그 군주의 전단(專斷)은 곧 백성을 먹여살리겠다는 결심임을 일찍이 터
> 득하고 있었다.25)

이 경우, 남편의 권위는 전통적 가부장적 이데올로기 말하자면 남성중심
주의에 뿌리를 둔 유교적 위계질서와 계급중시에서 온 것이기보다 가족집
단의 복지생계를 책임지고 있다는 점에서 강조되고 있다. <아들·5>의 경
제력없는 남편을 대신해서 가족경제를 책임지고 있는 행순시누이의 경우를
보면 더욱 그렇다. 이것은 현대 산업사회에 따른 가정의 변화로 전통사회에
서 경제력 유·무에 관계없이 가장권을 인정하고 가장은 가족원이 시인하
는 권위공간을 집안에 갖고 있었던 것과는 다른 변화이다.26)

셋째, <아들·2-4>의 초점화자 혜옥, 나, 신정혜의 직업이 오로지 중
산층으로 상승하기위해 돈을 버는 수단으로만 작용한다는 점이다. 본인이
연구한 바에 의하면27) 20년대소설의 경우, 작중여성인물은 남편이 무기력
해도 옆에서 지켜만 볼 뿐 남편의 가장적 역할을 적극적으로 대신하지 못

---

25) <그물>-아들·2, 앞의 책, 146쪽
26) 이광규, 『현대한국가족의 이해』, 서울대출판부, 1996, 122-123쪽 가장권이란 즉 집을
   외부에 나타내는 대표권이고 집안식구를 다스리는 감독권이며 재산을 관리하는 재산권
   이다.
27) 필자, 『현대소설사연구』, 새문사, 1987, 251-255쪽

했다. 그것에 비하여 30년대소설의 경우 작중 여성인물들은 적극성을 띠고
현실에 대처해서 직면해 나간다. 그것은 남편이 무직이거나 무능한데서, 또
는 남편이 죽고 없거나 아니면 미혼의 딸이 살림을 꾸려 나가는 경우이다.
여성들이 직업을 갖는 지배적인 이유는 첫째 남편이 무능하거나 실직, 또는
심한 열등콤플렉스에 젖은 인물이거나 병인이어서 생활력이 전혀 없는 경
우, 둘째 출가하지 않은 딸이 부모 및 동생들의 생계를 책임지는 일, 셋째
남편의 사망으로 생활을 책임지거나 남편이 방탕해서 집을 떠난 경우 아내
가 남편대신 생활을 책임져야 하는 상황 때문이다.28) 대체적으로 20, 30년
대의 경우는 생계유지를 위한 여성의 사회참여가 지배적이었고 직업에 대
한 자부심이나 긍지는 희소했다고 볼 수 있다. <아들·2-4>의 경우는 산
업화이후 새로운 형태의 가족으로 등장한 소위 맞벌이부부라고 볼 수 있다.
맞벌이가족은 부부가 함께 경제활동에 참여하는 가족유형으로29) 취업유형
을 분류한다면 내조형맞벌이가족이라고 볼 수 있다.30) 세 텍스트의 경우,
아내의 직업은 생계위험 때문이 아니라 보다 나은 가족환경을 위한 말하자
면 셋집을 모면하고 중산층 아파아트로의 진입을 위한 취업으로서 초점화
자의 성역할 태도는 매우 보수적이며 남편에게 종속된 위치를 그대로 견지
하고 있다.

> 그날 저녁 퇴근해 돌아온 남편에게 전말을 고하면서 정혜는 찔끔찔끔
> 눈물을 짰다. 그러면서 「나 인제 학교 그만 둘래요. 이젠 아주 지긋지긋해
> 신물이 나」 했다. 남편도 심각한 낯이었다. 「학교 관두고 이 집 팔아서 영
> 동이든지 반포든지 이사갔으면 원이 없겠어」·········「난 원래 가정적인
> 여자에요. 직장같은 건 애당초 내 적성에 맞지 않았어요. 싫은 걸 억지로

---

28) 위의 책, 253쪽
29) 이정숙, 『가족문제』, 교문사, 2000, 80쪽
30) 이영숙 외, 『가족문제론』, 학지사, 2000, 101쪽

계속했던건 내 집 마련이라는 숙제를 풀기 위해서였던 거예요. 이제 집도
생겼으니…31)

신정혜가 사회과 교사란 직업을 가진 것은 자아실현이나 사명감 또는 소
명의식에서가 아니라 하류층인 시집의 환경을 적어도 정혜가 살던 환경 즉
중산층으로 올려 놓기 위해서이다. <아들·3>의 영어과 교사인 '나'의 환
경 "무르고 싶다는 기분이 그토록 강렬하여 자존심을 건드리는 일이 없었
다면 아무리 그와 더불어 지내온 날들이 적지 않은 것이었다손 치더라도
수돗물을 이십여년간 마시고 살아온 나였다. 수돗물뿐이랴, 경제개발 5개년
계획과 함께 60년도 초반부 텔레비바람이 거세게 불었을 때 월부일망정 빠
지지않고 그 창경원 사슴뿔같은 안테나를 기와지붕에 꽂았으며 바람부는대
로 전화신청이란 걸 하여 문명의 이기를 머리맡에 놓았고 이어 대망의 70
년대로 들어서면서 투 도어 냉장고를 시속따라 들여놓았던, 아니, 무엇보다
딸자식을 대학공부를 시킬 수 있었던 집안에서 자란 내가"32)란 말도 <아
들·4>와 유사성을 띠고 있다.

이 경우, 조혜정의 한국의 가부장제에 관한 해석적 분석33)이 참고가 된
다. "1960년대이후 본격적인 공업자본주의화과정을 거치면서 핵가족화는
보편화되고 현모양처의 이데올로기는 확고히 뿌리를 내리게 되어 여성은
일터에서 경제생산에 참여하는 남성가장을 위하여 가정에 남아 가사노동을
하고 정서적 위안을 주는 아내로, 그리고 출세할 자녀를 기르고 교육시키는
일에 몰두하게 된다. ………취학전 아동의 양육소로 그리고 경제생산자의
휴식처로 전락한 가정의 관장자로서 여성은 여전히 맹활약을 하나 그들의
활동은 주관적인 인정에 의존하는 사적 노동에 그칠 뿐이다. 이 시기의 가

---

31) <아들·4>, 위의 책, 206 - 207쪽
32) <그물 - 아들·2>, 앞의 책, 201쪽
33) 조혜정, 『한국의 여성과 남성』, 문지사, 1998, 109 - 110쪽

부장제의 유지는 국가기구 및 일터의 조직화 차원에서, 그리고 일상생활에
서는 생리적 성차와 '남성다움', '여성다움'으로 표현되는 심리적 성차를 강
조함으로써 이루어진다."[34]처럼 <아들·2-4>의 초점화자는 고학력의 여
성이고 남편과 경제권에서 동등한 주역이면서도 스스로 가정의 주변에서
남편에 의존하는 전근대성을 보여주고 있으며 수동적이고 복종적인 가부장
제의 남성주인의식을 떠나지 못하는 아이러니를 보이고 있다.

3. 소유와 전통의 하모니

<아들·1-8>은 산업화시대의 가장 보편적인 핵가족중심이 아니고 대
가족구성원들의 담합에 의해서 중산층, 상류층으로의 상승을 꾀하고 있다
는 점에서 일상성의 또 다른 얼굴을 발견할 수가 있다. 직계가족 또는 친척
가족까지 포괄한 광범위한 개념의 가족으로 <아들·4>는 부부가족중심으
로 담론이 비록 전개되지만 실제 담론이 전개되는 환경설정은 적어도 3세
대가족임을 인지하게 되는 분위기이다.

일상화 즉 근대화의 개념은 도덕적이고 가치적이며 종교적인 문제를 의
미한다.[35] 즉 전통과 공동체주의적 가치는 붕괴되고 개인화, 세속화, 문화
적 분화, 편의주의, 도시화, 관료화 그리고 합리화란 특성을 지닌다.[36] 특히
1960년대이후 우리나라의 가족형태, 구조, 기능 면에서의 가족변화를 부부
관계나 부모-자녀관계, 친족관계 등을 통해서 연구한 사례를 보면[37] 전통

---

34) 위의 책, 111쪽
35) 한국여성개발원, 『한국가족의 변화와 여성의 역할 및 지위에 관한 연구』, 한학문화,
    2001, 11쪽
36) 위의 책, 11쪽
37) 이정숙의 『가족문제』, 한국가족학회편의 『한국가족의 현재와 미래』, 이영숙외의 『가족문
    제론』 등 가족과 관련된 서적이 많이 눈에 띈다.

적 공동체주의적 가치의 가족과 사뭇 다른 근대가족의 변화를 인식할 수 있다. 특히 우리나라처럼 농업국에서 공업국으로 변화한 경우는 무엇보다 보수와 진보의 갈등을 초래하기 마련이다. 이광규의 『현대 한국가족의 이해』에 의하면38) 가족의 외형적 변화는 첫째 가족의 소수인화경향 둘째 핵가족화경향 셋째 가족의 고립화현상을 들고 있다. 또한 현대가족의 내적 현상인 기능의 변화는 의식주를 포함한 경제적 기능과 현대가족이 가정 안에서 가장 중시하는 휴식의 기능을 지적하고 있다. 결국 현대사회의 새로운 가족의 모습은 무엇보다 부자중심의 전통가족중심에서 부부중심의 수평구조라고 볼 수 있다.

<아들·1-8>에 나타난 3세대 가족양상은 두 가지 관점에서 생각할 수 있는데 첫째는 전통사회 윤리 말하자면 유교윤리에서 벗어나지 못하는 전근대적 사고 속에서의 가족구조와 산업사회의 이율배반적인 관계를 들 수 있겠고 둘째 일상성과 공업화의 양가적 특성인 풍요와 박탈의 사회39)로부터의 안식처로서 전통가족사회가 활용되고 있다는 점이다. 이것을 리타 펠스키식으로 얘기한다면 일종의 근대사상에 나타나는 '향수패러다임'이라고도 볼 수 있다. 그런데 ≪우리들의 아이≫는 서사구조가 가족구성원 사이의 갈등구조가 아니고 중산층으로의 상승욕망을 향해 상호 화합하는 가족구조란 점에서 전자보다 후자에 중점을 두는 것이 더 합리적일 것 같다. 변화와 진보를 지향하면서도 근본적으로는 불안전성을 지닌 근대성의 양가감정으로 전통을 현재의 욕망과 관점에서 해석하고 재규정하려는 시도라고도 볼 수 있다.

<아들·1-8>에 나타난 전통과의 대립아닌 합주현상은 첫째 양자의식 둘째 장자의식 셋째 전통적 가부장제하의 가족구성원들의 단합과의 관계에

---

38) 이광규, 앞의 책, 55-64쪽 참고
39) 앙리 르페브르, 앞의 책, 206쪽

서 나타난다. <아들·7>은 가족의 대를 이어가는 전통적인 부자관계의 갈망이 작중화자 '나'의 숙부를 통해 나타나고 있다. 4대째 양자마다 고자가 된 집안에서 숙부 역시 고자가 되어 친족 말하자면 종조모, 조모, 당고모, 당숙모 등의 따가운 시선 속에 '나'의 모친인 장자부는 숙부의 후사입양 문제로 갈등을 겪는다. 숙부의 '나'에 대한 양자 입양에 마음두기를 비롯해서 집안 어른들의 설유 및 눈치를 주는 행위는 종손인 '나'를 위시해서 동생들까지 마음의 반발을 일으키게 한다.

> 둘째 아들이라는 입지 조건부터가 그러했거니와 숙부는 애초부터 나를 마음에 두고 있었던 모양이었다. 설날 세뱃돈이나 추석 옷가지선물에 있어서 다소나마 형이나 동생과 차이를 두는 게 누구 눈에나 두드러졌고 무엇보다 우리 집에 올 때면 꼭 나를 불러 오래오래 내 머리를 쓰다듬곤 하는 것이었다. 그 광경을 바라보는 어머니의 조마조마한 눈빛도 눈빛이려니와 우선 내가 겁이 나서 견딜 수가 없었다. 내 머리를 쓰다듬고 있는 손 임자가 고자라는 것, 이 사람의 양자가 되면 고자가 된다는 것, 고자란 이 인생의 끝이라는 것이 운명의 칙칙한 냄새마저 풍기며 내 어린 심중을 쇠사슬로 친친 졸라매듯이 하는 것이어서 나는 숨소리도 크게 못 내고 숙부의 손 밑에서 마냥 짜부라들곤 하였었다.[40]

숙부는 종중자손으로 양자선택이 어렵게 되자 전기기술을 전수해 준 전혀 혈연관계가 없는 양가란 청년에게 평생 모운 재산을 넘겨 줄려고까지 한다.

> 작은 아버지 집에 당도하여 본 풍경이 어쩐지 내 마음을 사로잡았던 것도 그 화끈했던 뒤끝 때문이었는지 모를 일이다. 작은 어머니는 어딘가 외출을 하고 없고 작은아버지 혼자 갓난 아기를 안고 젖병을 물리고 있었다.[41]

---

40) <모르는 事情> - 아들·7, 196 - 197쪽

젖병을 물리며 아기를 어르는 숙부의 눈빛에서 '나'는 어머니같은 진한 눈빛을 인식하며 그런 숙부에게 연민과 부끄러움을 느낀다. 숙부에게 양자 문제는 생명줄이며 젖줄이다. 가난하고 헐벗어도 가족의 대를 이어줄 부계혈연 중심가치관은 약화되지 않는다. 그것은 고자인 숙부에게만 한정된 것이 아니고 가문의 어른들에게 내재된 현상으로 산업화사회이기 때문에 더욱 갈구되는 역설적 의식이라 볼 수 있다.[42] 특히 대들보에 백년 묵은 먹구렁이가 살고 있어서 대대로 고자가 된다는 써브 플로트는 <아들·2>의 시부사업 실패의 점괘보기, <아들·5>의 증손자 목에 무명실타래 걸어주기 및 무당푸닥거리 등과 간텍스트성을 보이고 있다.

둘째 장자의식에 대한 부동의식이다. 우리나라는 부계가족의 전통으로 직계가족이며 혈연성을 중시하므로 장남은 가족구성에서 무척 중요하다. <아들·6>은 동생이 본 형님이야기이다. 동생입장에서 형은 사는게 아니고 견디는 것이다. 형은 장남의식이 투철하다. 집안일을 계승해서 본가를 이루고 부모 및 동생들을 돌보는 것을 천직으로 안다. 그래서 동생 명철에게 형은 곧 아버지와 같은 존재이다. 부친이 작고하면서 "동생들을 교육시키고 결혼시켜 생활의 터전을 마련해 주고 또 뒤를 돌보아" 주라고 유언한 것도 형이 장남이기 때문이다. 또한 명철이 보기에 형수는 인내심과 희생심이 강하고 당당하다. 맏며느리답게 시동생, 시누이를 잘 거느리고 집안을 화목하게 이끌어 가는 형수는 시동생에게 마치 어머니처럼 느껴지는 존재이다.

하긴 어머니와 삼남 이녀, 그리고 형내외와 조카 둘의 대가족에게 방 세

---

41) 위의 책, 206 - 207쪽
42) <아들·1>은 초점화자 '나'가 대가족의 몰락으로 신흥가족 그것도 원수가 되는 집에 양아들로 들어간 '나'의 오빠에 대한 그리움을 대학원조교의 현재시점에서 학교의 노인 정원사와 그 아들의 모습과의 유사성에서 연상의 구조로 서사화한 경우이다.

개에 마루 하나는 좀 과했다. 아니 그 전해 여름까지만 해도 방은 세 개가
아니라 네 개였다. 왕년에 작은집 식구들이 썼던 뜰아랫방을 누이 둘이서
어렸을 적부터 쓰고 있었는데 그 방을 세주지 않으면 안 되게 되었던 까닭
이다. 과년한 두 딸과 같은 방을 써야하는 불편함이 그렇잖아도 짜증이 나
있던 어머니였는지도 모를일이고 또 도대체 아버지가 남기고 간 구옥에서
어떻게든 일신해 나올 아무런 궁량도 해 보는 일이라곤 없는 맏아들에 대
해 모친다운 불만을 남모르게 쌓아왔던 건지도 모를 일이었다.[43]

영세출판사 부장월급으로 불가피하면 조카들까지 떠맡아야 하는 장남의
식은 가족들의 불만도 의연하게 받아 넘긴다. 본인의 의지나 능력에 관계없
이 대가족을 책임져야 하는 것을 의무로 생각하는 당연함이 <아들·6>에
서는 건재하고 있다.

셋째 <아들·1-8>은 3세대 가족환경에서 대가족이 중산층으로의 상
승을 향해 화합의 목소리를 내며 공동공간을 지키고 있다는 점이다. 70, 80
년대만 해도 사회가 공업화, 산업화되면서 실상 전통적 가부장제에 변화를
초래하게 되고 부모, 형제, 친족 사이도 소원해지는 경향이 현저한데 아들
시리즈에서는 경제문제와 관련되어 특히 담합하고 있다. <아들·2>, <아
들·3>, <아들·6>은 시조모, 시부모, 시누3, 시동생2하는 식의 8식구 내
지 9식구를 가장이 거느린 가정이고 그 외 <아들·1>, <아들·4>, <아
들·7>, <아들·8> 등도 숙모, 고모, 당고모, 조모, 당숙모 등이 가정사에
참여하는 친족집단구성으로 되어 있는 전통사회의 대가족 분위기이다. 이
것은 소위 개인은 가족에 속하고 가족의 안전은 사회의 안전이며 사회가
안전하면 국가가 안전하다고[44] 확대 해석할 수 있는 전통사회의 사회철학
에 뿌리를 둔 것이라고 볼 수 있다. 말하자면 유교정신으로의 회귀 또는 갈
망 그리고 그것에 대한 향수라고 볼 수 있다. 그러면서도 중산층상승에 걸

---

43) <아가천사> - 아들·6, 앞의 책, 154쪽
44) 이광규, 앞의 책, 13쪽

림돌이 되면 문제아취급을 받는다. <아들·2>의 경우가 그것이다. 잦은 사업실패와 돈 날리는데 이골이 난 초점화자 혜옥의 시부는 가정이 운명공동체라고 생각하는 가족들의 이데올로기에 위배되기 때문에 아무리 집안의 어른이래도 근면성과 성실성의 결여로 인해 도덕적, 윤리적으로 용납이 안되는 인물로 등장한다.

<아들·1-8>은 산업사회에서도 전통가족사회가 진정한 생활과 교화의 공간임을 느끼게 하는 패러다임을 지니고 있다. 가족구성원 개인개인의 목표는 오로지 중산층, 상류층으로의 편입을 향한 전진이면서 그것이 산업화의 보편적인 핵가족하에서의 전진이 아니고 가족공동운명체로서의 행진이며 또한 가족공동주의는 일상화, 산업화, 도시화의 반복적인 메카니즘 속에 자리잡은 심령적 오리엔탈리즘의 구현이라고 볼 수 있다.

4. 급전과 낭만적 결말처리

소설에서 시작과 결말은 글쓰는 이의 생각이나 자신의 세계관을 표현하는데 적절한 수단이 된다.[45] 소설의 시작에서 문제는 제기되고 전개와 결말은 그 문제에 해답을 제공하는 셈이 된다.

<아들·1-8>은 대체적으로 작중화자 중심의 회상기법을 사용해서 수많은 플롯들이 가지를 뻗다가 결국은 중심이야기에 연결되는 서사구조가 지배적이다. 정적인 묘사 및 설명이 주조를 이루면서 독자들을 안심시키는 듯 하면서도 리버설로 독자들을 실망시키다가 다시 비교적 낙관적인 결말로 평안함을 유도한다.

<아들·1-8>을 초점화자 시각에서 시작과 전개과정에서의 급전, 결말로 도표를 만들어 보면 더 확연히 알 수 있다.

---

45) 롤랑 부르뇌프 등 / 김화영 편역, 『현대소설론』, 현대문학, 1996, 90쪽 참고..

작품이름	시작	급전	결말
아들·1	대학원조교 경순이 어린 시절에 풍지박산된가정을 연상	경순의 오빠 경칠이 원수의 집인 방영감네의 양아들로 들어감	교정의 개나리울타리와 아카시아 꽃냄새 속에 스무고개 게임하기
아들·2	연달아 사업실패를 하는 시부의 고추장사투자 제안에 대한 가족들의 냉대	유능한 남편이 P,D란직업을 실직	그물 안에 금빛고기가 뛰고 가족들이 회회낙락한 표정을 띄는 태몽을 꿈
아들·3	출신환경이 다른 남편과의 신혼생활 떠올리기	남편이 대리승진에서 실격되어 사표내기	우리만의 밑에서 솟아오르는 힘을 의식하며 가족 모두의 얼굴에 웃음이 넘쳐흐름
아들·4	처음으로 자기 집을 장만한 후 재벌상사에 근무하는 남편체면에 걸맞는 세를 주는 문제로 복덕방으로부터 반복해서 전화받기	승진을 기대했던 남편이 지방업소로 발령받음	남편직장의 지방이전으로 교사를 사직하고 더 좋은 집으로의 이사와 아이갖기 등이 포기되지만 아이를 낳은 세든 사람의 웃음앞에 꽃밭이 만발함을 느낌
아들·5	경제력있는 시부의 눈치를 보는 행순의 상황제시	남편실직	행순이 아들을 낳자 증손주 얻은 것에 천하를 얻은 듯 하는 시조모의 환호소리
아들·6	동생이 결혼 후 8가족의 생계를 책임져 왔던 형을 회상하는 식으로 떠올림	두 형제가 힘을 합해 가정을 이끄는 것으로 생각한 가족의 기대를 저버리고 명철이 결혼을 함	가족생계의 뒷바라지에 지친 형의 뒷모습이 폐부에 찔림을 느끼며 형을 이해하게 됨
아들·7	'나'의 8, 9세때 가난했던 시절 '나'에 대한 숙부의 양자맞아들이기 시도회상	숙부의 양자얻기 시도가 여러 번 허사로 돌아감	숙부의 양자에 대한 갈망의 눈빛을 '나'는 이해함
아들·8	신혼초 시숙모의 예단문제로 인한 새색시의 여자 팔자가 제시됨	남편이 승진시험에서 낙방하여 가출	실직해서 가출한 남편이 돌아오자 회회낙락함

위의 도표를 보면 첫째 작중화자가 현재시점에서 과거를 회고하는 위치에 있음이 대부분이다. 8편 중 <아들·4>만 제외하고는 대가족시절에 대한 향수가 분위기를 지배한다. 어려웠던 시절의 전근대적 대가족생활의 과거가 산업화시대에 오히려 값있는 추억으로 비쳐지고 있는 것 같다. 둘째 작중화자의 내면의식에 갈등이 나타나지 않는 점이다. 집안어른들의 전통의식에 별 저항감을 나타내지 않고 그것을 수용하든가 또는 자신이 오히려 부끄러움을 느끼든가 이해를 하는 식이다. 셋째 집안의 가장이 승진에서 탈락하든가 실직하는 식의 급전을 해도 가족들은 좌절보다 화합이나 단합 또는 우리가 있으니까 안심하라는 식이다. 우리의식은 우리들의 아이로 세대교체되면서 아이들이 미래의 풍요를 약속하는 초월적 힘으로 알레고리화된다. 엠마누엘 레비니스의 말을 빌어오면[46] 아이는 '타자가 된 나'로서 새로운 미래와 가능성이 열리게 되는 '생산성(비옥성)'이다. ≪우리들의 아이≫는 우리 가족의 아이를 통해 절대적 과거가 새롭게 현재와 미래로 시작할 수 있다는 낭만적 의식을 결국에는 구현하고 있다.

5. 맺음말

이순의 연작소설 ≪우리들의 아이≫는 60, 70년대 한국사회가 산업화과정을 겪으면서 자본주의의 급진적인 발전에서 초래한 물질문화를 내집 갖기와 중산층 상승으로의 욕망투사로 리얼하게 형상화하고 있다. 이것은 그 당시 꿈과 이데올로기의 대상으로 일상성 속에서 끈질기게 추구된 현실의 반영이라 볼 수 있다.

특히 가족문제와의 관련에서 산업화로 인한 변화를 대부분의 사회학자

---

46) 강영안, 『주체는 죽었는가』, 문예출판사, 1997, 246 - 247쪽

가 주장하듯이 소인수가족화와 부부중심의 핵가족화, 고립화경향이라고 볼 수 있는데 이순의 산업화, 공업화는 오히려 전통가족문화 사회 속에서의 산업화란 특성을 보이고 있다. 말하자면 게젤 샤프트 속에서의 게마인 샤프트 현상이라고 말할 수 있다. 조그마한 내집 갖기를 시작으로 더 큰 아파아트를 소유할려는 투지를 지니고 서민층에서 중산층 그리고 상류층으로의 상승욕망을 향한 일구월심이 전통사회의 가족문화 속에서 야기되는 현상은 르페브르식으로 말해서 반일상성또는 반근대성, 반도시성으로 볼 수 있다. 이것은 동시에 근대성의 양가성으로 경제주의 이데올로기인 일상을 극복하는 방법일 수도 있다.

≪우리들의 아이≫의 전통적 대가족적인 가족형태는 확대가족으로 3대가 함께 살면서 오로지 장남이 대가족을 다 책임을 진다. 장남은 '힘센 칼'이다. 장자부인 며느리가 갖은 교사란 직업은 내집 갖기가 이루어질때까지의 시한부 직업이며 중산층으로 상승되고 상류층으로 비약하면 곧 그만두고 싶은 직업이다. 남자는 하늘이고 여자는 땅이란 운명적 관계 속에 남편은 경제를 책임지는 독재군주이고 가장은 곧 경제란 동일의식에서 부모 형제 모두의 복지는 가족단합대회 즉 우리가족의 힘으로 구체적으로는 우리들의 아이의 현재와 미래에 기대를 건다. 그것은 가장이 사직서를 내거나 실직을 해도 우리가족의 단합대회로 좌절하지 않는 결말을 가져 온다.

이순의 가정은 부모와 자식들로 구성된 혈연의 총체로 가족은 가정을 이루는 주체이며 다른 가족과의 관계에서는 폐쇄성을 보이고 있다. 우리 가족만 있을 뿐이지 이웃은 없다. 한국의 현행 민법은 "나와 나의 처 그리고 내 직계의 자손과 그 배우자뿐 아니라 나의 방계혈족인 친인척과 그 배우자 및 양자 뿐만 아니라 내가 나의 배우자가 아닌 다른 여자와 통정하여 얻은 자식과 나의 배우자가 내가 아닌 다른 남자와 통정하여 얻은 자식까지도 적법한 법적 절차를 가진 후 모든 한가족이 될 수 있는 것으로 나와의 직접적인 핏줄관계가 존재하지 않는 비혈연적 존재들 까지도 법적으로는 나의 가족이 될 수 있"는[47] 것처럼 광의의 개념에서 우리 대가족의 단합이란 즉자적 의식은 가족의 가장인 장자에게 그 가족내의 모든 것에 대한 자유와 권한이 집중되고 있으며 그것이 중류가정 완성으로 닥아설 수 있는 첩경이 되고 있다. 그래서 담론의 결말은 전개과정에서의 급전이 있어도 거의 전통 가족주의로 해결하려고 한다. 이것은 60, 70년대 한국의 산업화, 공업화가 서구의 산업화처럼 단계적인 발전과정을 거치지 않고 급격하게 밀어 부치며 '하면 된다는' 식으로 진행되었던 것과 불가분의 관계가 있다고 생각되며 마치 1930년대식의 낭만적 리얼리즘의 낙관주의를 그대로 재현하고 있는 것은 아닌가 하는 생각을 자아내게 한다. 소위 게젤 샤프트와 게마인 샤프트의 상호관계가 근대화의 본질적인 특성인 합리성과 과학성도 결여된 채 1930년대 리얼리즘식으로 결말을 처리하는 것이 한계라면 한계일 수가 있다. 이런 의미에서 1970년대 사회구조와 사회의식과의 관계에서의 심층적인 연구 및 다른 텍스트들과의 상호텍스트적인 연구가 특히 텍스트 결말 처리와의 관계에서 필요하다고 생각된다.

---

47) 배장섭, 『헤겔의 가족철학』, 얼과 말, 2000, 32쪽

移民의 카프카적 아이러니
- 김인숙의 <먼길>을 중심으로 -

1. 머리말

소설에서 인물은 배경처럼 별로 중요한 취급을 받아 오지 못했다. 아리스토텔레스는 「시학」에서 구성을 제1원리로 생각했으며 인물이나 배경은 기능면에서의 역할로 충분하다고 생각했다. 최근 과학기술의 발달과 맞물려 인간의 의식보다 기능을 중시하는 풍조가 소설 속의 인물에까지 영향을 끼친 것은 포스트모더니즘 계열의 소설을 통해서 특히 감지할 수 있다. 인물의 의식이나 감정이 소설 구성에 별 영향을 끼치지 않는 소설이 S. F나 실험소설, 또는 나보코프, 미셸 뷔토르, 보르헤스 등의 작가를 통해서 현저하게 등장되었다.

그러나, 사실적 소설의 경우, 작중인물은 모방론 관점에서 다루어지기 때문에 특히 독자의 시각에서 허구적 인물이 현실적인 인물로 느껴질 수 있는 필연성과 개연성이 필수요건이 된다.

<먼길>의 작가 김인숙은 일년 반 동안 호주에서의 생활을 체험한 작가로 국내소식과의 단절 속에 조국을 객관화된 상태에서 관찰할 수 있었다고 송기한은 전한다.[1] <먼길>속에 자주 제시되는 체계화된 복지국가 호주와

비체계화된 조국과의 비교는 그의 <시드니 그 푸른 바다에 서다>란 작품
과 함께 작가 김인숙의 실제 체험에서 온 리얼리티임을 감지할 수 있다.

　김인숙의 <먼길>은 모방적 가치에 주안점을 둔 작품으로 인물을 중심
으로 주제, 구조, 이미지의 유기적 통일을 이루는 작품이다. 또한 작중인물
을 중심으로 인물을 둘러싼 사회적 환경이 사회적 견지에서 재현되기보다
개인의 시점에서 제시되는 심리적 리얼리즘이 우세한 텍스트이다. 그러므
로 <먼길>에서 가장 중요한 점은 호주에서의 이민현실이며 그 이민현실
을 이민 전의 상황과 관련하여 작중인물이 어떤 상황에서, 어떻게 느끼며
경험하는가 하는 문제이다. 이런 의미에서 작품의 구조와 인물, 초점, 반복
되는 모티프를 중심으로 작품을 분석하여 보는 것이 좋을 것 같다.

2. 이민의 그레고리 잠자적 反語性

　김인숙의 <먼길>은 한마디로 이민 온 인물들의 'Ent Weder Order' 상
황을 다룬 작품으로 동시적으로 현존하는 인물들의 상호 포용관계가 실상
은 내포작가의 소리라고도 볼 수 있는 '한영'의 발화를 통해 주로 나타나고
있다. 이것은 마치 유태인계 독일인인 카프카적 상황 설정의 아이러니와 유
사하다.

가. 소급제시의 구조시학

　<먼길>은 호주로 이민 온 유한영, 유한림, 강명우 세 인물을 중심으로
이질적인 문화 감각에서 오는 이민 생활의 정신적 갈등과 부적응, 고국에
대한 분개와 염오, 영혼을 묻을 땅의 갈구 등이 나타난 작품이다. 이 작품은

---

1) 《문학사상》, 95년 가을호, 송기한의 「작가탐방」, 참고.

서두에서 결말까지 닫힌 구조로 현재 행위가 진행되는 도중에 인물들의 회상이 삽입되어 현재행위의 흐름을 차단시키는 플래시백 소급제시법을 쓰고 있다.

<먼길>을 구조시학의 시간문제와 관련하여 시간문제 관점에서 순차, 지속, 빈도 면에서 고찰해 보기로 하겠다.

순차를 장 리카르두식으로 서술의 시간과 허구의 시간으로 나누어보면 <먼길>의 서술의 시간은 하룻밤 하루낮의 바다에서의 고래잡이 여행 시간일 뿐이다. 그러나 허구의 시간은 작중인물들이 이민 오기 전의 10여 년 전까지 소급된다.

<먼길>의 기본단위는 무척 단순하다. 태풍을 예고하는 새벽, 한영이 명우와 함께 형 한림의 낚싯배를 타는 것에서 발단이 되어 심한 폭풍우로 배멀미가 심해 다시 육지로 돌아 오면서 남태평양의 하이웨이를 달리는 것으로 끝을 맺는다. 형식상의 구조는 폐쇄적이나 햇살이 비치는 육지는 의미차원에서 열려진 결말을 유도하고 있다.

<먼길>의 핵심이 되는 기본단위와 보조단위를 한영의 시각에서 요약, 정리해 보는 것이 <먼길>의 구조파악에 도움이 될 것 같다.

① 태풍이 심한 밤, 작중인물 한영과 명우가 한영의 형 한림의 낚싯배에 승선해서 원더랜드의 데몬을 연상할 정도의 심한 파도로 연쇄적 비명 소리와 멀미 속에 고기잡이를 떠난다.

② 한림은 작살을 꽂아 피빛으로 물든 스내퍼고기를 잡고 희열의 미소를 지으며, 명우는 맹독성 독어인 가시고기를 잡아 동승한 백인 청년 낚시 베테랑 조셉 등 모두 같이 회를 떠서 소주를 곁들여 회식을 한다.

③ 본격적으로 천둥과 번개가 치면서, 선실은 아수라장이 되고 그 혼란 통에 한림이 고국에서 불렀던 금지곡 '먼길'이 조셉에 의해 영어로

불리어지자 영혼을 판 인물이라는 비명소리를 명우에게서 듣는다.

④ 비가 그치고 육지에 햇살이 시야에 들어오면서 다시 낚시하기를 권고 하는 한림을 만류하고 참았던 구역질을 하며 육지로 돌아온다.

⑤ 햇살이 비치는 고속도로를 달려 시드니로 돌아 가면서 마음 속으로 고국으로 돌아가야 된다고 외친다.

①에서 ⑤까지 스토리 서술의 시간은 하룻밤 하루 낮이지만 서사시간은 멀게는 어린 소년시절부터 가까이는 15년 전까지 인물들의 기억을 통해서 전개된다. ①과 ⑤ 사이에 보조단위는 주로 인물들의 연상에 의해서 시퀀스를 이룬다. 또한 ①과 ② 사이에 전개되는 소급제시는 기본단위를 연결해주는 보조단위로 동적 모티프의 성격을 지닌다. ①과 ②사이에는 명우의 발작적인 비명소리, 한림의 고래타령, 난민신청으로 영주권을 얻은 명우와 한영과의 만남, 영주권을 얻은 이유 및 과정에 대한 회상을 통한 서술, 교민잡지사 일을 하는 한영의 자신의 회고록쓰기 직전의 주위의 이민 온 사람들에 대한 관심 등이 요약, 서술된다. ②와 ③사이는 역시 감속적 서술 양식을 취해서 파도에 시달리는 세 인물의 연상에 의한 회상이 사건의 흐름을 차단시키고 서술타임이 연장된다. 작살이 꽂힌 고기를 보고 희열을 나타내는 한림에 대한 내레이션 - 구속된 현실이 싫어 20년간 산 아내와 이혼, 고래잡이에 열중 - 과 난민 영주권과 관련된 명우와 청소관리인 명우형에 대한 애기가 한림의 친구 박변호사의 직접화법을 통해 제시되고 한림의 이민동기 및 한국에 대한 염오, 형 한림에 대한 한영의 환멸, 호주에 이민 온 한국 이민자의 현황 서술, 한영과 명우의 두 번째 만남을 통해 명우의 자폐증 실감을 씬으로 보여주기 등 이 부분에서는 대체로 명우와 한림의 어두운 체험이 한영의 시각을 통해 교차해서 회상, 서술된다. ④ 다음에는 한영, 한림, 형제의 씨름을 했던 어린 시절의 기억으로 이야기시간이 멈춘다. ⑤는

결말로 소설을 마무리한다.

①에서 ⑤까지의 서사리듬이 평이할 정도로 이야기 자체의 진행은 무척 단순하며 지속면에서 주로 인물들의 회상을 통해 연장과 휴지의 감속적 서술기교로 사건 진행의 속도는 거의 정지하는 듯한 느낌이 든다. 쥬네뜨는 外的 회상이 서사에 직접적 영향을 끼치지 않는 경우라 했지만, <먼길>은 서사가 시작되는 시간 전의 외적인 회상이 현재 진행되고 있는 서사에 영향을 끼치는 구성적 사실적 동기부여의 몫을 하고 있다. <먼길>은 회상소설이라고 단정지을 수는 없으나 주된 초점화자인 한영이 마치 자신의 이야기를 다른 인물 명우, 한림을 통해서 그것도 주로 기억을 통해서 독자들에게 들려 준다는 느낌을 독자가 강하게 받게 한다.

작가가 회상을 통해 작품을 서술하는 것은 독자의 입장에서 볼 때 텍스트의 창조적 의미산출에 기여가 될 수 있다. 독자반응비평에 큰 영향을 준 볼프강 이저의 경우, 작품의 해석은 곧 독자의 창조적 행위의 결과이다.[2] 그것은 텍스트의 해석이 무한히 열려 있기 때문이다. 특히 이저가 말하는 독자의 상상력은 예상과 회상이 활발하게 뒤섞이므로 작품 속의 화자의 회상 역시 독자의 의식과의 만남에서 다양한 해석을 창출하는 동기유발을 할 수 있다고 생각된다. 또한 고래잡이, 고래찾기 모티프가 작품전체에 걸쳐서 12회나 언급되는데 이것과 관련된 것은 3의 '고래' 라이트 모티프에서 상세히 논하기로 하겠다.

나. 동시적 현존인물의 상호포용 관계

소설에서 인물은 행동과 함께 소설 구성의 중요한 요건이다 소설원론적인 측면에서 인물은 보통 도덕적 감정 또는 성격이나 의식과의 관련에서

---

2) 김성곤, 『독자반응비평의 문제점과 전망』, 열음사, 1993, 193쪽.

다루어진다. 에드윈 뮤어는 소설을 사건중심의 행동소설과 인물의 성격중심의 인물소설로 나눈다. 김인숙의 <먼길>은 사건보다 인물의 의식에 초점을 둔 소설로 그것도 단순하고 평면적인 인물이 아닌 난해한 성격을 지닌 인물들의 고뇌를 다루었다. <먼길>의 중심인물이 외면상 명우인 것 같으나 실상 실질적인 주인물은 이 이야기를 실질적으로 끌어 가고 있는 초점화자 한영이라고 볼 수 있다. <먼길>에 설정된 인물은 주변인물까지 포함해 한영, 명우, 한림, 명우형, 박변호사, 죠셉 등 여섯 인물이다. 이들 중 배낚시 베테랑인 백인청년으로 한림의 배 조수 역인 죠셉은 한림이 평소 냉소의 대상인 서양인 중의 한 인물일 뿐 별 의미가 없다. 또한 명우의 형과 박변호사는 이민생활에 잘 적응하는 인물설정으로 작품 구성에 절대적 의미를 갖지 않는다.

한영, 명우, 한림 세 인물은 독자의 윤리관에 입각하여 긍정적, 부정적, 중립적 인물로 나눌 수 있는 인물이 아니다. 독자의 시각에서 세 인물은 동일시 현상을 일으킬 수 있는 인물이다. 세 인물은 그들의 개성에 초점을 맞출 수 있는 다면적인 인물로 토도로프, 로브그리예, 프롭 등이 언급하는 인물 즉 작중인물을 행동수행에서 기능으로 보는 것과는 다른 점에서 살아 있는 느낌이 강한 인물들이다.

한영, 명우, 한림 세 인물들은 모두 고국에서 호주로 이민을 온 인물들이다. 40대 중반인 한림은 이민 온 지 15년이나 되도 고국을 한 번도 찾지 않을 정도로 고국에 대한 증오가 강한 인물이다. 한림은 70년대 초중반에 박한이란 예명을 가진 통기타 가수였고 대마초 가수의 불명예 기억도 갖고 있다. 그러나 이민의 실질적인 동기는 그가 부른 노래 <먼길>의 작곡가가 반정부운동 조직원이었다는 것과 관련되어 곤욕을 치루었기 때문이며 피상적인 동기는 대마초의 환각 속에서 가정을 구하기 위한 아내의 필사적인 노력 때문이다. 평소 그가 갖는 청춘의 꿈은 마도로스로 포경선을 타는 고래잡이가 소원일 만큼 자유인을 원한다. 이민 후 20년 된 아내와 이혼을 한 것도 자유인이 되기 위해서다. 이혼의 직접적인 동기는 아내의 불륜이지만 두 아이의 양육권과 재산을 아내에게 다 양도할 만큼 모든 것으로부터의 자유를 갈구하는 인물이다.

한국내의 소식이 이곳의 현지 언론을 탈 때마다, 그는 드디어 먹이감을 발견한 짐승처럼 눈빛이 번뜩였다. 88년 올림픽 소식을 제외하고는, 거의 단 한 차례도 좋은 소식이 없었던 고국의 소식이었다. 그는 화염병을 든, 마치 무장강도처럼 복면을 한 시위대열들이 도로 한복판을 점거한 시위의 풍경을 접할 때거나, 또는 엄청난 목숨을 앗아간 대형참사 소식을 접할 때거나, 마찬가지로 흥분했다. 그는 자신이 떠나온 나라가 자신을 제외한 채로도, 탈없이, 멀쩡히 아주 잘 되어가고 있다는 것을 도무지 믿을 수 없는 사람 같았다. 그가 없었기 때문에, 그가 떠나온 나라는 결코 제정상이 아니어야 했다. 그것은 시궁창이고, 그것은 돼지우리고, 그리고 그것은 오직 고문의 땅이기만 해야 했다.

위에 인용한 것처럼 특히 한림의 고국에 대한 원한은 고국을 돼지우리, 시궁창이라고 얘기할 만큼 극심하다. 고국에 대한 나쁜 소식을 접할 때는 '먹이감을 발견한 짐승의 눈빛'을 지닌다는 말에서 고국에 대한 한림의 증오심을 읽을 수 있다. 또한 한림은 자기 자신이 없기 때문에 나라의 불행이 발생한다고 생각할 정도로 자만심이 대단한 인물이다.

동생 한영과 명우가 호주에서 인식하는 한림은 영혼이 없는 인물이다. 15년 간 한 번도 고국을 찾지 않았다는 사실이 형을 더욱 그렇게 생각하게 하는 이유가 된다. 동생 한영의 눈에 우상으로 보였던 이민 전의 형이 이민 후 환멸의 대상으로 바뀐 것은 고국을 찾을 생각을 전혀 해 본 적이 없는 형에 대한 회의 때문이라고 볼 수 있다. 비록 고국은 떠났지만 영원히 떠날 수 없는 땅을 갈구하는 것이 한영이 생각하는 인간본연의 모습이기 때문이다. 또한 형 한림이 항상 고래타령을 하면서도 한 마리의 고래도 못잡고 그것도 낚싯배를 타고 고래를 잡으려고 하는 현실과 이상의 거리조절의 어리석은 무능력은 더욱 동생 한영을 분노하게 만드는 원인이 된다.

영주권 난민비자를 얻은 명우의 경우, 한림과 이민이란 같은 상황 설정이지만 한림과 대척된다. 명우 역시 한영처럼 한림을 영혼을 팔아 먹은 인물이라 생각하기 때문이다. 명우의 고뇌는 '얼치기운동권'이 선택한 영주권난민 이민이라는 데 있다. 그는 대학 2학년 때 선배따라 갔다가 경찰에 잡힌 것이 도화선이 되어 법정소란, 교도소난동 혐의까지 겹쳐 1년 반이나 징역을 산 전력을 지닌 인물이다. 명우란 인물의 특성을 나열해 보면, 기형아 같은 모습, 페리칸, 파리하고 우울함, 흰입술, 경련, 낭패감 서린 얼굴, 왜소함, 자폐증, 정신병자, 섬세한 손, 저승사자같은 얼굴 등인데, 이런 명우의 특성은 그의 발작적인 비명소리의 의미와 상관관계를 이루고 있다. 명우의 호주로의 이민은 막연히 떠난 여행이 출발점이 된다. 형의 덕분으로 청소일을 맡은 명우가 고국으로의 길이 먼길로 느껴지게 된 동기는 영주권난민 비자신청을 받았기 때문이다. 비자기간이 넘겨져서 추방을 당해도 정작 돌아갈 마음의 준비가 되어 있지 않은 것에 대한 두려움이 난민비자라도 받은 동기가 되며 그 결과의 괴로움이 환청이나 비명소리로 환유된다.

푸로이드식으로 말한다면 진보와 개혁이 있는 땅으로의 귀환을 명령하는 초자아와 진정한 평화가 될 수 없는 어둠 속의 마네킹의 세계 속에 침잠해 버리는 이드 사이에서 신분문제 해결을 위해 영주권난민 비자를 신청해야 하는 현실원칙인 이고를 선택한다. 그러나 도덕원칙은 난민의 길을 택한 명우에게 정신적인 압력을 가한다.

> 그러나 모든 것은 다 나 자신을 기만하는 사기에 지나지 않습니다. 언제부턴가 그걸 알게 되더군요. 돌아갈 수 없는 것과 돌아가지 않는 것과는

정말 다른 게라고 나는 돌아갈 수 없는 게 아니라 다만 돌아가지 않고 있
는 것일 뿐인 거라고……. 그런데 도대체 무엇 때문에?…… 나는 숨고 싶
었던 겁니다. 더 이상은 세상을 주체할 자신이 없어졌던 게 아니라 더 이
상은 나 자신을 주체할 자신이 없어져서, 나는 이렇게 숨고 싶었던 겁니다.

정직한 운동권이 아닌 자신에 대한 부끄러움과 고국으로 돌아가지 않고
있는 비겁한 자신에 대한 채찍질하는 비명소리는 영혼을 팔아 먹었다고 외
친 한림의 다른 자아라 볼 수 있다. 명우의 한림에 대한 비명소리와 함께
외친 소리는 곧 자기자신에 대한 질책이라고 볼 수 있다. 그러나 명우 역시
바다 낚시광으로서 고래를 보고 싶은 기대로 가득차 있는 점에서는 한림과
동일하다.

한림의 동생 한영의 호주이민은 10일 간의 포상휴가차 왔다가 결정한 것
이다. 경쟁보다 삶의 여유가 마력적인 힘으로 그를 유혹했기 때문이다. 한
영이 이민을 하게 된 첫째 동기는 호주에서는 삶을 위한 자유가 있기 때문
이고 둘째, 시위로 뭉쳐진 혼란된 사회 즉 구속할 정치가 없기 때문이다.
그러나 막상 8년째 지속되는 그의 이민생활은 그를 못견디게 한다. 그가 5
년간 건축회사에서 체득한 호주인의 문화는 숨막힐 듯한 정확함이었다. 또
한 이질적인 문화에 융화될 수 없는 소외감은 자신의 붕괴를 초래하는 듯
한 느낌에 선망의 건축직업을 포기까지 하게 된다. 1년 룸펜생활 끝에 찾은
직장은 교민잡지사의 번역과 잡지편집 보조로서 정식 채용이 아니므로 정
식보수가 없는 일이었다. 그러나 호주인들과 전혀 다른 부정확함 역시 한영
에게는 진정한 삶의 의미가 없었다. 그래서 드디어 결정한 것이 이민생활
체험을 토대로 한 회고록을 쓰는 일이었다. 명우의 영주권 난민비자가 이런
한영에게 제일 먼저 호기심의 대상이 된 것은 당연하다.

위에 언급한 세 인물들의 이민의 리얼리티는 이질적인 문화감각에서 초

래되는 문제점 제기로 세 인물의 의식 및 상황을 아래와 같이 정리해 볼
수 있다.

① 세 인물 모두 고국의 사회 및 정치현실에 대한 기피 내지 염오에서
   이민을 했다는 것.
② 조국에 대한 적개심과 자기만의 자유를 원하는 점에서 한림과 명우는
   공통적이다. 단 명우는 자신이 순수한 운동권이 아닌 사실에 부끄러
   워하며 한림은 운동권으로 인한 피해 때문에 운동권에 대해 곱지 않
   은 시선을 가지고 있다.
③ 한영의 시각에서 처음에는 신비의 대상이었던 한림과 명우에게 점점
   환멸을 느끼게 된다. 또한 두 인물에게서 한영은 자신의 모습을 보게
   되는 동일시의식을 갖는다.
④ 세 인물 다 고향 조국을 그리워한다. 한림은 15년 간 고국을 한 번도
   찾지 않았지만 언젠가는 고국으로 돌아가야함을 독자의 입장에서 역
   설적으로 느낄 수 있다.
⑤ 명우, 한림 두 인물은 낚시광이며 고래를 잡으려는 기대로 가득 찬
   인물이지만 낚싯대로 고래잡이를 하는 인물이다.
⑥ 세 인물 다 이민국에서 소외감으로 인한 고뇌를 겪지만 그래도 꿈을
   가진 인물이란 점이다. 그 꿈은 고래 잡는 꿈 또는 자신들의 영혼을
   묻을 땅을 찾는 꿈이다.

같은 이민을 한 상황이면서도 마이너스(-)징표를 가진 세 인물에 비하
여 주변인물인 박변호사 - 이민수속 대행변호사 - 나 명우형의 경우는 갈등
이 없는 플러스(+)징표의 인물들이다. 특히 명우형의 경우는 호주에 이민
온 사람들의 생활 실상을 피상적으로 파악할 수 있는 매개자가 된다. 명우

형은 청소권을 갖은 전형적인 사업가 타입의 관리인으로 오피스에서 받은 청소대금의 반을 자기 몫으로 하는 말하자면 악덕업자이다. 그러나 가정에서는 이민하기 전보다 좋은 아버지로 애처가이다. 그렇지만 실제 독자가 인지하는 화자의 토운은 마이너스(-)징표로 읽혀진다. 대부분의 이민 온 한국인들이 청소하는 일을 한다는 이민 현실에 대해 좀 더 디테일한 해부가 병행되지 못한 점이 세 인물의 소외 의식이나 목마름을 더 첨예하게 나타낼 수 없는 중요한 이유가 된다.

결국 세 인물은 상호포용적인 관계에 있다. 한영은 한림과 명우를 통해 자신의 아이덴티티를 파악하게 되고 감정이입을 지니게 되며 무의식적으로 그들의 의식을 통해 한영 자신을 발견하게 된다.

다. 발화주체 '한영'의 목소리

소설에서 발화자의 존재를 독자의 존재와 함께 중요시하게 된 것은 서사 담론을 언술행위로 보는 점에서 더욱 그렇다. 플라톤의 디에게시스와 미메시스에서 시작하여 러보크의 장면중심과 파노라마, 부드의 말하기와 보여주기, 프리이드먼의 직접적 장면제시와 요약적 서술 등 스토리 전달양식의 문제는 시점, 초점화자와의 관계에서 중요하게 다루어져 왔다.

특히 이야기를 어떤 시각에서 또는 어떤 인물의 초점에서 바라보느냐 하는 것은 소설의 주제와도 긴밀한 관계를 지니고 있다. 화자의 문제와 직결되는 초점화는 내포독자, 실제독자, 이상적 독자 등으로 분류되듯이 화자도 내포화자, 내포작가, 목소리 등 여러 가지로 분류될 수 있다. 화자가 즉 작가라고 생각하는 것은 전통적 관점에서 생각하는 것으로 실제작가와 서술하는 목소리를 동일시해서는 안 된다. 작가적 목소리는 텍스트의 구조물로서의 내포작가로 특히 현대소설 이론에서 소설 텍스트의 담론을 발화라고 보는 관점에서는 발화를 조정하고 제어하는 발화자의 역할이 중요하다. 내포작가 또는 함축된 작가라고도 말하는 목소리의 파악은 독자에게 미치는 서술상의 모든 효과와 직결된다. 웨인 부드에 의하면 내포작가 또는 목소리는 '실제작가의 이상적 문화적 피조형'이며 창작과정을 통해 서서히 형성되고 독자에게 미치는 영향에서 결정적 역할을 한다는 것이다. 목소리는 실제 작품의 어조와도 관련된 것으로 시점, 또는 초점화와 밀접한 관련이 있다.

<먼길>은 표면상 화자가 이야기 밖에 위치하는 비관여자시점이면서도 독자의 입장에서는 화자가 이야기의 안에 자리잡은 내적시점으로 느껴진다. 다시 말해서 <먼길>은 피상적으로는 화자의 권한과 역할이 축소되는 것 같으면서도 실제는 암묵적으로 독자와 스토리 속에 개입할 듯한 태세를 갖추고 있다.

앞에서 언급한 <나>의 ①의 경우, 3인칭 선택적 시점이면서도 전복된 배에 놀라 생긴 어린시절의 야뇨증 연상, 구토를 참고 있는 명우의 표정읽기, 배가 요동할 때마다 원더랜드의 데몬을 탈 때 비명을 지르는 겁에 질린 얼굴들의 연상 등 주로 한영이 초점주체가 된 연상이 주조를 이룬다. ②의 경우, 한영의 이야기가 '그'라는 인칭대명사로 서술되거나 호기심의 대상인 명우를 초점주체인 한영의 시각에서 그의 이민오기 전의 가수생활, 아내와의 갈등 등이 한영의 의식을 통해서 서술되고 있다. ③ 역시 한영이 인지하는 한림의 이민 후의 생활, 한국인 이민자들의 이민지에서 살아가는 현황, 명우 직장으로의 방문, 그리고 명우가 영주권 이민 난민신청을 한 연유와 그의 이민생활에서의 소외의식 등이 한영이 초점주체가 되고 명우가 초점대상이 되어 장면으로 처리되어 있다. ④, ⑤ 역시 3인칭 선택적 시점이지만, 초점주체가 한 인물인 한영이 되어서 독자들에게 타인의 이야기를 들려주는 듯한 느낌을 강하게 받는다. 이 경우를 슈탄젤의 분류기준으로 언급하면 마치 독자 자신이 소설 속의 인물로서 사건의 현장에 있는 듯한 느낌을

주는 인물적 시점이라고 말할 수 있다. 또한 3인칭시점이면서도 한영이 타인들의 이야기를 들려주는 듯한 기록자적 시점으로 인물적 시점과 기록자적 시점이 혼효되어 나타난다. <먼길>은 마치 카프카의 <변신>처럼 독자 자신이 인물을 바라보는 시선을 느끼는 즉 기록자적 시점과 인물적 시점이 교차하면서도 <먼길>이란 담론의 특성을 결정짓는 하나의 발화주체가 한영임을 의식하게 된다. 내포작가라고도 말할 수 있는 한영의 목소리는 독서과정에서 실제작가의 '이상적 문학적 피조형'과 동일성으로 볼 수 있으며 독자가 작품의 전체 분위기를 파악하는데 결정적인 역할을 한다.

　명우와 한림을 통해서 인지된 한영의 목소리는 카프카적 아이러니와 유사하다. 카프카의 <변신>처럼 존재와 소속의 문제에서 이율배반의 갈등을 갖는 그레고리 잠자와 동류항이다. 어디에도 소속하지 못하는 그레고리 잠자의 모습이 명우, 한영, 한림 등에서 나타난다. 외무사원이란 잠자의 직업은 단지 겉으로만 인간관계를 갖으며 어느 누구와도 진정으로 마음을 주고받지 못한다. 잠자는 집 밖의 타인의 집 문 밖에서 서성대다가 떠나고 그의 집안에서도 역시 안주하지 못한다. 가족들에게 잠자는 돈버는 기계였고 돈을 많이 벌수록 가족관계는 점점 소원해지고 가족들과 완전고립되어 전혀 대화도 갖지 못한다. 결국 잠자는 갑충류로 변신해서 잠시 자유를 숨쉬지만 이내 자신이 없으면 몰락하게 될 가족을 생각하고 영원히 쫓겨날지도 모르는 직장을 불안해 한다. 다시 외판원 잠자로 돌아 가야만 된다는 강박관념과 인간으로 환원될 수 없는 갑충 잠자의 고뇌가 <먼길>의 인물들에게도 나타나 있다. 한영은 명우나 한림을 통해서 자신의 모습을 읽는다. 아무 곳에도 소속하지 못하는 자신의 정체성을 재확인한다. <먼길>의 세 인물은 이민상황 속에 살아있는 인물이 아니라 자신의 길과 자리를 찾는 미아라고 볼 수 있다. 그렇다고 콘차로프의 오블로모프처럼 의욕을 완전히 상실한 잉여인간은 아니다. 그래도 고래잡는 꿈을 갖고 있는 인물들이다. 피상적으로 보기에는 여러 인물을 통해 다성적인 목소리를 내지만 실제로는 한영의 목소리 즉 내포된 작가의 의도가 강하게 인지된다. 목소리와 작중인물 사이의 거리가 한영을 중심으로 한림, 명우 등과의 대화, 연상을 통해서 다성적인 효과를 냄으로써 독자의 관심을 끈다.

바흐친에 의하면 다성적 작중인물은 대개 삶의 전환점이나 기로에 놓여 있는 경우가 많다고 한다. <먼길>의 세 인물들의 경우도 사실 삶의 벼랑에 서 있는 느낌을 가진 인물들이다. 그러나 작품 전체 구조에서 한영이 다른 인물들을 관찰하고 있다는 것을 독자들이 지배적으로 느끼는 전통적인 수법의 등장으로 한영이 초점주체가 되어 다른 인물들을 통해 자신을 확인하는 듯한 분위기가 지배적이다.

<먼길>은 한마디로 다성적인 요소와 단성적인 요소를 공유하면서도 결말을 발화주체 한영의 목소리로 맺는 단성성을 보여주고 있다. 이는 이민상황이나 생활, 동기 등은 세 인물이 각각 다르면서도 결국 삶의 위기에 처해 있는 세 인물의 모습이 발화주체 한영을 정점으로 동시적 현존인물의 상호 포용적 관계를 이루는 것과 맥을 같이 한다.

3. '고래' 라이트 모티프의 환유적 의미

로만 야콥슨은 ≪예술의 리얼리즘에 대하여≫에서 리얼리즘이란 용어의 의미가 다섯 가지 차원에서 사용되고 있다고 하였다.[3] 이 의미 중 네 번째

---

3) 김욱동, ≪리얼리즘과 그 불만≫, 청하, 1989, 36 - 38쪽참고.
　① 삶을 진실되게 표현하는 리얼리즘
　② 삶을 진실되게 표현하고 있다고 생각하는 리얼리즘
　③ 19세기 특정한 예술운동
　④ 기법상의 문제를 강조하는 리얼리즘으로 인접성에 기초한 이미지인 환유나 제유를 통해 서술을 압축하는 리얼리즘

유형의 리얼리즘은 19세기의 어느 한 특정한 예술운동을 특징짓는 특성의 총화에서 변형되어 나온 것으로 기법상의 문제를 강조하는 유형이다. 즉 인접성에 기초한 이미지를 통해 환유나 제유를 사용함으로써 서술을 압축하는 리얼리즘으로 시적 이미지와 수사적 언어가 사용되는 경우를 말한다.

<먼길>은 야콥슨이 분류한 리얼리즘 중 위의 네 번째 유형의 리얼리즘 성격과 관련지어 생각해 볼 수 있다. 구체적으로 말해서 <먼길>은 담화의 전개가 유사성과 인접성을 따라 이루어진다. 야콥슨은 담화의 전개가 유사성과 인접성이란 두 개의 다른 의미를 지닌 선을 따라서 이루어진다고 주장하였다. 특히 사실주의의 경우, 환유가 우세하다고 하면서 사실주의 작가는 작품 분위기를 환유로 본론에서 벗어나게 하거나 제유법적 세부묘사를 즐긴다고 지적하였다.4) 또한 야콥슨은 지금까지 산문소설의 경우, 은유에만 강조점을 두었으나 환유의 시적 중요성에 대해 고찰해야 함을 강조하였다. 예를 들어 꿈, 신화, 물신 숭배, 정신분석의 콤플렉스 등의 분석이 환유적 상상력의 숨겨진 중요성을 찾아 볼 수 있다고 역설하였다. 또한 퐁테너에 의하면 환유의 본질은 상관 혹은 조응의 관계로 앞에 언급한 것처럼 테너와 비히클이 인접성에 있다는 것이다. 인접성을 좀 더 구체적으로 말한다면 테너와 비히클이 각각 독립된 전체성을 지키면서도 함께 합장하는 관계로 세분화된 여러 관계를 유기적으로 유지하는 것이다. 야콥슨식으로 말한다면 환유는 통사론적 영역에서 문맥과 의미의 문제에 관련되는 것으로 기호들의 결합에 관한 문제이다.5)

<먼길>은 이미지가 풍부한 소설로 어둠의 분위기가 지배적이면서도 밝음이 내재되어 있다. 작품의 서두부터 결말까지 소나기, 먹구름, 굵고 무거

---

⑤ 위의 ④의 단순한 시적 기법을 확대한 초현실적인 분위기.
4) 黃哲子 編著, ≪現代文體論≫, 翰信文化社, 1985, 91 - 96쪽.
5) 오세영, ≪문학연구방법론≫, 시와 시학사, 1993, 279쪽 참고.

운 빗발, 파도의 음험한 이빨, 천둥, 우박, 번개, 비기둥, 흙탕물, 아침햇살, 폭풍우, 태풍, 청명한 살결, 여명, 찬란한 황금빛, 강한 햇볕, 맑은 눈부신 하늘, 빛난 햇살, 갈매기 등 어둠과 밝음이 교차되면서 독자에게는 열린 결말을 유도한다. 롤랑 바르뜨의 말을 빌리면 수동적으로 읽을 수 있는 텍스트라기보다 주어진 텍스트를 통해 주관적 의미를 생성해 내는 창조적인 독자를 의식한 텍스트라고 볼 수 있다.

또한 <먼길>은 인물 중심의 서사물로 주로 세 인물 명우, 한영, 한림의 경험에 초점을 맞춘다. 세 인물들의 특성의 패러다임을 열거해보면 성격 분석에 도움이 된다. 명우와 관련된 기호는 자폐증, 정신병자, 창백한 얼굴, 희멀건한 웃음, 불면증, 꼴통, 얼치기, 경계심, 빈혈, 경악, 공포, 비명소리, 마네킹, 낭패감, 가시고기, 억압받는 민중, 충혈된 눈, 희게 질린 입술, 적개심, 절망감, 기피성과 신비감, 왜소한 사내, 경련, 패배, 종말, 회고, 희고 섬세한 손, 일그러짐, 괴성 등으로 문맥상 명우에 대한 비히클의 환유적 의미를 지닌다.

한영 역시 명우의 특성과 인접한다. 절망, 충동, 긴장, 위태로움, 룸펜, 신음소리, 부유물, 낭패감, 숨막힘, 호흡곤란, 붕괴감, 무력감, 고민, 섬뜩한 느낌, 습기, 야뇨증, 찬땀, 부품적 인간, 깔아 뭉개진 쓰레기 등 명우에 대한 환유와 조응한다.

한림은 위의 두 인물과 비교해 볼 때 변별적인 특성을 지니면서도 통합할 수 있는 요소를 지니고 있다. 검은 목덜미, 자유인, 히물거리는 웃음, 절벽, 먹이감, 짐승, 적개심, 원한, 경멸, 야유, 좌절된 꿈, 폭군, 장발, 대마초, 환락, 고래잡이, 지긋지긋한 삶 등이 명우, 한영이란 인물의 특성과 통사론적 차원에서 상관성이 있다.

세 인물에 공통적으로 반복해서 나타나는 특성은 충동, 데몬, 염오증, 히물거리는 웃음, 좌절된 꿈, 적개심, 이방인의식 등으로 생선의 '잘려진 대가리, 뼈대만 앙상한 몸통, 핏방울과 비늘, 짙은 먹구름, 낚싯바늘에 걸린 물고기'와 일맥 상통한다. 그러나 반복되는 고래이야기가 청명함, 맑은 눈부신 하늘, 찬란한 황금빛 등의 분위기에 개연성의 요소로서 함축성을 지닌다.

고래이야기는 소설 전체에 걸쳐서 반복된다.

① "내가 이래배도 청춘의 꿈이 마도로스였다는거 아니냐. 포경선 타고 고래 한 마리 잡아 보는게 소원이었다는데. 젠장, <u>고래</u>는 관두고라도 이렇게 쓰잘데기 없는 낚싯배나 끌고 있으니."(한림의 말)

② "가끔 여기서 진짜 <u>고래</u>를 본단 말이야. 그놈의 큰 꼬리가 수면을 차고 솟아오를 때마다 진짜 오금이 저리지."(한림의 말)

③ 70년대 초반인가 중반인가 「<u>고래사냥</u>」이라는 노래가 금지곡이 되었을 때, 한림은 박한이라는 예명으로 통기타 가수 생활을 했었다. 그는 공식적으로 딱 한 장의 앨범을 내었는데, 그 앨범의 타이틀 곡이 금지곡이 되면서 「<u>고래사냥</u>」 같은 히트곡 한 번 내보는 게 소원이었다던 그의 꿈도 그냥 막을 내리고 말았던 것이다.

④ "정말 <u>고래</u>가 나옵니까?
명우가 미심쩍은 목소리로 한림에게 물었다. ……목소리는 미심쩍은 데로라도, 눈빛만큼은 정말 <u>고래</u>를 보게 될까 하는 기대로 차 있는 듯한 것이었다.

⑤ 어떤 땐 <u>고래</u>가 떼거리로 몰려드는데 그거 장관이지, 그놈이 그대로 내 눈 앞에서 사라져버릴 때면 미친다니까.(한림의 말)

⑥ "헛소리말고 <u>고래</u>나 보러나 갑시다."(한영의 말) 한영은 한림의 <u>고래</u>타령을 듣는 것이 이제는 지긋지긋했으므로 한림의 말을 그렇게 잘라버렸다.

⑦ 그는 이미 사십의 절반을 넘겨버린 나이임에도, <u>고래</u>잡이를 한다는 것이 다시 가능하리라고 믿었던 것인지도 모를 일이었다.(그는 한림을 가리킴)

⑧ 그는 <u>고래</u>를 잡는 것에 실패한 또 하나의 청춘을 조롱하고 싶어하는 것에 다름이 아니었다.(그는 한림을 가리킴)

⑨ <u>고래</u>도 한 마리 못 잡은 주제에 그 헛된 <u>고래</u> 한 마리 못 잡은 주제에!(한영의 한림에 대한 독백)

⑩ "<u>고래</u> 한 마리 못 잡고 질린단 말이냐?"(한림의 말)

⑪ "낚싯대로 무슨 <u>고래</u>를 잡는다고 그래!"(한영의 말)

⑫ 형, <u>고래</u>는 없어. 이 바다에 <u>고래</u>는 없는 거야. <u>고래</u>같은 것 정말, 없는 거라구.(한영의 말)

(밑줄은 필자가 표시한 것임)

<먼길>에서 고래는 라이트 모티프라고 볼 수 있다. 고래는 <먼길>의 주제 형성에 강력한 모티프가 되며 또한 작가의 목소리라고도 볼 수 있다. 허먼 멜빌의 <백경>에서 고래 모비 딕은 청교도, 원시적 자연력, 인간의 운명의 힘, 악을 상징하거나 미로, 스핑크스, 크레타의 미궁, 절대적 진리 등 다양하게 해석하는 것이 지배적이다. 위에 예시한 것처럼 <먼길>에서 고래는 문맥상 꿈이나 소망의 이미지를 나타내고 있다. 세 인물의 꿈은 고향에 돌아가는 것이다. 그들의 영혼을 묻을 수 있는 그들의 땅으로 돌아가는 것이다. 세 인물이 갈구하는 고향은 개인과 사회 사이의 간극이 없는 이상주의 사회 즉 루카치식으로 말하면 호머적 서사시 세계로서 총체성의 세계라고 관념적으로 말할 수도 있지만, <먼길>에서의 고래는 세 인물의 낭

패감과 절망, 숨막힘, 원한, 자조 등이 용해될 구심점의 공간이다. 문맥상 고래잡기의 성취가 해체적인 시각에서 인지되지만 결말 부분의 햇빛 비치는 하이웨이의 먼길은 아직도 울고싶은 욕망이 남아 있는 명우와 함께 창조적인 참여자로서 독자의 주관적 의미를 생성해 내는 중요한 요소가 되고 있다.

4. 맺음말

김인숙의 중편 <먼길>은 호주로 이민 온 유한영, 유한림, 강명우 세 인물을 중심으로 이질적인 문화 감각에서 오는 이민생활의 정신적 갈등과 부적응, 이민을 할 수 밖에 없었던 조국에 대한 분노, 영혼을 묻을 땅의 갈구 등을 나타낸 작품이다.

<먼길>은 주로 세 인물의 체험을 중심으로 해서 서두에서 결말까지 현재 행위의 진행 속에 과거회상이 삽입된 구조로 실제 인물들의 행위 전개는 낚싯배에 승선하면서 폭풍우에 휘말린 배의 요동 속에 배멀미를 심하게 하며 하선하는 행위로 끝난다. 중요한 점은 세 인물의 의식이 상호 교차하면서 이민 전·후의 상황이 인물들의 체험 회상을 통해서 기록자 시점과 인물적 시점의 이중시각 속에 독자는 마치 세 인물의 내적 갈등에 동참하고 있는 듯한 느낌을 강하게 받는다는 점이다.

또한 세 인물은 상호포용관계에 있다. 이야기 전체에서 초점의 주된 대상은 全統시절 징역을 살았던 민주화 투쟁 경력의 소유자로서 난민신청으로 영주권을 취득한 명우이지만 실제 초점화자는 한영으로 형인 한림과 박 변호사의 소개에 의해 알게 된 명우를 통해 자신의 삶의 정체성을 재확인한다. 한마디로 세 인물은 동시적 상호포용관계에 있다.

　　그러므로 <먼길>은 실상 발화주체의 목소리가 한영이라고 볼 수 있으며 소설의 전개가 세 인물의 시각에서 다성적 목소리를 내는 것 같으면서도 한영의 목소리가 지배적인 단성성을 보여주며 결국 세 인물의 영혼이 숨쉴 수 있는 고향의 갈구가 반복되는 고래로 치환되는 환유를 보여준다.

　　세 인물의 상황은 한마디로 그레고리 잠자적 상황이다. 어디에도 안주할 수 없는 잠자의 존재와 소속의 문제가 심층적으로 제기된다.

　　<먼길>은 경험의 소재가 현실이며 이민 현실이 비교적 박진감있게 느껴지나 이민국에서 느끼는 인물들의 이방인의식의 개연성이 부족하며 이민의 동기가 개인과 사회, 운동권과 그 당시의 사회, 정치상황 등의 관계에서 유기적으로 실감있게 그려지지 못한 결점을 지닌다. 이민의 직접적인 동기가 되는 그 당시 고국의 사회, 정치현상이 등장 인물들과의 관계에서 좀 더 밀도있게 그려졌다면 이 작품의 스케일이 제재와의 관련에서 좁아보이지는 않았을 것이다. 그러나 햇살이 비치는 고속도로를 끝없이 달리는 데뉴망의 의미에서 리얼리스트로서의 낭만적 유토피아를 독자에게 재음미하게 한다.

이남희의 생태담론
- ≪바다로부터의 긴 이별≫을 중심으로 -

1. 머리말

21세기는 보통 인간의 위기이며 문명의 종말이고 생태학적인 위험에 처해 있다고들 말한다. 코페르니쿠스적 전환으로 근대문명이 시작되면서 오늘날 사이버시대에 이르기까지 인간기계문명의 최대 절정이 곧 인간의 파멸을 예고하고 있는 징후는 진정 21세기의 아이러니라고 볼 수 있다. 특히 환경의 위기는 전지구적현상으로 최근 생태 및 생명문제와 관련되어 사회적 문제로 대두되고 있다. 지구온난화현상, 생물의 멸종과 자원의 고갈, 살충제와 방사능 물질에 의한 토양오염, 수자원 고갈과 사막화 현상, 산업쓰레기 소각장의 다이옥신 배출문제, 엔트로피 증가현상 및 핵전쟁 위협 등 이것은 근대과학의 아버지라고 말하는 베이콘, 데카르트식 인간중심주의적, 합리적 기계주의를 뿌리로 한 서구근대 과학문명이 낳은 부작용이라 볼 수 있다. 구체적인 사건으로 1986년 4월의 체르노빌원전 사고나 월남전에서의 고엽작전, 미국의 다국적기업인 유니언카바이드의 유독가스누출로 인한 인도 보팔시의 대참사 등 이것을 제레미 리프킨식으로 언급하면 근대과학문명이 이룩한 진보, 발전의 권위실추라고 볼 수 있다.

"근대 인류는 자신이 생존을 위해 의존하고 있는 자연세계를 급속하게 파괴하고 있다. 우리 지구상 모든 곳에서 양상은 똑같이 나타난다. 숲은 베어지고 있으며, 습지는 말라가고, 산호초는 파헤쳐지며, 농지는 침식, 염화, 사막화되거나 단순히 포장되어 가고 있다. 오염은 이제 일반화되었다. 우리의 지하수, 개천, 강, 강어귀, 바다, 대양, 우리가 숨쉬는 대기, 우리가 먹는 음식, 이 모두가 영향을 받는다. 지구상의 거의 모든 살아 있는 피조물들이 이제 체내에 농업 또는 공업 화학물질의 흔적 - 발암물질 또는 돌연변이 유도물이라고 알려지거나 의심받고 있는 많은 것들 - 을 담고 있다."[1]

위에 인용된 글은 생태학자 에드워드 골미스미스가 지구적 차원에서 나타나는 환경악화 추세를 신중하게 지적한 것이다. 특히 경제개발을 맹추구하는 제3세계국가의 경우, 대부분의 국가들이 "돈을 벌기 위해 스스로를 환경남용의 희생자로 만들면서까지 산업화된 국가들로부터 쓰레기를 받아 들이는 일에 적극적인 태도를 보여 줄 뿐 아니라 그들의 국민과 땅 그리고 천연자원은 흔히 원료와 수출용 완제품을 제공하기 위해 착취당하는 형편이다. 결과적으로 제 3세계국가들은 이러한 과정을 거치면서 악화되고 고갈되고 있다. 심각한 자연환경과 국제 부채 증가에 직면하여 산업폐기물의 매립을 허용하는 것 외에 다른 선택의 여지가 없다. 뿐만 아니라 뒤따라 오는 환경적인 손실은 점점 커지고 있다."[2] 또한 제3세계국가의 빈곤퇴치와 근대화개발과정에서의 서구문명 '따라잡기'식 진보는 자연세계 오염의 원인이 되는 것으로 인간과 현대문명에 의해 파괴된 자연의 회복을 추구하고 억압되고 파괴된 것의 회복을 추구하는 생태주의적 세계관이 절실히 요망된다.

인도의 환경운동 출신의 이론물리학자인 반다나 시바(Vandana Shiva)는

---

1) 존 벨라미 포스터 / 김현구옮김, 『환경과 경제의 작은 역사』, 현실문화연구, 1999, 146 - 147쪽.
2) 제레미 리프킨 지음 / 이정배 옮김, 『생명권정치학』, 대화출판사, 1996, 131쪽.

개발은 역개발이나 마찬가지라고 했다. 소위 포스트식민주의적인 개발추구
는 경제적 성장에 초점을 맞추어 식민지화과정을 계속 수행하는 것이며 사
회적 문제와 생태적 문제의 불가분성에 환경윤리학의 문제가 제기되기 때
문이다.[3] 개발이 안고 있는 환경파괴와 빈곤은 제3세계국가들에게 공통되
는 문제라고 생각한다. 우리 한국의 경우, 다른 제3세계국가와 마찬가지로
공업화단계의 초기에 경공업을 주로한 수입대체 산업의 육성에 심혈을 기
울였다. 박정권하에서 경제개발 계획이 추진된 초기에는 수입대체를 위한
중공업부분이 경제성장의 중추를 이루었으나 2차 경제개발 5개년 계획기간
부터 수출주도형 경제구조로 전환하기 시작하였다.[4] 경제의 양적 성장을
통한 선진공업사회의 경제적 풍요를 슬로건으로 내세웠기 때문에 제3차 경
제개발 계획기간부터 중화학부분에 집중적인 투자를 시행, 1980년에 이르
러 괄목할 만한 성장을 이루게 되었다.[5]

　　그러나 외국인 투자기업들의 공해산업의 국내유치로 심각한 수질대기오
염을 초래, 환경문제가 사회적인 이슈가 되는 계기가 되었다. 환경파괴는
생태계 위기를 의미하며 21세기 들어 전지구인류가 해결해야 할 최대의 과
제로 정치경제학, 환경윤리학적 접근을 요하며 사회문제로서의 성격이 강
하다고 볼 수 있다. 1985년 비철금속단지인 온산에서 발병한 집단주민 공
해피해는 우리나라에서 온산병논쟁을 불러 일으킨 대표적인 사례로 여성소
설가인 이남희에 의해서 ≪바다로부터의 긴 이별≫[6]이란 제목의 장편소설
로 출간되었다. 작가는 본텍스트의 후기라고 볼 수 있는 낙수(落穗)에서 우
연히 온산병에 관한 보고서 『우리 아이들만은 살려주이소!』라는 책을 읽고

---

3) 훼이리 리 / 김경한 역, 「에코페미니즘에 관한 횡문화적 비평」(『자연, 여성, 환경』, 한신문화
　　사, 2000), 289 - 290쪽 참고.
4) 조중래외 7인, 『우리애들만은 살려주이소!』, 민중사, 1987, 13 - 15쪽 참고.
5) 위의 책, 14쪽.
6) 풀빛소설선22, 풀빛, 1991.

충격을 받아 환경오염이 얼마나 심각하고 절박한 문제인지 알리고 싶어서 죽음의 땅 온산을 무대로 소설을 썼다고 했다. 작가가 지적한 대로 환경오염문제가 그 뿌리까지 얼마나 깊었으며 공해문제의 부각을 정치경제학과 환경윤리 및 도덕과의 관계에서 어떻게 형상화시켰으며 또한 에코페미니즘과의 접맥은 어느 정도로 가능한지 연구해 보는 것이 본 논문의 의도이다.

2. 이남희의 머크레이커적 의식의 구현

이남희의 ≪바다로부터의 긴 이별≫은 싱클레어의 ≪정글≫과 '머크레이커(Muckraker)'적 성격을 지닌 점에서 유사하다.[7] 작가의 어조가 싱클레어처럼 강하지는 않아도 1980년대 환경공해로 인한 온산주민의 참상을 리얼하게 그려 독자에게 호소한 점과 사회여론을 환기시킨 점 그리고 두 소설은 실제로 實話小說(roman à clef)이란 점이다. 싱클레어의 대표작이며 출세작인 ≪정글≫은 루즈벨트가 싱클레어에게 '머크레이커'란 별명을 붙여 주게된 계기가 된 장편소설로 1904년 그당시 실제 있었던 시카고 통조림공장의 야만적인 위생상태의 고발과 임금노예에 대한 비인간적인 행위에 대한 폭로로 일종의 보고문학적 소설이다. 그는 ≪정글≫을 쓰기 위해 7주간 도살장에서 이주민들과 생활한 후 9개월 동안 집필을 했다.

≪정글≫은 미국에 새로운 꿈의 성취를 위해 이주한 리투아니아 농부인 유르기스 루드쿠스의 서사비극이다. 유르기스를 위시해서 친척, 친구 등 이주민 모든 사람이 시카고 가축도살장에서 이동하고 살면서 죽어가는 비극적인 이야기로 시카고 공장의 소고기도살장과 공장 뒷골목의 슬럼지대가

---

7) 싱클레어에 관해서는 『비교문학』(1986.12)과 『千峰李能雨博士七旬紀念論叢』(1990.12)에 「번역미국소설의 수용양상」과 「전무길과 업톤 싱클레어」란 제목으로 필자가 연구한 바가 있으므로 자세한 내용은 본 논문을 참고하기 바람.

주된 배경이다. 그것은 미국이 자본주의 난숙기에 들어서면서의 산업기계화 및 도시문명의 타락에서 초래하는 부작용과 관계가 있다. 시카고시 공장 주변의 빈민가와 공장 내부의 질식할 정도의 환경은 도시빈민 노동자들에게 장글로 비유되며 ≪장글≫이란 소설 전체에 걸쳐서 도시환경 파괴가 자주 언급되고 있다. 노동자들이 사는 빈민굴은 많은 위험이 도사리고 있고 어린애들은 집에 있다고 해도 안전하지 못했다. 그들의 집에는 하수구가 없었고 집 밑 시궁창에는 15년이나 묵은 오물들이 쌓여 있었다. 골목에서 사온 푸르스름한 색깔의 우유에는 물이 부어져 있었고 한 술 더 떠 방부제로 처리돼 있었다. 또 알약은 불량품이었고 홍차, 커피, 설탕, 밀가루들도 이물질을 섞어 만든 불량품이었다. 싱클레어는 자본주의가 낳은 이런 도시환경의 파괴를 생명력 있는 문체로 독자들이 분노를 느끼게 할 만큼 생생하게 그리고 있다.

이남희의 ≪바다로부터의 긴 이별≫ 역시 온산공업단지의 환경오염을 제재로 한 것이다. 그는 1989년 폐허가 된 온산에서 직접 생활도 해봤으며 공해추방운동단체에서 교양강좌도 듣는가 하면 공해문제를 다룬 책자를 수집하기도 할만큼 환경공해로 죽은 땅이 돼버린 온산에 충격을 받은 것 같다.

「온산공단에 괴질이 번진다」[8]는 한 기자의 글을 통해 온산병에 대해서 알아 볼 필요가 있다. 1980년 초반 경남 울주군 온산공업단지 일대 어촌부락주민 수백명에게 집단신경통증세가 집중적으로 나타났다. 그 지역은 온산면의 이진, 당월, 달포, 원산, 우봉리 등 해안에 위치한 어촌마을로 이곳은 온산공단의 폐수가 흘러드는 온산만을 생활근거지로 한 곳이다. 특히 폐수가 흘러드는 대정천에 위치한 이진리는 83년부터 40대중반 부녀자 100

---

8) 김병희, 『신동아』, 1985,3, 374 - 383쪽 참고.

여명과 노인 30여명이 원인 모를 신경통증세를 앓아왔고 심지어 20대 30대 젊은층과 10대 어린이들까지도 통증을 호소, 환자들은 큰 병원에서 진료를 받았으나 효과를 보지 못했고 단지 일본에서 수은폐수로 인해 악명을 떨쳤던 '미나마따병'이나 중금속카드뮴중독에 의한 '이따이이따이병'증세가 아닌가 하는 우려를 자아 냈다는 것이다.9) 온산공단은10) 1974년 4월 1일 정부가 경남울주군 온산면일대 5백여만평과 해면 1백여만평을 산업기지 개발단지로 지정고시하면서 비철금속단지로서 변모가 드러나기 시작했다. 당시 건설부는 온산공단을 지정고시만 했을 뿐 부지매입은 개별회사별로 하는 바람에 총 28개 부락 중 공단내에 편입된 19부락에 대한 사전이주가 충분히 이루어지지 못해 약 1만 3천여명은 공단 속에 끼어 폐수와 매연 속에서 살게 되었다.11) 78년부터 온산은 공해로 물들어 앞바다에 수산물피해가 나

---

9) 구자건의 「환경문제를 보는 입체적 시각」(『생태계위기와 한국의 환경문제』)에 의하면 '미나마따'병과 '이따이이따이'병은 일본에서 1950년대, 60년대에 걸쳐서 발생한 최대공해병사건으로 수질오염에 의한 건강피해라고 한다. '미나마따'병은 공장폐수를 통해 방출된 수은이 어패류를 오염시켜 이를 장기간 섭취한 사람의 체내에 농축되어 발생되는 병으로 중추신경계의 장애를 일으켜 보행곤란, 언어장애, 경련 등의 증세를 보인다. 이 병이 확인된 환자수는 구마모도현(熊本縣)에서만 1973년 당시 451명에 사망자수는 71명이었다고 한다. 도야마현(富山縣), 진즈가와(神通川) 수계에서 발생한 '이따이이따이'병은 광업소의 폐수 속에 함유된 카드뮴이 부근 농작물과 식수를 오염시켜 이를 장기간 섭취한 지역주민에게서 발생한 공해병이다. 신장기능장애, 칼슘대사장애로 인한 신경통, 골연화증 등의 증세를 보였는데 특히 갱년기여성에게서 증세가 심했다. '이따이이따이'병명은 아프다 아프다라는 뜻으로 심한 통증을 수반하는 병의 증세에서 비롯된 것이다. 1973년 현재 이 병으로 인한 사망자수는 42명으로 보고되어 있다.

10) 鄭祐松, 「公害發生地域의 住民移住政策」, 월간 『정책』창간호, 1990.3. 121 - 122쪽.

11) 金炳熙, 앞의 글, 377쪽에 의하면 한국최대의 비철금속단지로 계획된 이 지역에는 제1차로 74년 4월 고려아연이 입주, 78년 11월부터 가동을 시작하면서 한국광업제련, 동해펄프, 쌍룡정유, 효성알미늄, 풍산금속, 럭키, 한림화학, 제일물산 등 중금속제련 가공업체와 화학공업업체 12개 업소가 2백여만평의 공단을 이루고 있다는 것이다. 이곳에서 생산되는 제품은 아연괴, 전기동, 알미늄, 압출, 압연재, 신동품 등과 염소산소다, 분산염료, 펄프, 황산가리, 액화탄산 등 중금속과 유해가스가 누출돼 인근 농경지 오염은 물론 주민의 목숨도 위험한 지경이었다. 또한 환경과 공해연구회에 의하면 2001년 현재 온산공단은 총면적 517만평으로 규모면에서 1982년과 큰 차이가 없으나 1992년 온산국가 공업

타나기 시작, 미역양식장은 하얗게 녹아내리고 양식어장의 어패류, 해초류
도 전멸하였다. 82년 6월 14일에는 동제련소에서 내뿜은 유독가스로 온산
면 목도리주민 105명이 집단 입원하여 보름동안 치료를 받은 경우도 있는
등 이같은 잦은 사고로 공해마을이 돼버렸다는 것이다.[12] 1985년 1월 온산
괴질이 사회적인 문제가 되기 시작해서 각종신문에 기사화된 것을 출발점
으로 그 사건이 전국민에게 알려짐을 계기로 환경청 등 정부쪽과의 공해병
시비로 확산되었다. 결국 온산공해반대 주민운동의 끊임없는 투쟁에 보상
문제와 주민이주문제가 정부주도로 결정되었다 그러나 이주지역인 덕신지
구 역시 온산공단과 불과 2km 정도 밖에 떨어져 있지 않아 온산의 대기 오
염권역 안에 있는 문제점을 안고 있음이 주민들에 의해 지적되었다.[13] 환경
의 위기가 전지구적인 문제로 대두된 현재 온산병문제는 2001년 현재 아직
도 원인규명이 확실히 밝혀져 있지 않으며 정부당국과 관계기관의 진상규
명 및 해결방안 등이 확실하게 이루어지지 않은 상태이다.

3. 본론

이남희의 《바다로부터의 긴 이별》은 6장 27단락으로 구성된 장편이다.
초점의 주체가 되는 이해윤이 고향 당항면을 탈출하여 인근 다른 도시의
전자공원으로 취업하는 것을 시작으로 6장의 마지막 결말에서는 해윤이 모
친의 공해병으로 인한 죽음 때문에 황폐화된 고향을 다시 찾는 순환적 구
조이다. 스토리시간은 해윤의 중3시절부터 시작하는데 반해 담론상의 시간

단지로 명칭이 변경되었고 82년 당시 12개 업체가 이주했던 공단은 공지율이 59.7%에
달했으나 2001년 현재에는 135개 업체가 입주해 미분양면적은 16.6%라고 조사되었다.
12) 鄭祐松, 앞의 글, 122 - 123쪽.
13) 환경과 공해연구회, 『온산병과 온산주민의 집단이주, 그 다음에…』, 2001.

은 고3 졸업 후 공원으로 일하는 데서 시작된다. 작가가 역점을 둔 부분은 4 - 5장으로 4장은 1983년 당시를 배경으로 해윤이 수동적인 비자아에서 적극적인 자아로 전환되어 테러리즘을 감행할 결심까지 하는 것과 공해대 책협의에 대한 어른 보수층과 진보 청년층의 의견 대립관계에 초점이 주어 진다. 5장은 해윤이 고향을 떠난 후 1년여 동안의 공장생활에서 자신의 정 체성을 확인하고 고향으로 돌아 오면서 당항공단이 들어서기 전과 후의 변 모된 상황에 포인트가 주어지며 공단의 피해자 가족인 송이섭의 독백식 대 화를 통해 공장의 환경실태, 공장주의 비인간성, 동생 진아의 직업병, 노조 결성조차도 안된 공장실태 등이 제시되는데 이것은 곧 독자들로 하여금 내포작가의 설명 또는 논평을 연상하게 하는 함축된 목소리임을 감지하게 한다.

텍스트에서 당항공단은 우리나라 최대의 중화학공단이 들어선 지역으로 등장한다. 이 고장주민들은 중화학공업건설을 위한 '모르모트'로 산업발전 의 희생이 되고 있다. 1 - 6장에 걸쳐서 주로 이해윤, 김경택, 김판술, 송이 섭, 서상모 등의 괴질발생 가족을 중심으로 이야기가 사실적으로 전개된다. 1장에서 6장까지 핵심적인 플로트를 정리해 볼 필요가 있다.

1장 몹쓸 땅으로 변질된 고향을 떠난 해윤은 공해문제에 대해 이론만을 주장하는 현학적인 무리들에게 냉소를 보이며 공단이 들어선 뒤로 아이들 이 고열, 독감으로 비명횡사하기도 하는 것을 자주 떠올리며 분노하는 마음 을 억제하지 못한다.

2장 중3시절부터 불기 시작한 개발의 부작용 때문에 마을에서 탈출하고 싶어 정신적으로 방황했던 해윤의 고3시절, 개발물결로 인한 마을사람들의 해체현상, 개발바람에 사기치고 씨앗과 함께 사라진 해윤부친, 당항리 앞바 다에서의 기형어발견, 짙은 곤색으로 변한 바닷물, 어촌계장 김판술의 아들 김경택의 폐수환경에 대한 무지 등이 전개된다.

3장 어촌계장 김판술을 중심으로 폐수현장 촬영을 통한 증거확보, 마을 사람들이 구수회의를 통해 보상금액 산출을 위해 자료만들기, 주민들 자체 비용으로 오염도와 피해상황 측정을 수산진흥원에 조사의뢰, 마을협상의 실질적인 지도자가 된 김판술의 공해에 관한 공부, 협상과정에 끼어드는 브로커 하영호의 등장, 화투판에서 날려버리는 보상비, 주민들의 어민생계보장과 공단측의 성의있는 협상요구 데모 및 연행, 상모아들의 의사뇌막염증세 등을 중심으로 한 스토리 전개이다.

4장 해윤이 청년회에 가입, 현실을 정확히 읽는 청년간사 조신형과의 만남이 동기가 되어 의식이 깨임, 고향 당항의 현실을 파악하고 청년활동의 필요성을 자각, 지도자측과 주민들 사이의 분열 및 분분한 마을 어른들의 의견의 겉돌기 협상, 보상비 타먹는 재미에 젖어 있는 주민들, 어른들의 청년배제와 반목, 데모하는 청년들을 무조건 좌익으로 생각하는 어른들의 보수성과 청년들의 체념에 가까운 무기력, 특히 여성인 해윤의 활동에 등돌리는 마을사람들, 이런 와중속에 분노가 샘솟아 해윤이 칼과 화염병을 들고 단신으로 공단으로 침입하는 테러리즘까지 생각한다.

5장 해윤이 고향을 떠난 후 1년 남짓한 현재 시점에서 민주노조 조성건으로 내분을 겪는 공장내부 상황 등에 탈고향의 의미를 상실, 시국이 완화되면서 당항공단의 오염상태의 심각성과 생태계파괴, 주민건강 우려의 기사가 표면화되고 모친의 공해병에 귀향, 송이섭의 독백식 대화를 통해 공장들의 비인간적인 실태와 노조결성이 없는 현실에 분노가 표출된다.

6장 서두에 실제 1985년 여름 신문기사가 소개된다. 정부의 공해 극심지역 주민이주 계획과 생계대책 후 이주라는 주민들의 반대 움직임을 실은 실제 기사이다. 괴질에 걸린 해윤모친의 사망과 이주에 대한 유지와 청년사이의 의견대립, 이주지인 한벌지구의 부적절성 지적과 주민들의 격렬해진 데모상황 그리고 당국의 데모방해작전 등이 전개되며 '아이들만이라도 살려야한다'는 외침을 남기고 사망한 해윤모친의 뼈가루를 해윤이 고향에 뿌리는 것으로 결말을 맺는다.

이상 1장에서 6장까지의 스토리전개에 나타난 작가의식을 거시적인 관점에서 본다면 세가지로 요약할 수 있다.

첫째, '따라잡기식, 밀어붙이기식'개발의 부작용지적이다. 특히 제3세계에 대한 포스트식민적 경제적 착취와 군사테크놀로지에 의한 경제개발 추구의 딜레마를 비판하고 있다. 이것은 또한 서구식 개발패러다임에 대한 비판을 내포하고 있다.

둘째, 경제개발로 인한 주민공동체적 삶의 와해와 보상문제 및 이주문제에 대한 보수 대 진보의 반목이 극심하게 나타난다.

셋째, 초점의 주체라 볼 수 있는 이해윤의 환경정의운동에서의 수동적인 자세에서 적극적인 의식으로의 실존적 전환이나 괴질로 죽어가면서도 아이들만이라도 살려야 된다고 외치는 해윤모친의 모성적 사고에서 에코페미니즘의 가능성을 타진해 볼 수 있다.

가. 경제개발의 이카루스적 딜레마

산업화와 함께 발생한 환경문제가 사회적 문제로 본격화된 것은 구미제국의 경우 1970년대에 들어서이다. 우리나라는 1960년대 이후 급속하게 산업화가 이루어지고 1970년대에 들어와서 중화학공업단지가 건설되면서 환경문제가 심각해졌으며 그것에 대한 인식이 이루어지기 시작한 것은 1990년대에 들어서이다.[14] 정수복은 환경문제를 발생시킨 원인으로 다섯가지를 든다. 첫째, 정부의 선진국의 공해산업을 무제한적으로 수입, 산업화 자체만을 강조한 점. 둘째, 기업가가 정부와 밀접하게 결합하여 환경개선 시설

---

14) 정수복, 「환경과 사회 : 환경정책과 환경운동」(『교양환경론』), 따님, 1999, 252 - 253쪽
　　참고.

및 환경기술 개발을 위한 투자는 없이 양적 확장만을 추구한 점. 셋째, 인구의 도시집중과 대량소비적 생활양식의 확산이다. 넷째, 올바른 환경정책, 제도, 법, 행정 등이 올바로 서지 않은 점, 다섯째, 올바른 환경교육의 부재[15]로 ≪바다로부터의 긴 이별≫ 역시 이 원인들이 그대로 적용된다. 이것은 경제성장 발전의 속도와 관계되는 것으로 환경을 보호하면 발전속도에 역작용을 일으키기 때문에 이것을 딜레마이론라고 부를 수[16] 있다는 것이다. 이 이론은 특히 개발도상국가들인 제3세계국가들에게 강력하게 해당될 수 있다. 시바는 이 점을 제3세계에 대한 서구선진국의 경제적인 착취라고 항의한다.[17]

본텍스트에서 가장 반복나열적으로 진술되는 모티프는 아래의 마이크소리 내용을 통해서 파악될 수 있다.

"대한민국의 근대화가 바로 우리 고장의 발전을 토대로 하여 이루어지게 되었음을 본인은 감격하지 않을 수 없습니다. 중화학 공업을 육성해야만 선진국이 될 수 있다는 사실을 일찌감치 예견하시고 영단을 내리신 대통령 각하의 넓으신 보살핌으로 본 당항면에 공단이 유치되게 됨으로써 앞으로 우리 고장의 소득이 증대되고 생활이 향상될 것임을 미리 기뻐마지 않습니다. 이는 다 우리 면민들의 잘살아보자는 의지가 한데 뭉쳐…"[18]

공업육성이란 대를 위해 소는 마땅히 희생돼야 하며 국가발전의 사명을 비난하는 것은 전혀 엄두도 못내는 시국이 게다가 접맥되어 있다. 바른 말을 용납하지 않는 풍토는 매스컴도 마찬가지이다. 또한 정부는 주민들의 병을 환경요인으로 보지 않고 육체노동자들이 연로해서 신경통이나 관절염을

---

15) 위의 책, 257쪽.
16) 위의 책, 257쪽.
17) 훼이리 리, 앞의 책, 289쪽, 재인용.
18) 『바다로부터의 긴 이별』, 앞의 책, 50쪽.

않을 뿐이지 공단과 상관없다는 견해를 계속 밝힘으로써 정부측 군사메카니즘에 의한 경제개발임을 알 수 있다.

송이섭의 독백식 대화를 보면 기계주의적 서구방식인 과학문명의 맹점이 확연히 드러난다.

> "과학은 인간을 일에서 해방시키려고 나날이 발전해 나간다고 했어. 그러나 신성하고 인간답게 해주는 노동에서 해방되고나면 인간은 어떻게 살게 되는 것일까? 이 사회에서 실제 생산에서 해방된 사람들은 어떻게 살고 있을까? 노동이 인간을 인간답게 해준다는 교과서는 말짱 거짓말이었을까? 가만히 생각해보면 사회에서 유명하거나 인기있는 사람들은 생산하는 사람들이 아니라 소비하는 사람이었고 주로 오락을 제공하는 역할을 하더군.
> 또 공장에서 속도와 기계화로 인간을 괴롭히면서 만들어낸 그 엄청난 물건들은 다 어떻게 사용되는 것일까? 그것들은 단 한 번 사용되고 나면 쓰레기로 버려지지. 마치 우리 노동자들처럼. 그렇게 사는 것이 대량소비 사회에 맞는 현대적인 방식이고 촌스럽지 않은 세련된 삶이라고들 세뇌하지."[19]

서구식 개발패러다임의 따라잡기식 밀어붙이기에 추종해서 얻은 결과는 생계로서의 가난이 아닌 박탈로서의 가난이다. 당항리주민에게 경제개발은 육체적, 경제적, 생태적, 문화적 파괴를 의미한다. 환경오염의 실질적인 가해자는 정부당국과 기업이다. 다시 말해서 지식과 권력의 야합이라고 말할 수 있다. 성장개발의 두 얼굴인 환경파괴와 빈곤은 공단이 들어오기 전과 후의 당항면 묘사로 확연히 드러난다. 공단이 들어서기 전의 당항은 "황금빛과 푸른빛이 어우러진 눈부신 곳으로 누런 황무지에는 띠와 차억새며 수크령들이 키를 넘게 자라나 숲을 이루며 춤추는"곳이다. 공단이 들어선 뒤의 당항면의 묘사를 아래에 인용해보자

---

19) 『바다로부터의 긴 이별』, 위의 책, 274쪽.

　　"적조현상이라고 해서 물이 벌겋게 변하면서 사람들은 독수라고 위험을 느껴서 발가락조차 담그려고 하질 않거든요. 그리로 배를 대어놓는 사람은 장화를 신고서야 들어가구요,. 이제 우리 마을 사람들은 물이라는 걸 수상쩍게 생각하지요. 올해는 바다에 들어가기만 하면 병이 생긴다고 야단이 났구요. 그리고 여름내 피부병이 번져서 다들 여간 고생한게 아니죠. 어른들은 겁을 내지만 아이들은 그런 것엔 아랑곳하지 않습니다. 피부병이 생긴다고 야단을 쳐도 여전히 바다에서 놀고 폐수가 흘러 붉게 변한 개천에다 개구리를 담그며 놉니다. 그러면 그 자리에서 개구리는 흐물흐물하게 녹아버리죠. 아이들은 그걸 재미있는 장난으로 여기지만 난 그걸 볼때마다 섬찟해요. 아니 섬찟했었죠. 자꾸 보니까 이젠 무감각해졌다고 할까…요즘은 화를 내야 하는지, 기분 나쁜지 어떤지 전혀 모르겠더군요…어쨌든 개구리가 죽는 것처럼 고기가 죽고 벌레도 죽고 과수원의 나무들도 베베틀어지고…막 죽어나가고 있는 마당에도 적정오염치가 어떠니 하는 말은 되풀이되고…그러다가 결국엔 인간이 죽을 차례도 오는거겠지요…"[20]

　　개발전의 고향은 신기루, 유토피아로 은유화되어 있으나 개발후는 비옥한 땅의 황폐화, 오염된 물, 잡초까지 말라 비틀어지는 등 개발의 역설과 위기는 '먹이사슬'의 체계를 파괴하고 종국에는 끝없는 자연의 착취를 초래한다. 거기에 명색은 자유수호애국이지만 힘의 정책운영으로서 조작, 지배, 장악, 정복 등의 폭력행사가 개입한다.[21] 정화위원장이란 명목의 하영호는 어용단체장으로서 주민들에게는 알 수 없는 정체불명의 위협적인 존재로 공장에 접근하는 자는 간첩으로 몰아 붙이는 행위와도 연계를 갖는다.

　　카렌에 의하면 폭력은 다른 수단이 전혀 없음을 의미하며 지배자적인 위치에서 그들이 원하는 대로 다른 사람들이 행동하지 못하도록 폭력에 의존한다는 것이다.[22] 본텍스트에서 하영호는 클로드 브레몽식의 인물의 기능

---

20) 위의 책, 162쪽.
21) 카렌 J. 워렌, 「에코페미니스트평화정치학」, (『자연, 여성, 환경』), 208쪽.
22) 위의 책, 208쪽.

적인 차원에서 얘기하면 평화를 가장하는 일종의 행위자로 영향자 즉 주민들의 협박자, 정보제공자, 유혹자, 방해자의 기능을 나타내고 있다.

또한 힘과 권력의 결합은 공해조사까지 제재를 가한다. 시책상 공해조사에 대한 당국의 방향은 80년대 이전에는 국익에 해롭다는 기준으로 제재를 가했고 80년대 이후는 공해가 높아져 부분적으로 연구하되 국익에 해가 안가는 범위 안에서 절제하도록 되어 있어서[23] 공해연구는 일종의 수난을 맞는 것으로 인식되었다는 것이다. 그것은 공해문제 제기가 경제성장의 논리를 정면으로 부정하기 때문이다. 군사정권의 경제개발은 선진국에서는 발도 못붙이는 공해배출 산업인 비철금속단지까지 들어와 오히려 빈곤과 환경오염의 부작용을 낳는 등 서구과학문명을 따라잡을려는 밀어붙이기식 방법에서 소위 시바가 말하는 역개발을 초래한 점이 본텍스트에서 집중적으로 비판되고 있다.

나. 주민공동체적 삶의 해체와 경제개발의 부작용

제레미 리프킨은 근대를 인간이 공동체의 의미를 뿌리채 절멸시킨 시대라고 했다. 또한 공동체를 회복한다는 것은 우리의 발을 지구의 대지 속에 똑바로 뿌리내리는 것을 의미하며 생명권의식이란 지구공동체 전체를 포용하는 것으로 인간이 자연과 일체를 이룬다고 했다. 생명권문화란 지구공유물을 사유화하고 구획하는 영국 근대 인클리저운동식의 지리권적 문화가 아닌 생태학적 상황으로 생명권의 평화와 안정이 보증될 때 개인적 평온함과 안정이 보증될 수 있다는 것이다.[24] 자연과의 상호 연관관계 속에 생명권을 회복하는 일은 인간의 공동체 의식의 회복과도 궤를 같이 한다고 볼수 있다.

---

23) 이희경, 「공해연구, 수난인가」, 『과학동아』, 1986.1, 116 - 117쪽 참고.
24) 제레미 리프킨, 앞의 책, 407 - 411쪽 참고.

시골과 도시는 고전시대부터 인간의 사회경험에서 항상 대조를 보여왔다. 시골이 자연스런 생활방식에서 평화, 순수, 단순의 이미지로 표상되었다면 도시는 문화, 교육, 경제 등의 중심지로서 인간의 야망 등 세속적 야욕과 관계의미를 띠고 있다. 원시주의, 전원주의로 표상되기도 하는 시골은 갈등이 없는 순수한 평화만이 존재하는 황금시대와 일치하기도 한다.

본텍스트에서 반복해 담론화되는 것은 공단이 들어오기 전과 후의 변모된 주민의식이다. 작가의 어조를 통해 근대 인간문명의 본질인 산업주의를 비난하는 근본생태론적인 관점과[25] 경제논리와 시장논리에 기인한 생태위기에 대한 경종을 발견할 수 있다.

마을사람들의 의식변화는 해윤의 부친이 땅 팔은 돈을 사기치고 씨앗과 함께 사라져버린 뒤의 해윤모친의 넋두리를 통해 나타난다.

> "느그 외할머니하고 순길이네서 곁방살이를 하는데 말이다. 겨울이 오지 않겠나. 그때야 첨 와서 어리벙벙하고 겨우살이 준비고 뭐고 아무것도 없었는기라. 그래서 굶고 앉았을라카이 동네서 그걸 알고 고구마를 - 그때야 쌀보다 고구마를 양식으로 더 많이 묵던 시절이라 - 보내주는데 집집마다 주는 걸 받아서 윗목에 쌓아놓으니 고구마 농사 지은 집보다 더 많지 않겠나. 참말로 인정스럽은 동네라. 내 어릴 때부터 물질한다꼬 안 가본 데가 없지마는 이래 살기 좋은 데는 없었대이. 그래 여기서 눌러살끼라고 혼인도 하고…참말로 좋았대이. 그때만 해도 뭍사람은 물질이 천업이라고 안 했으니까 바다에 들어가면 주먹만한 전복이 수두룩하게 깔린기라…"[26]

이런 당항에 정착했던 첫 무렵의 동네인심이 본격적으로 변화되고 해체가 되기 시작한 것은 피해보상비문제와 이주대책문제에 대한 주민들간의 의견차이에서다. 『우리 애들만은 살려주이소!』[27]에 의하면 보상비문제는

---

25) 문순홍 편저, 『생태학의 담론』, 솔, 1999, 105쪽.
26) 이남희, 위의 책, 58쪽.

이주의 전과정을 통해 가장 논란을 불러 일으킬 소지가 많았고 실제로 이주과정에서 큰 분쟁을 일으켰다는 것이다. 주민측 요구가 최소한 현재수준의 삶의 보장을 받지 못하는 것에 대한 정부측과의 분쟁도 심했지만 주민들 사이의 위화감, 의견대립이 극심했다고 한다.

텍스트는 주로 보상비문제, 이주지역에 대한 반발 및 주민사이의 이견을 중심으로 전개된다. 실상 주민들 입장에서 보면 당장의 피해보상보다 장기적인 생계대책이 더 중요한데도 보상비가 양식장수입보다 많기 때문에 특히 어른들은 폐수누출에 대한 의분을 느끼기보다 그 증거를 잡아 보상받기를 희구한다.

"의외로 의분을 느끼는 사람들은 드물었다. 어차피 공단이 들어서면서 이래저래 어획고가 줄어드는 판이니 차라리 폐수가 누출된 증거를 잡았으니 그걸로 보상을 받을 수 있다면 그도 나쁘지 않다는 기색을 은근히 내비치는 사람도 있었다."28)

보상에 대해서도 재판을 하자는 파, 적당히 협상을 하자는 파로 나누어지고 보상위원회 회장인 김판술을 위시해서 위원회간부들의 어용적인 타결에 대한 주민들의 불만, 또한 어업권보상 문제와 관련해서 재허가를 받지 못하거나 어업권의 면허없는 사람에 대한 보상금지급 거절 및 마을사람들끼리의 보상비다툼, 말하자면 생존권의 박탈 그리고 해녀들에 대한 적절한 보상문제 등에 대한 타협파와 투쟁파 사이의 의견대립은 주로 보수적인 유지어른들과 진보적인 청년들 사이의 대척적인 관계로 나타난다. 특히 온산주민운동의 대표자인 실제인물 이석준29)을 모델로 한 김판술의 독선적인

---

27) 『우리애들만은 살려주이소!』, 앞의 책, 118쪽.
28) 이남희, 위의 책, 102쪽.
29) 『온산병과 온산주민의 집단이주, 그 다음에…』, 앞의 책, 35쪽.

활동과 비민주적인 운영방법에서 더욱 주민들이 분열된 점을 작가는 지적하고 있다. 청년들의 인생에 대한 경험부족, 성급함, 혈기를 앞장세우는 것을 못마땅하게 생각하는 김판술의 아들과의 대화를 보면 그것을 분명히 알 수 있다.

> "세상을 니처럼 부정적으로만 보면 우야노? 아무리 정부에서 꾸몃다고 해도 아무 근거도 없는데 그런 말이 나오겠나? 잘난 사람이 앞에 나서서 무슨 일 좀 할라 하면 꼭 뒤에서 불평불만을 선동하고 다니는 사람이 있더라. 공연히 남의 나라 대사관에다 불이나 지르고 말이다. 그기 빨갱이제 달리 빨갱이겠나? 나도 이번에 대책협의회 일을 보면서 절실하게 느꼈대이. 한국사람은 국민성이 더럽어서 말이 많은 기라. 날로 공장하고 짰다고 하는 사람이 없나 중간에서 보상비를 떼묵었다고 하는 사람이 없나. 그동안 억울한 소리 들은 거 생각하믄 하루에도 열두 번도 더 때려치우고 싶은기라. 나도 옆에서 보니까 알겠지만 내가 무슨 사심이 있어서 앞장서서 뛰어다니는 거 아니대이. 어디까지나 우리 고장을 생각해서, 주민들을 위해서 한푼이라도 더 받을라고 동분서주 하는 기 아니가? 그런데 너무 몰라주니까 맘이 섭섭한기라. 나랏일도 마찬가지겠제. 사람이란게 일을 하다보면 잠시 잘못할 때도 있는데 그걸 트집잡아서 데모나 해싸면 나라가 온전하겠나? 우리나라 망하게 하는 기 김일성이 이롭게 하는 기고 그기 빨갱이지 뭐겠노?"[30]

주민들이 생업을 영위하면서 예전처럼 살수있게 해주어야 한다고 주장하는 청년들의 입장에서는 보상금만 받으면 모든 문제가 해결된다고 생각하는 어른들의 근시안적 입장을 비판하는 것이고 어른들의 입장에서는 청년들의 현실에 대한 이상적인 생각이 잘못됐다고 생각하는 것이다. 심지어 청년들의 항의데모 행위를 '빨갱이행위'라고 비난하며 청년들을 피하기까지 하는 것은 유교문화의식의 차이 또는 보수 대 진보의 우파, 좌파식의 대

---

30) 이남희, 앞의 책, 189쪽.

립구도 속의 갈등이라고 볼 수 있다. 다음 공단측과 김판술회장이 타협한 집단이주 지역에 대한 주민들의 거센 반발이다. 이주지로 결정된 한벌지구는 현 공단하고 거리가 얼마 떨어져 있지 않고 지대가 우묵하게 내려 앉아서 이주 전의 당항리나 마찬가지로 공해피해가 생길 지역이란 점이다. 주민들의 입장에서는 자신들은 실험동물이고 이주를 추진한 유지들은 공단과 정부측에서 한 재산 받고 한 통속이 된 것이란 추측까지 난무한다.[31)

보상비와 더불어 이주지역으로 인한 주민상호간의 불신과 반목은 많은 문제점을 지니면서 경제개발의 부작용을 더욱 야기시키는 원인이 된다.

첫째, 얼치기도시화로 인한 동네의 변모로 특히 개발공단 공사장에 출입하는 외지인으로 마을은 우범지대화 한다. 술집, 당구장, 여인숙, 다방 등으로 마을은 읍내처럼 번창해지고 부메랑으로 들끓으며 마을 사람들은 '촌것 콤플렉쓰'에 사로잡힌다.

둘째, 공단이 들어서기 전에는 생소했던 '경제적', '토지투기' 용어가 아파트, 복부인, 프리미엄, 전매, 벼락부자라는 언어와 접맥되어 한 몫 잡기 위해 돈불리는 투기방법을 배우려는 청년들과 돈맛을 아는 마을 사람들이 늘어난다.

셋째, 타협 끝에 얻은 보상금이 오히려 가산을 탕진하고 고향을 떠날 수 밖에 없는 동인이 된다. 보상금은 공돈이란 등식 아래 화투, 술, 무계획적 월부, 무위도식 등 생업이 전혀 안되어 폐허화된 어촌은 보상금 탕진과 더불어 주민들이 고향을 떠날 수 밖에 없게 된다.

---

31) 『우리애들만은 살려주이소!』, 앞의 책, 121 - 122쪽 참고. 실제로 대부분이 영세민들이기 때문에 자유로이 이주할 수 있는 경제적 능력이 없는 온산주민들은 대부분 집단이주를 원하고 있지만, 정부가 선정한 덕신·남창지역에 대해서는 결사적으로 반대하였다. 특히 덕신은 온산공단이 들어설 때 철거당한 주민들이 이주한 곳이고 도 지금의 주거지역과 가까운 곳에 있어 그 실상을 너무나 잘 알고 또한 온산공단의 대기오염권을 완전히 벗어나지 못하고 있다는 것이다.

넷째, 개발로 인해 땅을 사는 외지인이 등장하면서 국민학교 동창인 이해윤과 송이섭의 우정에도 금이 가고 송이섭부친을 비롯해서 동네사람들의 땅판 돈을 사기 친 사건으로 이해윤부친이 실종되는 등 이런 것은 공단이 들어오면서 발생한 부정적인 변화라고 볼 수 있다.

피터 버거(Peter Berger)[32]는 개발을 '실향조건의 확산'이라고 불렀다. 실향은 고향의 환경이 파괴되는 경우나 주민들이 고향으로부터 문화적·영적으로 뿌리뽑힘으로써 발생한다. 환경오염 더 확대해서 생태계파괴로 생존권을 박탈당해서 조상대대로 내려 오는 땅을 떠나야만 하는 당항리 주민들은 이주해야 할 마을에 대한 새로운 희망보다 대부분이 어업으로 생계를 꾸려왔기 때문에 내륙지방이며 이주단지로는 부적절한 한벌지구로 이주하는 것에 더욱 불안해 한다. 그래서 당항리 주민들에게 개발이전의 당항면은 유토피아이며 신기루이다. 진보, 발전, 개발이란 이름 아래 미래를 저당잡힌 이들이 오직 갈구하는 것은 공동체의식의 회복이다. 리프킨식으로 표현하면[33] 발을 지구 대지 속에 똑바로 뿌리내리기 말하자면 생명권에 뿌리내리고 자연과 인간이 일체가 됐던 시절에 대한 향수라고 말할 수 있다.

다. 에코페미니즘[34]적 징후의 시작

서구에서 1970년대 중반 쯤 논의되어 1980년대 초에 비평담론으로 등장

---

32) 마리아 미스·반다나 시바/손덕수외, 앞의 책, 136쪽 재인용.
33) 제레미 리프킨, 앞의 책, 407쪽.
34) 에코페미니즘에 관해서는 『자연·여성·환경』 - 에코페미니즘의 이론과 실제(한신문화사, 이소영외, 2000), 『에코페미니즘』(미스·시바, 창비, 2000), 고갑희의 「에코페미니즘」(『외국문학』43호, 1995, 여름), 김욱동의 『문학생태학을 위하여』(민음사, 1998), 「에코페미니즘의 철학적 기초」(『영미문학페미니즘』제4집, 1997), 한국영미문학페미니즘학회의 『페미니즘 어제와 오늘』(민음사, 2000), 문순홍편저의 『생태학의 담론』(솔, 1999), 이진우의 『녹색사유와 에코토피아』(문예출판사, 1966), 송지현의 「문학비평으로서의 생태여성론」(한국문학이론비평학회, 예림기획, 1999) 등을 참고로 했음.

하면서 1990년대에 소개되기 시작한 에코페미니즘은 여성문제를 생태계에 관한 관심과 결합시킨 이론으로 여성문제와 환경문제를 동시에 극복하는 것이 목적이다. 여성신학, 신화학, 환경윤리, 환경철학, 심층생태학, 사회생태학 등의 여러 이론을 다양하게 결합한 생태페미니즘은 여성과 자연을 동일시하고 여성의 가정이나 사회의 수동적, 억압적 대상으로서의 위치와 자연의 위치를 동일선상에 놓는 것을 기조로 한다. 생명을 잉태하는 여성만이 자연환경의 치유자역할임을 강조하는 극단론의 급진주의 생태페미니즘으로부터 시작해서 마르크스주의 페미니즘, 사회주의 에코페미니즘 등 그 종류가 다양하다. 이 중 에코페미니즘이 가장 큰 영향을 받은 것은 급진주의 페미니즘으로 거의 한계에 다다른 급진적, 자유주의적 페미니즘에 대한 대안으로서 긍정적인 가치를 지닌다고 볼 수 있다.

≪바다로부터의 긴 이별≫의 초점의 주체가 되는 이해윤의 경우, 생태학적 세계관[35]을 지닌 인물은 아니다. 그는 환경오염과 생활환경 파괴의 고통 속에 성인화되어 가면서 수동적인 비자아에서 적극적인 자아로 변신하는 인물로 생태운동가로서의 역할이기보다 환경개혁가로 발돋음하는 인물로 볼 수 있다. 그의 고향탈출은 실상 즉자적인 상황에서 행해진다. 이해윤의 탈출시도와 방황은 고향이 소위 신기루이미지를 찾을 수 없는 섬이란 지리적 공간이 주는 압박감에서 시작되며 그 욕구는 어려서부터이다. 공단이 들어서면서 마을사람들이 변모하는 것에 안타까움을 느끼지만 그것은 주변적인 입장일 뿐이다. 고등학교를 졸업 후 무료한 시간을 달래기 위해서 정체불명의 청년연합회에서 차심부름하는 일을 하고 청년회장 하영호에게 부성애까지 느낀다. 또한 자유연합단체가 데모저지를 위한 일종의 유령단체인

---

35) 세계를 하나의 통합적인 유기체로 생각하며 모든 현상들이 근본적으로 상호 의존하며 인간과 자연의 관계를 생태학적 측면에서 생태계 현실을 고발하며 파괴원인을 규명하고 문명세계의 황폐함을 비판한다.(장정렬의 『생태주의시학』, 한국문화사, 2000. 18쪽 참고)

것을 전혀 알지도 못했고 알려고 노력하지도 않는다.

그런 해윤의 잠들어 있던 의식이 깨이는데 조력자역할을 한 인물이 조신형과 김경택이다. 전자는 긍정적인 면에서이고 후자는 부정적인 면에서 조력자기능을 한다. 사회단체 청년회간사인 조신형은 해윤의 권태롭고 무의미한 생활에 소금같은 존재이다. 그가 빌려준 책을 통해 견문을 넓히게 되고 또한 당항의 현실을 정확하게 파악하게 된다. 따라서 마을 어른들 의견에 맹종하는 청년들의 무능을 질타하게 되고 청년들이 유인물 뿌리는 일에 사무실의 장소제공까지도 서슴지 않게 된다. 해윤은 여자가 경찰서에 끌려갔다는 이유 때문에 동네사람들한테 외면을 당해도 상관하지 않으며 당국과 공단에 대한 분노가 오히려 조신형을 위시한 청년들보다 더 극단화된다. 결국 모친의 죽음을 공해가 아닌 관상동맥협착증으로 처리를 제의하면서 장례비를 지급하겠다는 정체모를 청년들 동원에 "무엇 때문에?, 도대체 무엇을 위하여?"란 실존적 철학적 물음을 자문한다.

다음, 해윤모친의 가이아적 성격 즉 영적 에코페미니스트적 어머니로서의 여성성을 구현하고 있다는 점이다. 온산병으로 죽어가면서도 계속 되풀이 되는 해윤모친의 말은 오로지 "아아들이라도 살려야되는더…"란 말이다. 또한 남편이 개발바람에 사기를 치고 씨앗과 같이 도망쳐버려 동네사람들이 행패를 부려도 전혀 감정을 드러내지 않고 묵묵히 해녀노릇으로 가정을 지킨다. 해윤모친은 쓸 줄만 알고 벌 줄은 모르는 망둥이 남편의 수호신이다. 이것은 소위 본질주의적 생태여성주의 또는 문화구성적 생태여성주의와 접맥이 될 가능성을 지닌다.36) 본질주의적 생태여성주의는 여성이 자연과 동일하다고 주장한다. 자연과 여성은 돌보고 양육하는 존재방식 즉 모성, 감성, 직관적 능력을 지닌 점에서 동일하며 이런 속성은 여성에게 생물

---

36) 문순홍 편저, "한국의 여성환경운동", 아르케, 2001, 32 - 33쪽.

학적 결정요인에 의해 본래적인 것으로 주어진 것이라고 생각한다. 또한 실종된 남편 대신 활동적, 생산적, 창조성으로서의 해윤모친의 면모는 문화구성적 생태여성주의 측면과 관련을 지을 수가 있다. 이런 해윤모친의 여성적 원리와 남성적 원리는 당항리마을의 다른 해녀들에게도 공통적으로 나타나는 현상이다.

셋째, 유교문화의 전형인 가부장제중심의 여성의 비인격적 취급, 배제의식, 또한 여성스스로의 타자의식 등이 소극적으로 지적되고 있다.

김경택의 경우, 여자친구 신미수를 통하여 당항의 실체를 깨닫게 되는 것이 자존심 상할뿐만아니라 경제개발 중화학공업 육성책에 대한 신미수의 예리한 비판을 오히려 건방지게 생각한다. 또한 공단측의 보상금 지연에 대한 데모 대열을 체면 때문에 참가하지 않는 남성인물들과 데모대열에 합류 못하게 막는 남편의 눈을 피해 몰래 참여하는 여성인물 설정 등 그것은 남녀동등권을 전혀 인정하고 싶지 않은 남성인물의 저의식이며 여성 스스로의 자의식 역시 뚜렷하지 않은 상황의 지적이라 볼 수 있다. 더욱이 이데올로기를 지닌 여성 - 말하자면 해윤같은 여성 - 에 대한 동네어른들의 비인간적인 태도는 유교문화의식의 보수성을 그대로 드러내고 있다. 그렇다고 본 텍스트에서의 작가의식이 급진적, 자유주의적 에코페미니즘처럼 이분법적 사고에서 자본주의적 가부장제가 여성억압의 원인이 되고 여성에 대한 억압이 곧 자연의 억압이며 곧 자연의 착취라는 식의 극단을 표상하고 있는 것은 아니다. 그러나 환경오염 및 생태계 파괴에 대한 여성의 몫은 어떤것인지에 대해 생각하게 하는 기회를 이 글을 읽는 이들에게 제공해 주고 있다. 이런 점에서 본텍스트는 하버마스식의 신사회운동의 성격을 근본적으로 띠고 있다.[37]

---

37) 장미경, 「페미니즘의 이론과 정치」, 문화과학, 1999, 294 - 313쪽 참고. 노동운동이나 투쟁과는 다른 환경 · 성 · 세대갈등에 대한 변화된 사회에 대한 다양한 목소리를 지닌 새양

4. 맺음말

《바다로부터의 긴 이별》은 1974년 4월 건설부가 온산을 산업기지개발
지역으로 고지하면서 중화학중금속공장과 화학제품공장 등의 공단조성이
시작됨과 함께 발생하기 시작한 온산공업단지 일대 주민의 온산공해병사건
과 온산주민의 집단이주를 소설화한 장편소설이다. 울산 - 온산지역은 대표
적인 환경오염지역으로서 소설에서는 실제 온산에서 오염피해가 가장 심하
게 나타난 온산면 16개리의 마을 중 당월면을 당항면으로 개명하였으며 정
당한 이주보상 투쟁주민운동이 벌어진 당시 1978년에서 1986년까지 4기[38]
에 걸친 투쟁운동의 실질적 지도자인 어촌계장 이석준은 김판술로 개명했
음을 확인할 수 있을 만큼 그 당시의 사실을 충실하게 재현하기 위해 관련
자료를 탐색한 작가의 노력을 감지할 수 있다.

진보란 미명하에 밀어붙이기식, 따라잡기식 경제개발을 시행한 것의 부
작용으로 온산병이 발생하게 된 사회, 경제적 배경을 그당시 그대로 제시하
고 비계획적으로 이루어진 공단조성에 대한 비판과 회사 개별의 논밭 부지
매입으로 공장과 공장 사이에서 생활하게된 주민의 공해피해가 극심한 상
황을 구현하고 있다. 또한 보상을 둘러싸고 일어나는 주민들끼리의 알력 -
특히 보수측 어른들과 진보측 청년 - 이나 공단과의 보상액수가 주민측 요
구에 못미치는 것에서 오는 주민들의 투쟁, 온산병이 공해병이 아니라고 은

식의 운동이다. 이원론을 해체하고 후기산업과 관련된 여성운동으로 환경, 평화, 반핵,
녹색당운동 등과 같이 물질 진보를 거부하며 자유주의여성운동, 맑스주의, 사회주의여성
운동이 기초가 된다.

38) 『우리애들만은 살려주이소!』에 의하면 제1기는 (1978 - 1982. 9월) 어촌계가 중심조직이
며 운동목표는 피해보상 제2기는 (1982. 10 - 1984년) 새로 조직된 이주추진협의회가 운
동의 중심세력이고 목표는 주민의 이주추진 제3기는 (1985. 1 - 1985. 10)외부지원세력과
의 연계투쟁하에 운동이 진행된 시기이며 운동목표는 온산병의 공해병으로의 인정이었
다. 제4기는 (1985. 10 - 1986) 이주계획시안이 발표된 후 온산면 이주보상협의회나 이주
대책위원회 등이 중심세력이었고 목표는 정당한 이주보상의 실현운동이었다.

폐하려는 당국과 공단측의 태도, 보상비 타먹는데 재미들린 주민의식에 대한 비판, 주민운동의 지도자인 김판술의 독선적 활동과 비민주적 운영에 대한 불만에서 분열된 주민조직, 이주대상 지역인 한벌지구선정에 대한 이주민들의 우려와 이주민들이 떠난 뒤의 대거 입주할 신규업체로 더욱 오염지구화되는 것에 대한 주민들의 거센 반발 등이 거의 실제 사실에 충실하게 그려져 있다.

본텍스트에서 이남희가 의식적으로 의도하고 있는 것은 여주인공 이해윤이란 인물설정이라고 생각한다. 페미니즘이론의 한계성을 극복할 대안으로서 등장되고 있는 에코페미니즘의 가능성을 타진해 볼 수 있기 때문이다. 담론의 시작은 환경오염이나 공해문제이지만 현명한 독자라면 생태학이란 더 큰 범주에서 인간과 현대문명에 의해 파괴된 자연의 회복을 추구하고 미래의 전망을 제시할 수 있는 열린 텍스트로 읽어낼 수 있다고 생각된다. 단지 눈에 거슬리는 것은 이해윤의 대안을 찾으려는 실천적, 이론적 노력을 칼과 화염병의 단독적 테러리즘으로 결말처리를 한 점이 1920년대 경향파적 경향의 수법과 유사한 점이다, 적어도 환경론은 인간의 이익증진에만 기초하는 인간중심적 환경론이기보다 지구중심적 환경론 말하자면 지구자체의 본질적인 가치에 기준하는 자연존중의식을 지녀야 한다. 생태학이란 용어의 본질적인 의미가 인간과 자연의 유기체적 공생관계를 의미하는 바 남·녀 우열의 지배, 피지배식 말하자면 여성은 자연, 남성은 문화 그러므로 남성의 여성지배가 곧 자연착취와 정복으로, 여성억압을 환경파괴와 자연착취를 연결해서 환경파괴의 근본요인으로 사회의 지배형태구조에 원인을 두는 것은 지양되어야 할 것이다. 그런 의미에서 본텍스트에서의 결말처리는 환경오염과 공해문제에 정체적으로 그냥 머무르고 있는 인식을 독자들에게 심어주고 있다.

실상 본텍스트는 후기산업사회적 현상에서 풀뿌리운동식의 운동의 성격을 띠고 있으므로 이해윤을 여성의 집단의식을 지도할 수 있는 여성지도자로 설정하는 것이 바람직한데 그렇게 되지 못한 것은 그랜트식의 대응이론 말하자면 지각하여 발견되는 과학적 입장에 충실한 작가의식때문인 것 같다.

자연에 대한 인간의 의식을 첫째, 인식적 이론적 단계 둘째, 수행적 단계 셋째, 미적·내성적 단계라고 말한다면[39] 21세기의 현재의 우리 인간들은 자연에 대한 반성적 태도를 지니는 것이 순서인 것 같다. 지구온난화현상, 오존층파괴경보, 유전자조작, 자원고갈, 유독성폐기물과 살충제사용의 증가, 신선한 담수의 부족 등 환경문제의 해결을 위해서는 생태주의의 관점에서 지배적 사회패러다임(D. S. P. Dominant Social Paradigm)이 새로운 환경 패러다임(N. E. P. New Environment Paradigm)으로 전환하는 것이 필요하다고 주장하는 밀브레이즈(Lester Milbrath)[40]의 견해를 간과할 수 없다고 생각한다. 특히 제3세계국가의 경우는 이상적인 공업화를 고려해야 한다. 선진국으로부터 천연자원을 착취당하고 산업폐기물 매립허용 등 환경적 손실이 너무나 크기 때문이다.

그런 의미에서 인도의 '칩코운동'이나 케냐의 그린벨트운동과 반핵운동, 남미의 망그로바숲구하기운동 등은 기술문명을 부정하는 녹색화전략으로 자연과 인간 사이의 조화를 목표로 하는 생태학적 자세라고 볼 수 있다. 결국 궁극적 목표는 인간의 자연지배를 종식시키고 인간과 비인간 사이의 소외를 치유하며 모든 생명체를 존중하고 사랑하는 것을 세상의 근본윤리로 설정하는 삶의 방식을 지양하는 것이다.

≪바다로부터의 긴 이별≫은 단순히 실화인 온산공단의 환경오염을 장편소설화한 것이지만 21세기를 살고있는 인간들에게 많은 문제점을 제시해

---

39) 구승회, 『생태학과 환경윤리』, 동국대출판부, 2001, 34 - 37쪽 참고.
40) 정수복, 『환경과 사회: 환경정책과 환경운동』, (『교양환경론』), 278 - 279쪽 참고.

주고 있다. 앞에서 언급한 밀브레이즈의 DSP에서 NEP에로의 전환은 물론 생태학적 관점에서 여성주의와 접맥할 수 있는 가능성을 보여주고 있다. 오늘날 국제적으로 연대 제휴하여 활동을 전개하고 있는 민간조직인 NGO의 역할이 전지구적 관심의 대상으로서 범세계적 문화인식을 갖게 해주듯이 이남희의 『바다로부터의 긴 이별』역시 21세기의 환경오염으로 인한 종말론적 위기에 대해 새로운 생태학적 각성을 불어 넣어 주는 역할을 한 점에서 가치가 있다. 에코페미니즘의 시작은 여성적 관점에서 자연파괴에 대한 문제를 해결할려고 하는 것이지만 오늘날과 같은 다원화된 세계에서 환경문제 해결에 여성역할이 중요함을 제시해 줌은 물론 여성과 남성의 이분법적 패러다임에서 벗어나 남녀 공동의 공생원리가 투쟁이나 경쟁이 아닌 공동 참여의식에서 계속 관심을 가져야 할 문제제기의 동인이 된 것에 본텍스트의 가치를 두고 싶다.

저자 **전혜자**

1943년 서울출생
서울대학교 문리과대학 국어국문학과 학사
숙명여자대학교 대학원 국어국문학과 문학석사
숙명여자대학교 대학원 국어국문학과 문학박사

현재 경원대학교 인문대학 국어국문학과 교수

· 저서 및 논문 ·
『현대소설사연구』(새문사, 1987)
『한국근대문학의 爭點Ⅱ』(공저, 한국정신문화연구원, 1992)
『한국현대소설연구』(공저, 국학자료원, 1998)
「한국여류소설에 나타난 페미니즘분석」(숙대아세아여성연구 제21집, 1982)
「번역미국소설의 수용양상」(비교문학 제 14집, 1989)
「1930년대 도시소설연구」(한국의 현대문학 제3집, 1994)외 다수.

김동인과 오스커리즘

인쇄일 초판 1쇄   2003년 04월 09일
         2쇄   2015년 03월 22일
발행일 초판 1쇄   2003년 04월 23일
         2쇄   2015년 03월 23일

지은이 전 혜 자
발행인 정 찬 용
발행처 **국학자료원**
등록일 1987.12.21, 제17-270호

서울시 강동구 성내동 447-11 현영빌딩 2층
Tel : 442-4623~4 Fax : 442-4625
www. kookhak.co.kr
E- mail : kookhak2001@hanmail.net
ISBN 978-89-541-0040-3 *93810
가 격 14,000원

*저자와의 협의 하에 인지는 생략합니다.